영원의

밤이

되어라

영원의 밤이 되어라

1판 1쇄 찍음 2018년 4월 4일
1판 1쇄 펴냄 2018년 4월 11일

지은이 | 리시
펴낸이 | 고운숙
펴낸곳 | 봄 미디어

기획·편집 | 김민지, 김지우, 김현주
표지 디자인 | 박현진

출판등록 | 2014년 08월 25일 (제387-2014-000040호)
주소 | 경기도 부천시 원미구 길주로64, 1303(굿모닝 오피스텔)
영업부 | 070-5015-0818 편집부 | 070-5015-0817 팩스 | 032-712-2815
E-mail | bommedia@naver.com
소식창 | http://blog.naver.com/bommedia

값 9,000원

ISBN 979-11-5810-485-6 03810

영원의

밤이

되어라

Eternal Night

Me Paint

리시 장편 소설

Contents

1. 첫날밤

은초는 슬그머니 눈을 떴다.

커튼을 치지 않은 창문 사이로 햇빛이 쏟아져 들어오고 있었다.

자신을 감싼 이불의 완벽한 온도와 얼굴 위로 내리쬐는 기분 나쁘지 않은 햇살. 모든 것이 완벽했다. 자신과 자신을 둘러싼 모든 상황들까지.

오늘 또한 완벽한 하루가 될 것임을 믿어 의심치 않았다.

팔을 뻗어 기지개를 켠 은초의 입에서 하품이 쏟아져 나왔다. 하지만 슬쩍 미소를 지으며 이불을 걷자마자 드러난 자신의 뽀얀 팔에 은초는 끌어 올렸던 입꼬리를 굳힐 수밖에 없었다.

맙소사.

은초는 당황한 표정으로 얼른 이불을 휙 걷었다. 도무지 믿을 수 없는 현실이 눈앞에 펼쳐져 있었다. 새하얗게 질린 표정으로 벌떡 몸을 일으켰다.

벽지는 푸른색 스트라이프였다. 분홍색 장미 꽃무늬가 아니었다. 천장은 연그린이었다. 크림 옐로우가 아니었다. 그리고 가장 중요한 잠옷은…….

아무것도 없었다. 그러니까 잠옷 자체가 없다는 말이었다.

"말도 안 돼."

그녀는 지금 아무것도 입고 있지 않은 상태였다. 은초가 당혹스런 소리를 흘리며 주변을 둘러보았다. 여러 가지 상황을 종합했을 때, 이곳은 자신의 방이 아니었다.

무엇보다 그녀를 놀라게 한 건.

"오 마이 갓."

두리번거리던 와중 향한 시선 끝에 낯선 남자가 들어찼다는 점. 저도 모르게 비명부터 나왔다.

"꺄아아악!"

비명을 지르지 않고서는 이 상황을 도무지 감당할 수 없었다. 날카로운 비명 소리에도 남자는 움찔거리는 기색 하나 없이 쿨쿨 잘도 잤다.

일단 상황을 파악하는 것이 먼저였기 때문에 은초는 침착해지려 애썼다. 자신은 지금 낯선 방, 낯선 침대 위에 알몸으로 떨어진 상태였고 옆에는 웬 낯선 남자가 누워 있다.

그렇다면 이곳은 모텔인가?

여기까지 생각이 미치자 은초가 헉, 소리를 내며 다시 한 번 주변을 둘러보았다.

가정집에서나 흔히 볼 수 있는 정돈된 책상이나 책장, 원목 옷장이 모텔에 있다는 것은 부자연스런 일이다. 고로 모텔은 아니었다.

한참 머리를 굴리던 은초는 한참이 지나서야 어딘지 모르게 이 장소가 익숙하다는 생각이 들었다.

그러고 보니 여기…… 내 방하고 완전히 구조가 똑같잖아?

이게 당최 가능한 일인가 싶어 은초는 심각한 표정으로 곁에 잠든 남자를 쳐다보았다. 어디서 본 적 있는 사람 같기도 하고, 아닌 것 같기도…….

그녀는 알쏭달쏭한 표정을 지으며 기억을 더듬었다. 지난밤의 마지막 기억을 회상했다.

회식을 했다. 이유는 꽤나 특별했다. 은초가 속한 팀에서 기획했던 상품 하나가 초대박 히트를 쳐서 시장 반응이 아주 폭발적이었다. 덕분에 그녀를 포함한 한선의류 상품기획팀 팀원 전부가 상여금을 두둑이 받았고, 회식까지 하게 된 것이었다.

거기까지는 분명 문제 될 게 없었지만 그녀가 너무 신이 난 나머지 평소 주량을 초과해서 마셔 벼렸다는 점이 의식의 흐름을 붙잡았다.

분명 소주잔을 기울이고 있었던 것까지는 기억이 났는데, 도무지 그 이상은 무리였다.

미치겠네.

은초는 울상을 지으며 머리를 감싸 쥐었다. 자신의 하찮은 기억력에 몸부림을 치고 있는데, 옆에 누워 있던 남자가 앓는 소리를 내었다.

드디어 일어나셨군 그래.

슬쩍 가자미눈으로 남자를 노려보았다. 남자가 반쯤 감긴 눈을 뜨며 침대에서 몸을 일으켰다. 설마설마했는데 그도 알몸이었다. 얼른 하얀 이불로 자신의 몸을 가리며 은초는 직감했다.

나 이 남자랑 갈 데까지 갔구나.

속으로 절규하며 남자를 째려보았다. 그때 눈을 뜬 남자가 의아한 표정을 지으며 잠긴 목소리로 입을 열었다. 무슨 말이 나오는지 한 번 두고 보자, 하는 마음으로 그의 입만 쳐다보고 있는데 예상치 못한 말이 들려왔다.

"……은초 씨가 왜 여기에 있어요?"

"허."

은초는 허탈한 웃음을 터뜨렸다. 자신이 물어보고 싶었던 걸 도리어 남자가 내뱉자 그녀가 황당하다는 표정을 가감 없이 드러내며 물었다.

"미안한데 나 알아요?"

"한선의류 상품기획팀 김은초, 아니에요?"

어떻게 알고 있지?

멍한 표정으로 남자에게 설명을 요구하는 듯한 눈빛을 보내자 오히려 남자가 어이없다는 목소리로 물었다.

"김은초 씨, 저 몰라요?"

"누구신지……."

설마?

"혹시……."

"혹시?"

"스토커예요?"

한없이 일그러지는 얼굴에 은초는 남자의 침묵이 긍정의 의미가 아니라는 것을 금방 깨달았다. 그녀가 얼른 말을 거둬들였다.

"아니라고 믿고 싶네요."

"다행이네요. 그거랑은 별개로…… 날 잊어버린 것 같지만."

그가 짧게 한숨을 내쉬며 다시 물었다.

"정말 저 기억 못 해요?"

"미안합니다. 제가 사람 얼굴을 잘 기억하지 못해서요."

한숨을 내쉰 그가 건조한 목소리로 설명했다.

"얼마 전에 있었던 결혼식 때도 만났었는데. 그때 제가 은초 씨 원피스에 커피를 쏟아서 세탁비도 드렸었고."

"아."

은초는 그제야 알겠다는 듯 감탄사를 흘렸다.

"기억났어요. 테이스티엔젤 한국대점 김수안 씨, 맞죠?"

아휴, 멍청이. 왜 이제야 기억난 걸까. 분명 아는 동생 결혼식에서 봤는데.

그녀가 아득한 표정을 지으며 덧붙였다.

"테이스티엔젤 김선태 사장님의 아드님. 사교 모임에서도 몇 번 뵌 것 같은데 왜 잊어버렸을까."

"그래요, 김석훈 의원님의 따님인 김은초 씨. 이제 기억해 주시네요."

왠지 상황이 조금 복잡하게 꼬인 것 같은 느낌이 강하게 들었다. 그녀가 난감한 표정을 짓자 이번에는 수안이 어리둥절한 목소리로 물었다.

"그런데 진짜 저희 집에는 왜……."

그의 질문은 마침표를 찾지 못하고 끝내 허공으로 흩어졌다. 제 상태를 확인한 수안이 그대로 얼어 버렸기 때문이었다.

그 역시 알몸이었다.

수안이 경악에 가득찬 표정으로 저를 쳐다보자 부담스러웠던 은초는 슬며시 이불을 다시 위쪽으로 끌어 올렸다.

수안이 여전히 당황한 표정을 숨기지 못하며 물었다.

"우리 왜 이러고 있어요?"

"그건 내가 물어야 할 것 같은데요, 김수안 씨."

은초가 조금 짜증스런 목소리로 그에게 물었다.

"내가 왜, 그쪽 침대에서 이런 몰골로 있는 거죠?"

"그야 나도 모르……. 아!"

난감한 듯 중얼거리던 수안이 이내 무언가 생각났다는 표정을 짓더니 질끈 눈을 감았다.

은초는 한쪽 눈썹을 꿈틀거리며 그에게 설명하라는 듯한 눈초리를 보냈다. 그가 곤란한 신음을 흘리며 천천히 입을 열었다.

"어제……."

그러니까 이건 엄청난 우연이었다고 봐도 무방했다.

회식을 했다. 이유는 특별하지 않았다. 원래 회식이란 회사 사람들끼리 단체로 어떤 음식을 먹고 싶을 때 붙이는 하나의 만병통치약 같은 이유였으니까. 그건 수안이 속한 테이스티엔젤의 R&D(Research and Development)*팀도 마찬가지였다.

어제가 조금 더 특별했던 건 우연찮게 합동 회식을 했다는 것. 그것도 타 계열사 부서와.

---

*R&D: 'Research and Development'의 약자로, 기업에서 연구를 기초로 하여 상품을 개발하는 활동을 주로 함.

이 어이없는 일의 개연성을 더해 준 건 두 팀의 팀장이 서로 친하다는 거였다. 덧붙이자면 두 회사의 건물이 나란히 위치하고 있었기 때문에 서로 부딪힐 가능성도 높았다.

합동 회식이라고 해서 특별히 불편했던 점은 없었기 때문에 팀원들 중 누구도 불만을 표하지는 않았다. 오히려 서로를 반갑게 맞이하며 꽤 화기애애한 분위기를 만들었던 것 같았다.

어느 정도 시간이 지나자 사람들이 하나둘씩 취하기 시작했다. 다들 평소보다 조금 더 신이 났는지 자신들의 주량을 망각하고 있었다. 어쩌면 다음 날이 토요일이라는 점이 한몫했을지도.

어쨌든 모두가 술이라는 마약에 취해 정신을 차리지 못했고 마침내 정신이 반쯤 안드로메다로 가 있었을 때, 한 여자의 목소리가 다급하게 들렸다.

"은초 씨! 은초 씨, 정신 좀 차려 봐."

사방이 막혀 있는 공간에서 내기에는 지나치게 컸던 목소리 때문에 모두의 이목이 집중됐다. 아마 대리 정도의 직급으로 보이는 여자가 부하 직원인 다른 여자를 흔들어 깨우고 있는 것 같았다. 하지만 쓰러진 쪽은 이미 정신을 다른 곳에 갖다 버린 듯했다.

팀원을 흔들어 깨우던 여자가 안 되겠다는 듯 난감한 목소리로 말했다.

"팀장님, 은초 씨가 이미 정신 줄 놓은 것 같은데요. 어쩌죠?"
"그래? 은초 씨 어디 살지?"
"잠실이요."

같은 쪽이었다. 순간 수안은 왠지 귀찮은 일에 휘말릴 것 같다는 불길한 예감이 들었다.

"어? 수안 씨 얼마 전에 잠실로 이사하지 않았어?"

예상은 적중했다. 거짓말을 할 순 없었기 때문에 수안은 하는 수 없이 제 팀장을 향해 고개를 끄덕여 보였다. 그러자 여자의 얼굴에 화색이 돌았다.

"그래요? 잘됐네. 저희 팀 사람들은 모두 반대 방향에 살아서요. 혹시 실례가 안 된다면 부탁드려도 될까요?"
"이 대리님, 아무리 그래도 다른 회사 사람한테……."

같은 팀으로 보이는 다른 여자가 난색을 표하며 제지했지만 오히려 나선 것은 자신의 부서 사람들이었다.

"내가 지금껏 회사 생활하면서 김 대리처럼 자상하고 젠틀한 사람을 본 적이 없어. 걱정일랑 하지 마."

제멋대로 말한 부서장이 수안을 향해 고개를 돌려 물었다.

"김 대리, 괜찮지?"
"네, 괜찮습니다."

자신이 정말로 자상하고 젠틀하게 행동했다고 생각한 적은 없었다.

아마도 그건 수안이 30년 가까이 살면서 친절을 베푸는 일에 거부감을 가지거나 손해를 본다고는 생각해 본 적 없는, 참으로 자상하고 젠틀한 남자였기 때문이리라. 부서장은 그 점에 대해 잘 알고 있는 것이 분명했다.

진짜 놀랐던 건 그다음이었다. 직원들로부터 은초가 살고 있는 아파트의 동, 호수를 듣는 순간 수안은 들고 있던 소주잔을 떨어뜨릴 뻔했다.

바로 자신의 옆집이었던 것이다. 이런 우연은 살면서 로또에 당첨될 확률에 필적하는 수준일 터였다.

얼마 전 이사를 왔음에도 일이 워낙 바빴던 탓에 떡 돌릴 시간도 없어 옆집에 누가 사는지도 몰랐다. 그렇다 해도 설마 같은 계열사 직원이었을 줄은 짐작조차 못 했던 일이었다.

어쨌든 잠들어 버린 은초를 겨우 택시에 태우고, 수안은 두 사람이 살고 있는 아파트 앞까지 무사히 도착했다.

진짜 문제는 지금부터였다. 은초의 집 주소는 알았지만 도어록 비밀번호까지는 알지 못했다. 아는 것도 이상했지만 그건 직원들조차 모를 뿐더러, 택시를 잡고 축 늘어진 상태의 은초를 챙기느라 그도 정신이 없어 비밀번호는 생각할 겨를이 없었다.

수안은 할 수 없이 은초를 흔들어 깨웠다.

"김은초 씨, 일어나 보세요."

"……."

"김은초 씨, 집에 다 왔습니다."

"……."

"김은초 씨?"

팔을 붙잡고 흔드는데도 은초는 미동조차 없었다. 수안은 직감적으로 그녀가 꽤 오랫동안 일어나지 않으리라는 것을 깨달았다.

차가운 바닥에 버려두고 갈 것인가? 아니면 그녀를 모텔에 데려다 놓기라도 해야 할까? 어느 쪽이든 불가능했다.

수안은 길게 한숨을 쉬었다. 문득 머릿속으로 하나의 방안이 떠올랐다.

우리 집에 데려다 놓을까.

수안은 곧 고개를 가로저었다. 안 될 말이었다. 남녀가 유별한데 무슨……. 은초가 아침에 일어나면 분명 난리가 날 것이다. 어쩌면 귀찮은 일에 휘말리게 될지도 모른다.

아무리 머리를 굴려도 마땅한 답은 나오지 않았다. 지금으로서는 이 방법뿐이었다.

그는 바닥에 주저앉아 자고 있는 은초를 일으켰다. 아무런 위해도 가하지 않고, 아무런 터치도 하지 않고 소파 위에만 데려다 놓으면 괜찮을지도.

수안은 애써 스스로를 위안하며 자신의 집 쪽으로 발걸음을 옮겼다.

"……그래서요?"

"뒷이야기는 김은초 씨가 생각하는 그대로예요. 원래는 소파에 내려놓으려고 했는데 불편할 것 같아서 내 방 침대 위에 눕혔어요."

그걸 은초가 믿어 줄 리 만무했다. 그녀가 의심이 뚝뚝 묻어나는 눈빛으로 수안을 쳐다보자 그가 짧게 한숨을 내쉬며 나름의 변명을 했다.

"못 믿겠다는 거 이해해요. 하지만 정말이에요."

"믿을게요. 다 믿는데……."

그녀가 슬쩍 주위를 한 번 둘러보며 물었다.

"왜 우리가 이러고 있냐고요."

"……."

"설마 우리 잔 거예요?"

민감한 질문을 아무렇게나 내뱉은 스스로가 은초는 새삼 놀라웠다.

반면 수안은 얼굴이 빨개져 있었다. 이 남자, 내가 알기로 올해 서른인데 참 부끄럼도 많았다. 갓 미성년자 딱지 뗀 스무 살도 아니고.

그녀가 속으로 혀를 찬 뒤 다시 캐물었다.

"잔 거예요? 그런 거예요?"

"나야 모르죠."

그가 기어들어 가는 목소리로 웅얼거리자 은초는 한숨을 쉬었다.

"은초 씨는 모르겠어요?"

뭘?

목적어가 빠진 문장에 그녀가 어리둥절한 표정으로 되물었다.

"무슨 뜻이에요?"

"혹시 내가 처음……."

"아, 했다고 해도 이번이 처음은 아니에요."

은초는 건조한 목소리로 수안의 말을 끊고 대답했다.

"난……."

그가 무언가를 말하려는 듯 웅얼거리는 게 보였지만 은초
는 무시하고 말했다.

"그냥 실수였다고 생각하죠, 우리."

무언가를 말하려던 수안의 입이 바로 닫혔다.

"살면서 이런 일, 충분히 일어날 수 있다고 생각해요. 김
수안 씨를 잘은 모르지만 파렴치한 짓을 하실 분이 아니라는
것도 대충 알고."

"날 너무 쉽게 믿는 거 아니에요?"

"그럼 의심할까요? 날 억지로 이곳까지 데리고 왔다고?"

"……."

"회사 동료들에게 물어보면 금방 나올 답을 김수안 씨가
조작했다곤 생각 안 해요. 그러니까 내 말은 너무 미안해하
실 필요 없다고요. 저도, 김수안 씨도 술에 취해 있었으니
까."

"책임은 져야 한다고 생각했는데."

"책임이요?"

말없이 고개를 끄덕이는 수안의 반응을 보고 은초는 잠시
아무 말도 않다가 곧 재미있다는 듯 파하하 웃음을 터뜨렸
다.

"건너 들었어요. 김수안 씨, 상당히 정중하고 올곧은 성격
이시라고. 반신반의했는데 진짜였네요. 하나만 물어볼게요."

수안이 질문하라는 듯 고갯짓을 하자 은초는 정말로 궁금한 표정으로 물었다.

"김수안 씨가 말하는 책임이 정확히 뭘 의미하는 거예요?"

"……."

대답이 없는 것을 보니 둘 중 하나였다. 책임의 의미에 대해 정확히 모르고 있거나 그냥 해 본 소리였거나. 은초는 적어도 후자는 아닐 것이라고 믿었다. 수안이 그렇게까지 가식적인 사람은 아닐 것이라는 생각에서였다. 그에 대해 알고 있는 정보는 전부 간접적인 것들뿐이었지만 왠지 믿음이 가는 사람이었다.

"설마 나랑 사귄다거나 그런 건 아니겠죠?"

"김은초 씨가 원한다면 불가능할 것도 없다고 생각하는데요."

그의 대답에 은초가 잠시 생각하는 표정을 짓더니 곧 입을 열었다.

"김수안 씨."

"말씀하세요."

"나 좋아해요?"

"아뇨."

지나치게 빨리 떨어져 나온 대답에 은초는 조금 허탈함을 느끼면서도 거 보라는 듯한 표정으로 답했다.

"그런데 어떻게 사귀어요. 마음도 없는 사람들끼리."

"사귀다 보면 생기겠죠, 마음."

"그렇게 쉽게 마음이, 마음대로 돼요?"

"……."

역시나 대답하지 못하는 수안을 쳐다보며 은초가 짧게 한숨을 쉰 다음 아무렇지 않게 말을 이었다.

"이 일은 그냥 한여름 밤의 꿈이었다고 생각해요."

마침 계절도 한여름이었다. 그러니 이건 그냥 한여름 밤의 꿈이라고 생각하자. 그럼 그도, 나도 마음이 편할 테니.

대수롭지 않은 표정으로 침대 아래에 떨어진 옷가지들을 주워 들었다. 구겨진 블라우스를 예쁘게 펴며 그녀가 요청했다.

"옷 좀 입고 싶은데, 잠시 자리 좀 비켜 주시겠어요?"

"진짜 미쳤어, 김은초!"

수안의 옆집, 정확히는 제집으로 돌아온 은초가 현관에 주저앉아 중얼거렸다.

내내 태연한 척 굴었지만 도대체 무슨 정신으로 옷을 챙겨 입고, 짐을 꾸려서 그 집을 나왔는지 모르겠다. 게다가 현관문을 열고 보니 어째서 수안의 집 구조가 익숙하게 느껴졌는지 깨달아 버렸다. 낯익은 복도 풍경이 눈앞에 펼쳐져 있었던 것이다.

"으아아악!"

망연자실한 은초는 급기야 기괴한 소리를 내지르며 현관 바닥에 철퍼덕 드러누웠다. 방금 전까지 도도하게 굴었던 김은초는 어디로 가고, 하룻밤 실수에 민망해하는 여자만 남아 있었다.

"이게 뭐야……."

아무리 남자가 궁하기로서니 면식만 겨우 있는 남자와 하룻밤을 보내 버렸다. 머리에 피도 안 마른 대학생 때도 하지 않았던 짓을 어엿한 직장까지 잡은 시기에 해 버리다니. 그동안 어지간히도 외로웠나 보다. 그녀가 자조적으로 웃으며 속으로 한탄했다.

진짜 소개팅이라도 나가 보던가 할까.

한참 동안 우울한 표정으로 허공만 바라보던 은초가 흘러가는 목소리로 중얼거렸다.

"피임은 했으려나."

걱정스런 표정으로 몸을 일으켜 거실로 걸어갔다. 중앙 테이블에 놓인 탁상 달력을 꼼꼼히 살펴보며 무언가를 계산해 보던 은초는 이내 다행이라는 표정으로 안도의 한숨을 쉬었다.

천만다행으로 가임기가 아니었다.

그제야 앓던 이가 빠진 표정으로 은초는 가방 안에 든 휴대폰을 찾았다. 밤새 방전된 배터리를 갈아 끼우고 누군가에게 전화를 걸었다. 연결음이 나오다가 잠시 후 상대방의 목소리가 들렸다.

—여보세요.

"어, 솔지야. 나야."

전화를 받은 사람은 대학 동창이자 입사 동기인 이솔지였다.

제 목소리를 들은 솔지의 음성에 화색이 돌았다.

—김은초, 잘 들어갔어?

"어. 그런데 너 어제 회식 때, 누가 날 집까지 데려다줬는지 알아?"

—어머, 김 대리님이 아무 말씀도 안 해 주셨어? 어제 김 대리님이 너 데려다주셨잖아. 테이스티엔젤의 R&D팀.

은초의 표정이 묘해졌다. 그가 거짓말을 했으리라곤 생각하지 않았지만 막상 사실을 확인하니 기분이 복잡했다. 휴대폰 너머에서는 계속 솔지의 목소리가 흘러나왔다.

—알다시피 우리 팀 사람들이 전부 다 너랑 반대 방향에 살잖아. 그런데 마침 김 대리님이 잠실 사신다고 하더라고. 괜찮은 분 같아서 다들 믿고 보냈는데, 혹시 무슨 일 있었어?

"아니."

없진 않았지만 사실대로 말할 수는 없었다. 또다시 밀려오는 민망함에 은초가 대충 얼버무린 뒤 통화를 마무리했다. 툭, 휴대폰을 내려놓는 그녀의 손길이 그다지 가볍지만은 않았다.

"빨래나 하자."

생각을 정리하기 위해 머리를 가볍게 털었다. 편한 옷으로 갈아입은 뒤, 지난밤 걸쳤던 옷가지들을 세탁기에 넣던 은초가 눈에 띈 속옷을 조심스럽게 집어 들었다.

묘하게 깨끗했다.

좀 더 꼼꼼하게 들여다보던 은초가 곧 아리송한 목소리로 중얼거렸다.

"아까 거기서 콘돔을 봤던가?"

⁂ ⁂ ⁂

방금 전까지의 작은 소요는 거의 마무리된 듯 보였다. 오랜만에 집에 들인 낯선 이 때문에 조금 어지러워졌던 분위기는 곧 수안의 손길에 의해 고요를 되찾았다.

그는 집 앞 식당에서 간단하게 해장을 마친 뒤 소파에 앉아 커피의 역사와 관련된 책을 읽기 시작했다. 커피 회사에서 일하는 사람답게 집 안에는 관련 도서가 상당수 쌓여 있었다.

조용히 책을 넘기던 수안의 손길이 갑자기 멎었다. 그러더니 잠시 무언가 생각하는 표정을 지었다.

"김은초……."

수안은 이름 하나를 입에 담았다. 살면서 결코 가까워질 일이 없을 사람이라고 생각했던 이름이었다. 하지만 어제, 어쩌면 오늘부로 완벽히 깨졌다. 그녀와 다시 만날 일이 없다고 해도 은초는 이미 수안에게 특별한 사람이 되어 버렸다.

"그쪽은 처음이 아니었겠지만 난……."

왜냐하면 그는.

"난 처음이었다고요."

그녀가 첫 여자였으니까. 쉽사리 믿기 어려운 일이었지만 사실이었다. 김은초는 김수안의 첫 번째 밤을 가져간 여자였다.

수안이 살짝 붉어진 얼굴로 한숨을 쉬었다.

처음을 이런 식으로 날려 버리고 싶진 않았는데.

그가 우울해진 표정으로 다시 책으로 눈을 돌렸다. 하지만 여전히 생각은 다른 데 가 있었다. 어쨌든 그녀와 자신은 서로 다른 회사, 다른 부서에서 일하는 사람이었다. 커피와 옷, 전혀 연관점이 없는 두 존재가 엮일 일은 거의 없다고 봐도 무방했다.

설령 사옥이 나란히 위치하고 있다고 해도 말이지.

수안이 복잡한 표정으로 책장을 넘겼다. 어젯밤 일은 그가 원치 않더라도 은초의 말처럼 한여름 밤의 꿈으로 치부할 수밖에 없었다.

❉   ❉   ❉

저녁은 대충 냉장고 안에 있는 식빵에 딸기 잼을 발라 해결할 예정이었다.

다른 사람들이 본다면 몸 축난다며 혀를 쯧쯧 찰 광경이었지만 지금 이곳에는 자신을 방해할 직장 동료도, 친구도 없었다.

그러니 저녁은 오로지 나의 것이야.

은초가 흡족하게 웃으며 잼 바른 토스트를 하얀 접시에 차곡차곡 담았다. 냉장고에서 꺼낸 흰 우유를 그보다 더 투명한 유리컵에 가득 담자 비로소 저녁이 완성되었다.

그녀는 신난 표정으로 양손에 접시와 유리잔을 들었다. 모름지기 토요일 저녁은 예능 프로그램과 함께하는 것이 정석이었다. 마침 자신이 좋아하는 프로그램이 시작되려 하자 콧노래까지 흥얼거리며 거실 테이블로 걸어갔다.

지이이잉.

그때 소파 한가운데에 던져 둔 휴대폰이 요란하게 울리기 시작했다.

테이블 위에 접시와 컵을 올려놓은 은초가 의아한 표정으로 팔을 뻗었다. 주말 저녁 시간에 그녀에게 전화를 걸 만한 이는 드물었다.

발신인을 확인한 은초의 표정이 미묘하게 굳어졌다. 그녀는 머뭇거리다가 겨우 전화를 받았다.

"……여보세요."

말을 내뱉기까지의 짧은 시간마저 은초는 어색하게 느껴졌다. 마냥 기다리고만 있자 상대방이 먼저 입을 열었다.

—은초니?

"네."

—저녁 먹었어?

"지금 먹으려고요."

—아픈 데는 없고?

"건강해요."

—그래, 다행이다.

겉보기엔 분명 따뜻한 대화였다. 그럼에도 은초는 어색함을 느꼈다. 그다지 반갑지 않았다. 물론 그렇다고 해서 전화를 건 상대까지 반갑지 않은 것은 아니었다. 그냥 기분이 이상하게 그랬다.

"엄마는 식사하셨어요?"

—응. 엄마는 먹었어.

"……아버지는요?"

자식이 아버지의 안부를 묻는 거야 자연스러운 일이었지
만 주현의 목소리는 이상하게도 조심스러웠다.

—아버지도 드셨다.

"집에는 별일 없죠?"

—그래.

거기서 모녀의 대화는 끊겼다. 은초는 어떻게 대화를 더
이어 나가야 할지 난감했다. 아니, 정확히는 잘 몰랐다. 분명
하늘 아래 가장 가까워야 할 존재이었음에도 은초는 지금 상
황이 미치도록 불편했다.

TV에서는 유쾌한 예능 프로그램이 방영되고 있었지만 정
작 방 안을 지배한 침묵은 도통 사그라들 기미를 보이지 않
았다.

은초는 대화를 지속하기 위해 입술만 달싹이다가 곧 속으
로 한숨을 내쉬었다.

"더 하실 말씀 없으시면 이만 끊을게요."

—너무 무리하지 말고, 건강 잘 챙겨. 반찬은 넉넉하니?

"네."

반찬 따위 실종된 지 오래였다. 애초에 실종이라는 이름을
붙일 만큼의 양이 냉장고에 있었는지도 의문이었지만 이러
한 사정을 그대로 말할 수는 없었다.

한 번 더 남몰래 짧막하게 한숨을 내쉬며 마지막 인사를
남겼다.

"들어가세요."

전화가 끊어지는 알림음이 작게 흘러나오자 은초는 피곤한 표정으로 소파 위에 휴대폰을 내던졌다. 가벼운 반동과 함께 휴대폰이 튀어 올랐다가 가라앉았다.

그녀는 테이블 위에 올려 둔 식빵에 아무 생각 없이 손을 가져갔다.

이 정돈 그냥 문자로만 해도 충분하지 않나.

기껍지 않은 표정을 지으며 TV 채널을 돌렸다. 평소 좋아하던 프로그램이었지만 오늘만큼은 세상 태평한 웃음소리가 조금 거슬렸다.

간단하게 저녁을 때운 은초는 트레이닝 복 차림으로 현관문을 나섰다. 양손 가득 박스들과 쓰레기봉투를 든 채였다. 바쁜 회사 생활 탓에 내내 미뤄 둔 분리수거를 주말에나 겨우 하고 있었다.

그때 도어록 소리와 함께 옆집 현관문이 열렸다. 놀란 은초가 저도 모르게 아파트 비상계단 쪽으로 얼른 몸을 숨겼다. 덕분에 곡예 수준으로 쌓아 올렸던 박스들이 팔 위에서 위태롭게 흔들렸다.

그 남자였다, 김수안.

불타는 토요일이라도 보내려는지 아주 근사하게 차려입고서 엘리베이터 쪽으로 걸어가고 있었다.

그런데 나 왜 숨은 거지?

스스로도 이해할 수 없어 괜히 구시렁거렸지만 끝까지 수안 앞에 모습을 드러내진 않았다. 곧 엘리베이터 문이 열렸고, 수안은 유유히 발걸음을 옮겨 시야에서 사라졌다. 비로소 숨겼던 몸을 드러낸 은초가 황당하다는 목소리로 중얼거렸다.

"네가 뭔 잘못을 했다고 숨어, 숨기는?"

그래도 왠지 모르게 저 남자와는 마주치고 싶지 않았다. 그래야만 할 것 같은 기분이 들었다. 은초는 엘리베이터의 버튼을 다시 꾹 눌렀다. 괜히 시간 낭비만 했다.

잘 차려입은 수안이 발걸음한 곳은 다름 아닌 바(Bar)였다. 어두침침한 내부로 들어선 그가 누군가를 찾듯 고개를 두리번거렸다.

이내 수안이 반가운 표정을 지으며 성큼성큼 어디론가 향했다.

"한새야."

"아, 형."

한 남자가 수안에게 반갑게 인사했다. 수안보다 몇 살 정도 아래인 듯한 인상이었다. 그는 미리 도착해 기다리고 있었던 듯 마티니 한 잔을 홀짝이고 있었다.

"오래 기다렸어?"

"아니, 금방 왔어요."

수안은 베르무트 한 잔을 주문한 뒤 자리에 앉았다. 그러기가 무섭게 한새가 질문 공세를 퍼부었다.

"그런데 왜 갑자기 만나자고 한 거야? 형 원래 이런 데 잘 안 오지 않나?"

"갑자기 불러내서 미안해. 실은 궁금한 게 있어서."

"궁금한 거?"

"어."

"뭐랑 관련해서?"

"여자의 심리."

한새가 갑자기 사례에 들린 듯 연거푸 기침을 해 댔다. 수안이 당황한 목소리로 물었다.

"왜 그래?"

"아, 미안."

입가에 신기하다는 미소를 띠던 한새는 결국 흘러나오는 웃음을 참지 못했다.

"아니, 신기하잖아. 여자 보기를 돌같이 하던 형이 갑자기 이런 걸 물어보니까."

그가 웃음기를 거두지 않은 채 은근하게 물었다.

"여자라도 생겼어? 짝사랑?"

유감스럽지만 짝사랑도 아니었고 여자가 생긴 것도 아니었다.

수안이 난감한 표정을 짓다가 조심스럽게 말을 꺼냈다.

"그런 게 아니라……."

"아, 뭔데. 말해 봐요."

"어제 모르는 사람하고 잤어."

간결한 문장이었지만 말을 내뱉은 사람이 누구인지를 생각하면 가볍게 받아들일 수만은 없었다. 수안의 말을 진지하게 곱씹던 한새가 곧 경악한 표정으로 감탄사를 내뱉었다.

"헐, 대박! 어쩌다가? 형이 그런 걸 즐길 사람은 아니잖아."

"너한테 내 이미지가 도대체 어떤 건데."

"바른 생활 사나이. 솔직히 사실이잖아."

일탈이나 방황은 수안과는 상당히 동떨어진 단어였다. 그러니 한새가 놀랄 수밖에.

"어쩌다가 그랬는데?"

"기억이 잘 안 나. 다른 계열사 부서랑 합동으로 회식하다가 내가 집까지 데려다줬는데, 일어나 보니까 내 방 침대 위에 함께 있더라."

굳이 은초와 이웃사촌이란 이야기까지는 꺼내지 않았다. 앞서 말한 정보로도 상담은 충분했으니까. 수안의 설명에 한새가 어이없다는 표정으로 물었다.

"형 원래 과음도 잘 안 하잖아."

"몰라. 기억이 없다."

"와, 오늘 여러모로 날 놀라게 하네."

한새가 놀란 목소리로 중얼거리다가 화제를 원점으로 돌렸다.

"그래서 궁금한 여자의 심리가 뭔데?"

"그 여자가 너무 아무렇지도 않아 하더라."

"처음이래?"

"아니, 그건 아니래."

"얼마나 태연하기에?"

"엄청. 그냥 실수였다고 생각하자던데."

"흐음."

제 말에 한새가 고민하는 표정을 지어 보이자 수안은 내심 불안해졌다.

"원래 여자들이 그런 걸 아무렇지도 않게 생각해?"

"그건 아닐걸."

잠시 후 한새가 물끄러미 바라보며 물었다.

"그런데 형, 나 궁금한 게 있는데."

"물어봐."

"그게 왜 궁금한데?"

"어?"

수안이 정곡을 찔렸다는 얼굴로 되묻자 한새가 이해할 수 없다는 표정을 지었다.

"아니, 여자 쪽에서 괜찮다며. 그럼 문제 될 소지도 없는 거잖아. 그런데 왜 굳이 그 여자의 심리까지 알려고 들어?"

"……그러게. 나도 잘 모르겠다."

복잡한 표정을 짓는 수안의 모습에 한새는 고개를 갸웃거렸다.

"어차피 타 부서 사람이라며. 그럼 이제 만날 일도 없을 거 아냐. 그 여자가 처음도 아닐 테고."

지나가듯 내뱉은 한새의 마지막 마디에 수안이 대뜸 대답했다.

"처음이야."

"뭐?"

"처음이라고."

"설마 내가 생각하는 그 처음은 아니지?"

설마 하는 한새와 달리 수안은 태평한 얼굴로 대꾸했다.

"맞을 걸? 네가 생각하는 그거."

"헐."

그가 다시 한번 감탄사를 들이켰다.

이 형, 날 잡았나. 평소에는 재미없기가 교장 선생님 못지 않은 사람이면서.

"진짜야? 처음이라고? 동정?"

"어."

"왜 그랬대."

한새가 멍청한 목소리로 중얼거리자 수안이 피식 웃으며 칵테일을 입가에 흘려 넣었다. 어쨌든 처음이라는 건 누구에게나 특별한 의미를 가진다. 첫 단추를 잘 꿰어야 다음도 잘 꿰 나갈 수 있는 거니까.

한새는 여전히 충격에서 벗어나지 못한 듯 보였다.

"그럼 형 모태 솔로야?"

"어. 나름 평범하게 살았다고 자부했는데 나이가 서른이 되도록 여자 한 번 못 사귀어 보고, 뭐했는지 모르겠다."

"그런 사람도 있을 수 있지, 충분히. 그런데 형은…… 그러기엔 비주얼이 너무 우월하지 않나?"

솔직히 수안이 어디 가서 꿇릴 만한 외모는 아니었다. 그랬기에 지금 수안의 고백이 더욱 놀랍게 느껴질 수밖에 없었다. 외모, 성격, 학벌까지.

이 형의 어디가 부족해서 아직까지 모태 솔로야?

그가 이해할 수 없다는 표정으로 머리를 굴리다가 조심스럽게 물었다.

"형 설마……."

"왜."

"고자야?"

"아니."

자신이 생각해도 터무니없는 질문에조차 진지하게 대답하는 수안에 한새는 더욱 이해가 가지 않았다. 그곳까지 멀쩡하면 도대체 무슨 결함이 있어서 아직까지 여자를 못 사귀어 봤단 말인가.

"이런 드라마 같은 경우가 있긴 있구나. 그래서 그 여자랑 잘해 보고 싶어?"

잘해 보고 싶냐고? 그 여자랑?

한새의 질문에 수안은 한동안 아무 말도 하지 않았다. 머릿속에서 생각들이 바쁘게 돌아갔다.

"처음으로 같이 잔 여자니까 뭔가 특별하게 느껴지기라도 한 걸까."

어쨌든 은초는 처음을 나눈 사람으로서 그에게 특별한 의미였다. 이렇게 끝을 낼 순 없었다.

수안의 대답에 한새가 별안간 손뼉을 치며 비장하게 말했다.

"지금은 그럴 수 있어. 하지만 형이 날 불러서 이런 질문을 한다는 것 자체가 조금이나마 마음이 있다는 거겠지."

"……."

"모태 솔로에서 탈출할 수 있게 내가 도와줄게."

"아니, 그럴 필요까진……."

당황한 수안이 급하게 한새를 불렀지만 그는 비장한 표정을 바꾸지 않으며 계속 말을 이었다.

"아냐. 형이 잘 몰라서 그렇지, 이 정도 외모면 어디 가서 차일 일은 없을 거야."

"그렇게까지는……."

"나만 믿어. 내가 그 여자분이랑 형, 잘되게 도와줄게."

그는 마치 어떠한 사명감이라도 부여받은 사람처럼 책임감 가득한 눈빛으로 다짐했다.

수안은 왠지 모르게 일이 커져 버린 것 같은 느낌이 들었지만 이미 늦은 것 같았다. 그가 짤막하게 한숨을 쉬며 체념 섞인 목소리로 말했다.

"그래. 잘 부탁한다."

어쩌면 조금은 바라고 있었는지도.

덜컹.

한밤중 울리는 커다란 문소리에 영화를 틀어 놓고 꾸벅꾸벅 졸고 있던 은초가 화들짝 놀라며 소리를 질렀다.

"깜짝이야!"

반쯤 감긴 눈을 비비며 중얼거렸다.

"뭐야, 지금 들어온 거야?"

고개를 아래로 내려 탁상시계를 쳐다보았다. 참 일찍도 다닌다. 은초가 못마땅하다는 듯 중얼거리다 이내 스스로를 타박했다.

"내가 무슨 상관이야? 그 남자가 일찍 들어오든, 외박을 하든."

너털웃음을 터뜨리던 은초가 테이블 위에 놓여 있던 인스

턴트 팝콘으로 손을 뻗었다. TV에서는 아직도 영화가 방영되고 있었다.

그녀는 무심한 표정으로 화면에 집중하다가 그리 길지 않은 시간이 지난 후에 다시 중얼거렸다.

"그런데 진짜 이 시간까지 뭘 하다 온 거야."

은초가 자신을 신경 쓰고 있는 줄 꿈에도 모른 채 집으로 돌아와 샤워를 마친 수안은 무심한 표정으로 스킨을 발랐다. 촉촉한 액체가 피부 속으로 완전히 침투해 말라 갈 즈음, 그는 한새가 해 주었던 조언을 상기해 보았다.

"그 여자가 옆집에 산다고 했지? 잘됐네. 아주 천생연분이야. 가까워질 수 있는 계기가 충분하잖아."

한새는 그저 신난다는 표정이었던 것 같았다. 마치 이 상황을 즐기고 있는 것처럼.

"일단 가장 중요한 건 가까워지는 거야. 마주칠 수 있는 경우의 수는 수만 가지고, 형이 만들어 낼 수 있는 이유도 마찬가지지. 그걸 잘 잡아내야 해."

"계기라……."

수안은 난감한 듯 중얼거렸다. 도대체 어떻게 하면 그 여자와 가까워질 수 있는 계기를 만들 수 있을까. 보통 사람들에게는 그다지 어렵지 않은 과제가 모태 솔로인 수안에게는 어떤 문제보다도 어렵게 느껴졌다.

결국 그는 그 밤 내내 어떻게 하면 옆집 여자와 가까워질 수 있는지에 대해 고민하느라 날밤을 샜다.

ㄹ. 그 밤이 지나고

    은초는 게으른 편이었다. 가장 기본적으로 해결해야 할 끼니도 배달 음식으로 챙겨 먹는 경우가 빈번할 정도였다. 어쩌다 가끔 스스로의 건강을 염려해 밥과 국이 있는 식사가 식탁에 차려지기도 했지만 그나마 여유 있는 주말에나 가능한 일이었다.

    일요일 아침, 그녀는 냉장고가 완전히 비어 버렸다는 사실을 깨닫고 슬퍼했다. 이번에는 2주 정도 버티나 했는데, 슬슬 장을 보러 가야 할 타이밍이었다. 아침을 대충 마트 근처에서 때우기로 결정한 다음 부스스한 머리를 하나로 질끈 묶었다. 말 꼬리처럼 생긴 머리카락의 끄트머리가 은초의 등 쪽에서 달랑달랑 움직였다.

무릎이 튀어나온 자줏빛 트레이닝 복을 입은 은초가 떡 진 머리를 감추기 위해 모자를 깊게 눌러쓴 채 앞머리 때문에 살짝 간지럽게 느껴지는 이마를 긁적이며 현관문을 나섰다.

마트는 아침임에도 사람이 상당했다. 은초는 익숙한 듯 사람들 사이를 요리조리 돌아다니며 눈에 보이는 음식들을 대충 장바구니 안에 쓸어 담았다. 냉장고가 수용할 수 있는 한계 내에서 최대한 많이 살 생각이었다. 장을 보는 행위만큼 귀찮은 건 세상에 없었으니까.

카트 하나를 듬뿍 채운 은초가 장보기를 마무리할 즈음, 그녀의 귓가에 익숙한 목소리가 스쳐 지나갔다.

"김은초 씨?"

살짝 인상을 찌푸리며 목소리가 들리는 쪽으로 몸을 돌렸다.

입가에 살며시 미소를 띠운 수안이 그녀 쪽으로 걸어오고 있었다. 은초는 차마 벌어진 입을 다물지 못한 채 그를 쳐다보았다.

세련된 로고가 박힌 새하얀 티셔츠에 깔끔한 청바지. 간단한 차림이었음에도 워낙 비주얼이 좋아서일까, 비율이 좋아서일까. 제법 태가 봐 줄 만했다.

도대체 이 남자는 왜 동네 마트에 오면서 저렇게까지 차려입고 오는 거야?

그에 비하면 자신의 몰골은 상당히 초라했다. 속으로 수안이 듣지 못할 절규를 흘리며 은초가 슬금슬금 뒤로 물러섰다.

몸까지 섞은 사이에 예쁘고 좋은 모습만 보여도 모자랄 판에 이런 모습이라니.

한시라도 빨리 마트를 빠져나가야겠다고 생각하며 얼른 카트를 반대쪽으로 밀었다. 그러자 수안이 당황해하며 다급히 그녀를 불렀다.

"김은초 씨! 김은초 씨!"

이름 부르지 말라고! 다른 사람들이 쳐다보잖아!

은초는 소리 없는 외침을 지르며 얼른 그의 눈에 띄지 않을 곳으로 몸을 숨겼다.

커다란 쇼핑 카트까지 같이 숨기려니 난감하기가 여간 짝이 없었지만 다른 사람은 몰라도 저 남자에게만큼은 아무 모습이나 보이고 싶지 않았다. 여자로서 남은 마지막 자존심이었다.

"이상하네. 김은초 씨가 아니었나?"

체구와 머리 길이가 분명 은초였다. 수안이 아리송한 목소리로 중얼거렸다. 그는 은초가 자신을 의도적으로 피했을 것이라고 전혀 짐작도 하지 못한 채 그냥 다른 사람이었겠거니, 생각했다.

그가 물건을 계산하는 것까지 지켜보고 나서야 은초는 가판대에 숨긴 몸을 드러냈다. 여러모로 운이 없다고 생각한 그녀는 카트를 끌며 계산대로 갔다.

"뭐야, 진짜."

하마터면 마주칠 뻔했잖아.

인상을 찌푸리며 카트 안에 담았던 물건들을 계산대에 내려놓았다. 이상하게 어제부터 계속 마주칠 뻔한 상황이 연출되는 것 같아 영 불편했다.

피해서 그나마 다행이라고 생각하며 은초는 가지고 온 장바구니에 계산을 마친 물건들을 차곡차곡 집어넣었다.

그러던 중 한 사람이 그녀의 눈에 들어왔다. 성인 남자 같았는데 검은색 후드에 검은색 바지, 검은색 모자까지. 전부 검은색으로 중무장한 사람이었다.

저도 모르게 그쪽을 빤히 쳐다보던 은초가 물건들을 마저 장바구니에 집어넣으며 중얼거렸다.

"무섭게 왜 저렇게 하고 다녀?"

수안은 마트에서 사 온 식료품들을 하나하나 꺼내 놓으며 점심 식사에 대해 고민했다.

무엇으로 끼니를 해결할지 진지하게 고민하던 그는 냉장고에 춘장이 남은 것을 기억해 내곤 자장면을 만들어 먹기로 결정했다.

사실 사 먹는 편이 훨씬 간단했지만 배달 음식을 그리 좋아하지 않았던 탓에 직접 만드는 편을 선호했다.

수안이 단무지를 비롯한 다른 재료들이 있는지 확인하기 위해 냉장고 문을 열었다. 순간 그의 머릿속에 좋은 생각이 스쳐 지나갔다.

"어휴, 진짜 놀랐네."

집으로 돌아온 은초가 한숨과 함께 가슴을 들썩였다. 이런 몰골을 수안에게 보였다간 부끄러워서 죽을지도 몰랐다. 수안을 피한 게 오늘, 아니 올해 한 일들 중 가장 잘한 것이라고 생각하며 마트에서 사 온 크림빵 봉지를 뜯었다.

점심으로 간단히 라면이나 끓여야겠다고 생각하며 배달을 부탁한 물건들이 올 때까지 잠깐 TV를 보려고 거실로 발걸음을 옮겼다.

어제 보다가 잠드는 바람에 중간부터 영화를 이어서 보며 먹다 남긴 팝콘을 다시 먹던 중, 들리는 초인종 소리에 기쁜 표정으로 자리에서 일어났다.

드디어 왔구나!

머릿속으로 보글보글 끓고 있는 매콤한 라면을 상상하며 은초는 신나게 문을 열었다.

"일찍 오셨……."

유감스럽게도 현관문 앞에선 사람은 그녀가 기다리던 마

트 직원이 아니었다.

심지어 절대 마주치고 싶지 않은 사람, 수안이었다.

순간적으로 현관문을 그대로 닫아 버릴 뻔했지만 간신히 이성을 되살려 문고리가 으스러지도록 꽉 붙잡아 마저 밀었다.

아까와 똑같은 차림에 그의 방 벽지와 똑같은 스트라이프 무늬의 앞치마를 두른 수안이 화사하게 웃으며 인사했다.

"집에 계셨네요. 다행이다."

"안녕하세요."

엉겁결에 인사한 은초를 위아래로 슬쩍 훑어보던 수안은 그럴 줄 알았다는 듯 의기양양하게 말했다.

"역시 맞았네요."

"뭐가요?"

"아까 집 앞 마트에서 나 만났었죠? 지금이랑 똑같이 입고 갔는데."

은초는 저도 모르게 슬쩍 입술을 깨물었다. 자지러지는 절규를 입 밖으로 내지를 뻔한 것을 꾹 참으며 어색하게 웃었다.

수안은 끈질기게 물어 왔다.

"아까 불렀는데 왜 그냥 갔어요?"

"그게……."

은초가 난감한 표정을 지으며 머리를 굴렸다.

생각해, 김은초. 어떻게 하면 지금 이 상황을 벗어날 수 있을까. 제발 생각해, 두뇌야!

그녀의 절박함에 응답하듯 머릿속에 좋은 핑계거리가 빠르게 떠올랐다.

"사려다가 깜빡한 물건이 갑자기 기억나서요. 무례했다면 사과드려요."

"아뇨, 뭘 무례까지야. 괜찮아요."

"그런데 여기까진 왜……."

여기까지라기에는 상당히 민망한 거리이긴 했지만 달리 대체할 말도 없었다. 그러자 수안이 다급히 그녀 쪽으로 무언가를 내밀었다.

커다란 흰 접시 위에 먹음직스러운 자장면이 담겨 있었다. 은초의 목울대가 크게 움직였다.

"자장면을 좀 만들어 봤는데, 생각보다 많이 남아서요."

수안이 입에 침 하나 바르지 않고 뻔뻔하게 거짓말을 했다. 생각보다 많이 남은 게 아니라 애초에 나눠 먹을 생각을 하고 많이 만든 거였다.

그의 속내를 아는지 모르는지 은초가 어색하게 웃으며 접시를 냉큼 받아 들었다. 자장면은 죄가 없었다. 암, 그렇고말고.

"직접 만드신 거예요?"

조금 놀란 목소리로 묻자 그가 고개를 끄덕이며 대답했다.

"네."

"와, 세상에. 귀찮으실 텐데."

"제가 배달 음식을 별로 안 좋아해서 직접 만들어 먹게 되더라고요."

은초는 순간 그에게서 존경심에 가까운 감정을 느꼈다. 배달 음식을 안 시켜 먹는다니. 누군지는 몰라도 이 남자의 부인 될 여자는 건강만큼은 걱정할 필요가 없으리라. 은초가 대단하다는 목소리로 감탄사를 내뱉었다.

"우와, 요리하는 거 좋아하시나 봐요."

"네, 싫어하진 않는 것 같아요."

수안이 다정하게 웃으며 그녀에게 말했다.

"그럼 전 이만 가 볼게요. 맛있게 드세요."

"아, 네. 안녕히 가세요."

은초가 저도 모르게 머리를 숙였다가 이젠 머리카락이 떡지다 못해 젤리가 되었다는 사실을 기억해 내고선 퍼뜩 들어 올렸다.

괜스레 얼굴이 화끈거리는 것을 느끼며 그녀가 어색하게 웃었다.

수안이 제집 현관문 안쪽으로 사라짐과 동시에 엘리베이터가 열리며 마트 직원이 상자들을 쌓은 카트를 끌고 은초의 집 쪽으로 걸어왔다. 털썩, 상자를 현관에 내려놓은 직원은 인사와 함께 바람처럼 사라졌다.

옆집 남자도, 마트 직원도 무슨 마파람에 게 눈 감추듯 사라져 버렸다.

은초는 멍한 표정으로 한참 동안 현관 앞에 서 있다가 자장면이 붙지도 모른다는 생각에 서둘러 집 안으로 들어갔다. 옆집 남자 덕분에 오늘 점심은 라면 대신 오랜만에 자장면이었다.

"좋았어!"

한편, 집으로 돌아온 수안은 입가에 가득한 미소를 띠운 채 쾌재를 불렀다. 은초가 부담스럽게 생각할까 봐 걱정이었지만 어차피 자장면 한 그릇일 뿐이라고 치부했다.

수안은 콧노래를 흥얼거리며 조금 불어 버린 자장면으로 젓가락을 가져갔다. 텁텁한 밀가루 맛이 느껴졌지만 표정은 흥으로 가득 찬 상태였다. 왠지 남은 하루도 잘 보낼 수 있을 것 같다고 생각하며 수안은 가벼운 손놀림으로 단무지 하나를 집어 들었다.

아, 단무지도 가져다줄 걸 그랬나.

뒤늦은 후회가 그의 머릿속을 비집어 들었다.

생각했던 것보다 그의 요리 실력은 훌륭했다. 혼자 사는 남자라 요리는커녕 밥도 제대로 안 챙겨 먹을 것처럼 생겼는데 의외로 요리사 기질을 가지고 있던 모양이었다.

은초는 남은 소스에 마트에서 사 온 즉석 밥 한 공기를 넣고, 숟가락으로 열심히 밥을 비볐다.

하긴 혼자 사는 남자치고는 집도 상당히 깨끗했지. 정리 정돈도 잘 되어 있었고, 솔향기도 조금 나는 것 같았고…….

여기까지 생각하던 은초가 깜짝 놀라며 멍 때리던 정신을 바로 잡았다. 머리를 가볍게 털며 다시 식사에 집중하다가 이내 한 가지의 고민에 사로잡혔다.

그녀가 난감한 표정을 지었다.

"나 이렇게 입 쓱 닦아도 되는 건가?"

어쨌든 오는 게 있으면 가는 것도 있어야 하는 것이 세상 사는 순리 아니던가.

"역시 나도 뭘 찾아 들고 가야 하나?"

은혜도 모르는 파렴치한이 되고 싶진 않았다. 은초가 혼란 스런 표정으로 '어떡하지'를 연거푸 중얼거렸다.

어째서 자신이 이웃집 남자의 친절에 이렇게까지 신경을 쓰고 있는지, 아직 깨닫지 못한 채였다.

황금 같던 주말이 지나가고 어김없이 월요일이 찾아왔다. 분명 오래도록 꿈꿔 오던 직업이었건만 월요병을 이겨 내는 건 분명 버거운 임무였다.

평소와 같은 시간에 출근하자 이준아 대리가 가벼운 인사

말을 건넸다.

"은초 씨, 주말은 잘 보냈어?"

"네, 대리님은 주말 잘 보내셨어요?"

"나야 뭐, 그저 그렇지. 참, 그날 집에는 잘 들어갔어?"

갑작스럽게 떠오른 기억에 그녀의 표정이 순간적으로 굳어졌지만 찰나에 불과한 시간이었다. 은초가 얼른 입매를 푼뒤 어색한 미소로 답했다.

"아, 네. 하하."

"다행이다. 조금 걱정했었는데."

집에 잘 들어갔다고 말하기에 모순인 부분들이 많았지만 은초는 애써 쓰린 속을 부여잡고 자리에 앉았다.

그때 정 팀장이 들어오며 팀원들에게 소리쳤다.

"자자, 지금 바로 회의실로 집합합시다."

매주 월요일 아침마다 진행하는 회의를 알리는 소리였다. 정 팀장의 목소리에 은초는 정리해 둔 회의 자료를 얼른 챙겨 들고 자리에서 일어났다.

마침내 새로운 한 주의 시작이었다.

"……그럼 오늘 회의는 여기서 끝내죠."

팀장의 목소리에 생기 없던 눈동자들에서 빛이 감돌았다. 다들 바쁘게 배부받은 회의 자료들을 챙겨 들고서 하나둘씩 자리에서 일어났다.

수안도 파일들을 주섬주섬 정리한 뒤 천천히 의자를 밀고 일어섰다. 그때 옆에 있던 동료 직원 하나가 그를 불렀다.

"참, 김 대리님. 그날 잘 들어가셨어요?"

뜬금없는 이야기에 수안의 눈동자가 순간적으로 경직되었으나 한순간이었다. 수안은 평소처럼 우아한 미소를 지으며 고개를 끄덕였다. 그러자 동료 직원이 어이없다는 어조로 덧붙였다.

"아니, 윤영 씨도 그래. 왜 그 자리에서 김 대리님이 잠실 산다고 말해요? 그 팀 직원들도 웃기지. 아무리 계열사라지만 다른 부서 사람한테 그렇게 넙죽 팀원을 맡기고."

"그럴 수도 있죠, 뭘. 신경 써 주신 건 감사하지만 너무 그러진 마세요."

험담에도 수안이 여전히 미소를 지우지 않은 채 응수하자 동료 직원은 고개를 절레절레 흔들며 그를 쳐다보았다.

"김 대리님도 대단하세요. 그렇게 흔쾌히 받아들이실 줄은 몰랐는데."

괜히 팀 내 젠틀남이 아니라며 동료 직원이 추켜세우자 수안이 부끄럽다는 표정으로 뒷머리를 긁적였다.

"별일 아니었는데요, 뭘."

결과적으로 별일 아닌 일이 별일을 불러왔지만 그걸 사실대로 말할 수도 없는 노릇이었다. 그가 쓰게 웃었다.

"참, 오늘부터 야근 있는 거 아시죠?"

"야근이요?"

"네. 상부에서 신제품 출시를 조금 앞당겨 달라는 요청이 들어왔대요. 그것 때문에 당분간은 전 직원 야근이라네요."

동료 직원이 짤막하게 한숨을 내쉬며 한탄했다.

"회식 끝나고 곧바로 야근이라니, 우리 회사 참 자비 없어요. 당분간 커피 들이키면서 커피 연구만 엄청 하게 생겼네요."

수안이 일하고 있는 회사인 테이스티엔젤은 한선그룹의 외식 브랜드 중 하나로, 커피 프랜차이즈 유통을 맡고 있었다.

그가 속해 있는 R&D팀은 경쟁사의 신제품 출시 일정에 따라 업무가 유동적으로 변하는 부서 중 하나라 불시 야근은 어느 정도 감내해야 했다.

수안이 희미하게 웃으며 동료의 등을 토닥였다.

"어쩔 수 없죠."

오늘 저녁은 집에 남아도는 조개로 봉골레 파스타나 만들어 먹을 생각이었는데, 아무래도 당분간 보류해야 할 듯싶었다.

그가 피곤한 표정으로 고개를 슬쩍 돌렸다.

야근이 난무하는 테이스티엔젤과는 달리, 한선의류는 얼마 전 신제품 출시를 마감해 당분간 여유로운 편이었다. 물론 또다시 피 터지게 신제품을 기획해야 했지만 당장은 눈앞의 휴식이 먼저였다.

시계가 퇴근 시간을 가리키자 상품기획팀의 모든 직원들이 빠르게 자리에서 일어섰다. 팀 내부적 방침으로 상품기획팀은 신제품 출시를 앞둔 시기가 아니면 되도록 야근을 지양했다.

지난달까지만 해도 야근에 찌들어 살던 은초로서는 꿈만 같은 일이었다.

노래까지 흥얼거리며 짐을 챙기는 와중에 저녁으로 무엇을 먹을지 고민하다가 회사 앞에 새로 생긴 분식집을 기억해 내고 미소를 지었다.

보너스를 받아 지갑도 두둑해졌겠다, 오늘도 저녁은 간단히(?) 떡볶이로 때워야겠다고 생각하면서.

사무실을 빠르게 나서서 회사 건물 밖으로 나가자마자 시원한 여름밤의 공기가 그녀를 스쳤다. 머리카락을 정리하다가 언뜻 보인 옆 건물에 순간적으로 어제 수안이 해 주었던 자장면이 생각났다.

이왕 이렇게 된 거 그 사람 몫까지 사 갈까?

은혜를 받았으면 갚자는 게 은초의 신조였다. 결국 은초는 동네 분식집에서 떡볶이와 어묵을 각각 2인분씩 주문했다.

딩동.

조용한 복도에 초인종 소리가 가득 울려 퍼졌다. 하지만 아무리 기다려도 나오는 사람은커녕 인기척도 느껴지지 않았다.

은초가 의아한 표정으로 고개를 갸웃거렸다.

"뭐야, 집에 없나?"

야근인가.

순간적으로 든 생각에 그녀가 아차, 하는 표정을 지었다. 왜 자신이 야근이 아니라고 해서 옆집 남자까지 그럴 거라고 멋대로 판단했는지.

은초는 낭패라는 듯 작게 눈살을 구기며 아래쪽을 내려다보았다.

떡볶이 2인분에 어묵 2인분. 아무리 잘 먹는 그녀라도 수용할 수 있는 양이 아니었다. 은초는 하는 수 없이 친구를 부르기로 결심했다.

하지만 이 시간에 부를 만한 친구가 그리 많지 않았다. 솔지는 오늘 결혼을 약속한 남자 친구와 데이트가 있었고, 주미는 신혼이라 지금 시간에 불러내기가 쉽지 않았다.

은초는 짧게 한숨을 내쉬며 터덜터덜 발걸음을 옮겼다.

아, 나도 남자 친구나 있으면 좋을 텐데.

"흐으……."

그로부터 며칠 뒤, 고요한 집 안에 낮은 신음 소리가 울려
퍼졌다. 참을 수 없는 고통에 수안은 천천히 눈을 떴다. 정말
죽을 것 같았다. 전신에서 느껴지는 아픔에 그가 입술을 잔
뜩 깨물며 겨우 몸을 일으켰다.

"으으."

입에서 자연히 신음이 터져 나왔다. 이렇게 몸이 아픈 게
도대체 얼마 만이더라. 지난 며칠 동안 야근한 게 화근이 된
듯했다.

수안은 표정을 일그러뜨리며 천천히 몸을 일으켰다. 으윽,
하고 다시 한번 앓는 소리가 새어 나왔다. 이러다 정말 초상
이라도 치를 것 같아서 응급실로 가는 것을 선택했다.

한 걸음씩 내딛을 때마다 뼈마디가 욱신거렸지만 병원까
지 차로 5분 거리라 119를 부르기에는 조금 애매해 택시를 잡
을 생각이었다.

수안이 금방이라도 떨어질 듯한 팔을 들어 테이블 위에 올
려 두었던 휴대폰으로 손을 뻗었다.

겨우 옷을 입고 지갑까지 챙긴 뒤 문을 열었지만 그러는
동안에도 끊임없이 입가에서 신음 소리가 터져 나왔다. 죽을
노릇이었다.

점점 정신이 혼미해졌다. 엘리베이터까지 겨우 이동해 버
튼을 눌렀을 때, 수안은 문이 열리는 소리와 함께 정신을 놓

았다.

쿵.

밤늦게까지 책을 읽고 있던 은초는 무거운 물체가 넘어진 것 같은 소리에 깜짝 놀란 표정으로 현관문 쪽을 바라보았다.

조심스레 현관문을 열자마자 쓰러진 수안을 발견한 그녀는 저도 모르게 큰 목소리로 외쳤다.

"김수안 씨!"

얼른 쓰러진 수안에게 다가간 은초가 급한 마음에 그의 팔을 붙잡고 마구 흔들었다.

"이봐요, 김수안 씨! 정신 좀 차려 봐요!"

미동조차 않는 그를 보자 은초는 덜컥 겁이 났다. 사정없이 떨리는 손을 애써 진정시킨 그녀가 다시 집 안으로 들어갔다.

휴대폰과 지갑을 가지고 나온 은초는 재빨리 어딘가로 전화를 걸었다.

"여보세요? 119죠?"

✴   ✴   ✴

미약하게 느껴지는 소독약 냄새와 사방에서 들려오는 작

지 않은 소요. 점점 선명해지는 소란에 슬며시 수안이 눈을 떴다.

쏟아져 들어오는 빛에 슬쩍 눈을 찡그리다가 완전히 뜨자 익숙하고도 새로운 얼굴이 보였다. 은초였다.

"윽."

그녀를 부르고자 했지만 입 밖으로 나오는 건 신음뿐이었다.

눈뜬 자신을 발견한 은초가 걱정스런 얼굴로 물었다.

"일어났어요?"

"내가 왜 여기에……."

"아까 새벽에 큰 소리가 들려서 나와 봤더니 쓰러져 계시더라고요. 놀라서 119에 전화했어요."

이어서 은초가 덧붙였다.

"아까 의사가 다녀갔어요. 독감이래요. 입원을 하는 게 좋다고 하더라고요."

요즘 독감이 유행이라는 뉴스를 심심찮게 접했었다. 더불어 이번 독감이 상당히 독하다는 것도. 아무리 야근이 많더라도 컨디션 관리에 소홀하지는 말았어야 했다.

"입원하려면 보호자가 있어야 하는데, 가족분들한테 전화 드려야 하지 않아요?"

"가족……은 없어요."

수안이 낭패라는 듯이 대답하자 은초의 얼굴이 당황으로

물들었다.

그녀가 안절부절못하자 뒤늦게 상황을 파악한 수안이 아니라며 얼른 설명했다.

"아뇨, 그런 게 아니라 지금 두 분 다 해외에 계시거든요. 당장은 못 오세요."

"그럼 형제분들은 없으세요?"

"외동이에요."

은초가 패닉에 빠져 입만 오물대고 있는데, 저쪽에서 간호사가 부르는 소리가 들려왔다.

"김수안 환자 보호자분!"

결국 이곳에 김수안 환자 보호자는 은초밖에 없었다. 그녀가 수안과 간호사를 번갈아 돌아보다가 에라, 모르겠다는 표정으로 벌떡 일어섰다. 속으로 연신 불만을 터트리면서도 발은 성실히 간호사에게로 뛰어갔다.

수안은 은초의 도움을 받아 무사히 입원할 수 있었다. 환경이 바뀌면 잠을 잘 못 잔다는 그의 부탁 때문에 은초는 1인실로 접수를 넣었다. '돈이 많은 가 보다' 라고 생각하다가 곧 그가 사장의 아들임을 떠올리고서 알 만하다는 얼굴로 고개를 끄덕였다.

입원 수속을 마친 뒤 병실로 들어서자 환자복으로 갈아입은 수안이 눈에 들어왔다.

은초가 어색하게 웃으며 물었다.

"이틀이나 사흘 정도는 입원해 계셔야 한대요. 부모님은 언제 돌아오세요?"

"다음 주 월요일요."

즉 병원에 있을 때까지 그를 돌봐 줄 수 있는 사람이 단 한 명도 없다는 뜻이었다. 은초는 혹시나 싶은 심정으로 그에게 물었다.

"혹시 와 줄 친구 있어요? 아님 친척이라던가."

"아뇨."

한새가 있었지만 신혼인 녀석을 불러낼 만큼 양심이 없진 않았다. 수안이 가만히 고개를 젓자 은초는 체념한 표정을 지었다.

하긴, 지금 이 시간에 연락할 친구가 있다는 게 흔한 일은 아니었다. 집 주변이 모두 회사 건물이나 오피스텔로 가득한 걸 생각하면 친척들도 대부분 멀리 사는 경우가 많을 것 같아 은초는 난감한 표정으로 물었다.

"아무래도 회사에는 말을 해야 할 것 같고, 간병인이라도 구해야 하는 것 아닐까요?"

"신경 써 줘서 고맙지만 괜찮아요. 간호사도 있고, 거동을 못 할 정도는 아니니까요."

"그래도……."

"고마워요."

수안이 희미하게 웃으며 감사 인사를 했다.

그의 미소에 은초는 순간적으로 심장이 덜컹거렸지만 애써 똑같이 따라 웃어 주었다.

"천만에요."

"회사는 제가 전화해 둘게요. 그런데 은초 씨, 회사 가야 하지 않아요?"

"아, 맞다."

은초가 허겁지겁 침대 옆 테이블에 올려 두었던 지갑과 휴대폰을 챙겼다.

정신없이 수안을 옮기고 입원시키면서 시간이 훌쩍 지나가 버린 것도 몰랐다. 잘못했다간 지각이었다.

"이따 퇴근하고 다시 올게요."

은초는 몸조리 잘하라는 말까지 남기고 나서야 허둥대는 발걸음으로 자리를 떴다.

그녀가 사라지는 뒷모습을 빤히 바라보던 수안은 병실 문이 닫히자 기분 좋게 웃었다. 독감 때문에 병원에 입원한 건 결코 좋은 일이라고 할 수 없었지만 이건 꽤나 좋은 일이지 않은가.

들뜬 마음에 마냥 좋아 웃고 있는데, 잠시 후 노크와 함께 간호사가 병실 안으로 들어왔다. 링거 줄을 만지작거리며 간호사가 작은 미소로 물었다.

"여자 친구분께 들었어요. 간병인 없이 지내신다고요?"

간호사의 말에 수안의 표정이 마취에서 막 풀린 사람처럼 멍해졌다. 그가 몽롱한 목소리로 물었다.

"여자 친구요?"

"네. 같이 계시던 분, 여자 친구 아니에요? 보호자 서명 칸에 이름 적으신 분이요."

간호사의 설명에 수안의 입꼬리가 살짝 올라갔다. 거짓말을 할 수는 없었기에 그는 슬쩍 고개를 저으며 대답했다.

"아뇨."

하지만 완전한 거짓말도 아니었다.

"곧 여자 친구 될 사람입니다."

한 번 꼬셔 보기로 마음먹었으니까, 그 여자.

"잘 있으려나."

"누가 잘 있어?"

펜대를 놀리며 중얼거리던 은초에게 옆자리 솔지가 의아한 표정으로 물었다. 멍하니 허공을 응시하다가 깜짝 놀란 은초가 작게 비명을 내지르며 말했다.

"아이고, 놀래라."

"내가 더 놀랐다, 이것아. 무슨 일 있어?"

"일은 무슨. 아무것도 아냐."

놀란 가슴을 쓸어내리던 그녀가 어색하게 대꾸하며 얼버

무렸다.

'원나잇한 남자가 옆집에 살고 있는데 오늘 그 사람이 독감 때문에 쓰러져서 병원에 데려다주었다' 라는 말을 어떻게 할 수 있단 말인가.

절대 못 하지.

그녀가 짧게 한숨을 쉬자 솔지가 이상하다는 목소리로 물었다.

"그런데 어제 잠 못 잤어? 어째 얼굴이 영 까칠하다."

"잠?"

남자를 병원에 데려다주고 깨어날 때까지 기다리다가 잠을 못 잤다고 말할 수는 없어서 은초가 어색하게 웃으며 대충 변명했다.

"어제 책 좀 읽다 자느라."

"쉬엄쉬엄해. 다음 날도 생각해야지."

"그러게."

은초는 아무렇지 않은 목소리로 대꾸하면서도 계속 딴생각을 했다.

그는 지금 뭘 하고 있을까?

이따 퇴근하자마자 바로 병원으로 가 봐야겠다고 생각하며 은초는 잡히지 않는 일거리로 눈을 돌렸다.

죽 한 그릇을 다 먹은 후 약까지 삼켰지만 고통은 좀처럼 나아질 기미를 보이지 않았다. 아까 얼핏 본 뉴스에서 이번 독감이 역대 최고로 아프다는 걸 듣긴 했지만 이 정도일 줄이야.

수안은 마른기침을 하고서 다시 자리에 누웠다. 아침부터 식사와 취침의 반복이었다. 무서운 건 아무리 열심히 잠을 자도 계속 졸음이 쏟아진다는 사실이었다.

마지막으로 눈을 감기 전, 수안은 벽에 걸린 시계를 쳐다보았다. 한선그룹의 통상적인 퇴근 시간은 6시였고, 얼마 전 신제품 출시가 끝났으니 아마 당분간 야근은 없을 터였다. 그렇다면 그녀가 온다는 가정하에 걸릴 시간을 대충 계산할 수 있었다.

과연 와 줄까?

수안이 진지한 표정을 지으며 앞으로의 상황을 추측했다.

만약 은초가 온다면 내게 조금이라도 관심이 있다는 걸까? 그렇게 생각해도 될까?

그가 설렘이 담긴 표정으로 병실 문을 바라보았다.

단순한 동정 때문이어도 상관없으니, 제발 내게로 오기를. 와 주기를.

빈손으로 가기가 민망해진 은초는 병원 안 편의점에서 종합 음료 선물 세트를 구입했다. 수안의 병실이 있는 7층에 도착한 은초가 조금 떨리는 마음으로 옆쪽 벽에 '김수안'이라고 쓰여 있는 병실 문을 두드렸다.

"김수안 씨?"

조심스럽게 이름을 부르며 안으로 들어갔는데도 아무런 대꾸가 없자 은초는 고개를 갸웃거렸다.

화장실에 갔나?

그녀의 추측이 무색하게 조금 더 안쪽으로 이동하자 잠들어 있는 수안의 모습이 눈에 들어왔다.

"뭐야, 자고 있었네?"

곤히 잠든 모습을 묘한 표정으로 바라보던 은초가 음료 상자를 테이블 위에 올려놓았다. 입구 쪽에 구비되어 있는 핸드 클리너로 손을 깨끗이 닦은 뒤, 그가 잠들어 있는 침대 쪽으로 조심히 다가갔다.

은초는 잠든 수안의 얼굴을 찬찬히 뜯어보기 시작했다. 날카롭지 않은 얼굴선이었다. 보다 부드럽고, 모난 곳 없다는 표현이 정확했다. 날이 서 있다는 인상보다는 따뜻하고 다정하다는 느낌을 주는 얼굴이었다. 별개로 그의 턱 선이나 콧대는 상당히 높고 곧은 편이었다.

"의외로…… 잘생겼네?"

사실 전부터 생각하고 있던 거였지만 얼굴을 찬찬히 들여다볼 기회가 없었다. 가까이서 보고 있자니 왠지 더 잘생긴 것 같았다. 그녀가 엷게 웃었다.

"게다가 잠꾸러기야. 초저녁부터 자는 사람이 어디 있어?"

말이 끝나기가 무섭게 감겨 있던 눈이 번쩍 뜨였다. 소스라치게 놀란 은초가 굽혔던 허리를 벌떡 일으켰다. 그녀는 마른 소리를 흘리며 당황한 표정을 지었다.

"아!"

"은초 씨?"

아직 잠이 덜 깬 듯 몽롱한 목소리가 묘하게 관능적이어서 은초는 저도 모르게 마른침을 삼켰다.

뭐야, 원래부터 목소리가 이렇게 섹시했었나?

은초가 놀란 표정을 애써 얼버무리며 인사를 건넸다.

"아침에 그렇게 두고 간 뒤로 걱정이 돼서요. 쉬시는 중이었는데 죄송해요. 몸은 좀 어떠세요?"

그녀를 기다리다가 깜빡 잠들었는데, 일어나자마자 이런 선물이 기다리고 있었을 줄이야.

"약을 먹었더니 좀 낫긴 해요. 아직 더 지켜봐야겠지만."

그리고서 자연스럽게 대화가 끊겼다. 문득 은초는 그가 자신을 기다렸는지 물어보고 싶은 충동이 들었다.

하지만 그러기에는 조금 부끄러웠기 때문일까. 그녀는 결국 하고 싶은 말을 마음속에 꾹꾹 눌러 담은 채 수안에게 다른 걸 물었다.

"혹시 제가 뭐 가져다 드릴 건 없어요?"

"네, 괜찮아요."

수안이 눈살을 접어 곱게 웃으며 되물었다.

"식사는 하셨어요?"

"아뇨, 곧바로 왔거든요."

수안의 가슴이 좀 더 세차게 뛰었다. 저녁 식사까지 뒤로
하고 자신을 먼저 찾았다는 사실에 대한 기쁨이었다. 그는
눈앞의 감정은 잠시 접어 두고, 또 다른 한 수를 두기로 했
다.

지금이 한새가 말했던 순간이란 느낌이 강하게 들었다. 은
초와 가까워질 계기 중 하나라고.

"저녁 사 드려도 될까요?"

"네?"

뜻밖의 제안에 은초가 당황한 목소리로 되묻자 수안은 차
마 거절하지 못할 표정으로 엷게 웃어 보였다. 제 딴에는 비
장의 무기와 같은 수단이었지만 은초는 그저 손을 휘휘 저을
뿐이었다.

"오늘은 좀 그래요. 아직 많이 아프신 것 같은데, 안정을
취하셔야죠."

"아, 그런가요?"

"네. 일단은 좀 누우세요."

단호한 말투에 수안은 저도 모르게 침대 위로 몸을 눕혔
다. 그제야 만족한 표정으로 은초가 제안했다.

"저녁 대신에 이야기나 하죠. 어때요?"

"그것도 괜찮은데 배고프실까 봐요."

"괜찮아요. 끼니에 그렇게 목매는 성격이 아니라서."

"그럼 평소에도 끼니 거르시고 그러세요?"

"주로 배달 음식을 시켜 먹어요. 아니면 분식집 같은 데서 먹거나."

은초는 며칠 전 2인분씩 샀던 떡볶이와 어묵을 떠올렸다. 그날 미련하게도 사 온 음식들을 전부 먹어 치운답시고 배가 터지는 줄 알았다. 물론 굳이 그 일을 입 밖으로 꺼내지는 않았다. 들으면 제 잘못도 아닌데 수안이 미안해할 게 뻔했으니까.

한편, 은초의 대답에 수안은 좋은 생각이 떠올랐다. 회심의 미소를 숨기며 아무렇지도 않은 표정으로 입을 열었다.

"은초 씨 그럼……."

잠깐 뜸들이던 그가 말을 이었다.

"나중에 우리 집에서 밥 먹고 갈래요?"

"네?"

한참 후에야 은초의 입술이 열리며 되물음을 내뱉었다. 그녀는 얼떨떨한 표정으로 상황을 파악하기 위해 머리를 굴렸다.

이 남자가 지금 뭐라고 한 거지?

혼란스런 눈동자만 이리저리 굴리는 은초의 모습에 수안은 피식 웃었다.

귀엽네.

"무슨 생각을 그렇게 골똘히 해요?"

"아니, 밥을 먹고 가라는 게 무슨 뜻인가 해서요."

"나도 혼자 밥 먹는 거 싫어하고, 손도 커서 한 번 만들 때 양이 엄청 많거든요. 어차피 매일 배달 음식 시켜 먹는 거 몸에도 안 좋고, 지겹기도 하고, 무엇보다 돈도 많이 들잖아요. 그러니까 그냥 나랑 같이 먹자고요. 한 번이 아니라 계속 그러면 더 좋고요."

조금도 틀림없는 진실이었다. 아무리 배달이라는 획기적인 시스템이 있어도 언젠가는 한계가 드러나기 마련이다. 치킨이 아무리 맛있다고 해서 매일 튀긴 닭만 먹고살 순 없다. 그랬다간 동맥 경화증에 걸리고, 통장이 텅장이 되는 건 한순간일 테니까. 결정적으로 배달 음식은 다 거기서 거기였다.

한마디로 아무리 맛있어도 많이 먹으면 질리는 법이다. 설령 치느님이라 할지라도.

게다가 은초는 앞서 수안이 언급한 세 가지 사항에 모두 해당되었다. 안 그래도 요즘 배달 음식만 시켜 먹어서 건강이 부쩍 나빠진 것 같기도 했고, 분명 보너스를 받은 것 같은데 통장 잔고가 어느새 바닥을 드러내고 있었다. 수안의 제안이 감사할 지경이었다. 하지만 은초는 무조건적인 공짜를 별로 좋아하지 않았다.

"설마 공짜는 아니죠?"

"그런 거 싫어할 것 같은데."

"네. 싫어해요."

예상이 맞아떨어졌는지 수안이 낮게 소리 내어 웃었다.

"그럼 이렇게 해요. 같이 장을 보면 내가 요리해서 아침저녁마다 같이 먹는 거죠. 물론 돈은 더치페이."

물론 지금 말한 내용의 대부분은 급조해 낸 게 80%였지만 자고 일어나니 머리가 한결 잘 굴러가는 것 같았다.

나름의 논리를 갖춘 수안의 설명에 은초가 조심스럽게 물었다.

"그럼 수안 씨가 손해 아니에요? 피곤하고 바쁜데 거를 수도 있는 일에 굳이 의무감을 부여시키고 싶지 않아요."

"의무감으로 밥을 먹는 건 아닌데. 난 한 번도 끼니를 거른 적 없어요. 어차피 하는 요리, 같이 나눠 먹으면 좋잖아요. 안 그래요?"

마침내 은초의 표정이 크게 흔들렸다. 수안은 직감적으로 그녀가 자신의 제안을 거절하지 못할 것이라고 확신했다. 구미가 당기는 제안에 한동안 말없이 앉아만 있던 은초가 입을 열었다.

"대신 재료 사는 돈은 내가 낼게요. 그렇게 해도 어차피 매번 배달 음식 시켜 먹는 것보다는 돈이 적게 드니까."

"그렇게 해서 은초 씨의 마음이 편해진다면요."

은초는 피식 웃다가 우연히 시계를 발견했다. 얼마 안 있었던 것 같은데 시간이 꽤나 흘러 있었다.

그녀가 아쉬운 표정으로 말했다.

"이만 가 봐야 할 것 같아요. 늦었네요."

"바래다줄게요."

"환자가요?"

은초가 말도 안 된다는 듯 어이없는 표정으로 고개를 저었다.

"그냥 있어요. 혼자 갈 수 있어요."

"내일도 올 거예요?"

"……."

은초가 순간적으로 침묵했지만 두 사람은 알고 있었다. 내일 그녀가 이곳으로 올 필요는 전혀 없다는 걸. 하지만 수안은 은초가 고개를 끄덕이는 쪽에 희망을 걸고 싶었다.

그러므로 바라고 있었다. 부디 그녀가 이번에도 고개를 끄덕여 주길. 그리하여 부디…….

"야근이 없으면 올게요."

자신이 계속 기대할 수 있길.

"죽 사 들고."

결과는 성공이었다. 그가 미소 지으며 고개를 저었다.

"죽 말고 다른 걸로 사 주세요."

의도성 짙은 말 뒤로 은초가 돌아가자마자 혼자 남겨진 수안은 빨개진 얼굴로 중얼거렸다.

"저질렀다."

충동적으로 내뱉은 말이었음에도 만족스러운 결과를 얻어 냈다. 수안은 싱글벙글 웃으며 퇴원하고서 만들 음식들을 상상하기 시작했다.

정확히 42번째 요리를 구상하고 있을 때, 간호사가 들어왔다. 약 먹을 시간이었다.

그가 얼른 표정을 갈무리한 채 간호사가 주는 약봉지를 받아 들었다. 끝내 가려지지 않은 웃음기를 발견한 간호사가 궁금하다는 목소리로 물었다.

"기분 좋아 보이세요. 무슨 일 있으셨나 봐요."

"네. 조금?"

수안이 싱긋 웃으며 덧붙였다.

"용기 있는 자만이 미인을 얻는다죠."

"네?"

뜬금없는 말에 간호사가 되물었지만 수안은 그저 살짝 웃어 보이기만 했다.

용기 있는 수안만이 은초를 얻는 법이었다.

✳   ✳   ✳

다음 날, 예상대로 야근은 없었고 은초는 당연하다는 듯 퇴근 후 수안과 보낼 저녁 시간을 그려 나가고 있었다.

빵집에서 카스텔라라도 사 가야겠다고 생각하며 컴퓨터를 끈 은초가 가방을 챙기고 있을 때, 솔지가 물어 왔다.

"김은초, 어제도 그러더니 칼퇴근이다? 집에 기다리는 사람이라도 있어?"

기다리는 사람, 있었다. 집이 아니라 병원이라는 게 좀 특이하긴 했지만.

"병문안 가야 해서."

"누구 아파?"

"응, 아는 사람."

"오오, 다정해라."

솔지가 대견하다는 듯 그녀의 등을 톡톡 두드려 준 뒤 내일 보자는 말과 함께 사무실을 빠져나갔다. 은초도 책상 위의 물건들을 정리하고 가방을 집어 들었다. 기다리는 사람에게로 가야 할 시간이었다.

그 시각, 수안은 떠나간 임을 기다리듯 오매불망 은초를 머릿속에 그리고 있었다. 오전부터는 상태가 그나마 나아져서 깨어 있는 시간이 훨씬 늘어났다. 할 일이 없어 가만히 누워 TV 채널만 돌려 보고 있는데, 생텍쥐페리의 삶을 다룬 다큐멘터리가 나왔다.

문득 작중 여우가 어린 왕자에게 한 말이 떠올랐다.

"언제나 같은 시간에 오는 게 좋아. 만약 네가 오후 4시에 온다면 난 3시부터 행복해질 거야."

수안도 그랬다. 만약 은초가 오후 6시에 온다면 그는 5시부터 행복해질 것이다. 하지만 그와 여우 사이엔 다른 점이 있었다.

은초가 언제나 같은 시간에 온다면 더할 나위 없이 좋겠지만 꼭 같은 시간이 아니더라도 좋았다. 중요한 건 언젠가는 그녀가 이곳으로 온다는 사실이었으니까.

떨리는 가슴을 진정시키기 위해 수안은 TV를 끄고 가만히 눈을 감았다. 전자파 때문인지, 아니면 다른 무엇 때문인지 여전히 가슴은 떨리고 있었다.

똑똑.

노크 소리가 들렸다. 그는 아까보다 가슴이 더욱 거세게 뛰는 것을 느끼며 허공에 말을 내뱉었다.

"네."

"김은초예요."

제 이름을 말하며 마침내 은초가 문을 열고 들어왔다. 수안이 빙긋 웃으며 그녀를 맞아 주었다.

"기다리고 있었어요."

아이처럼 해맑게 웃으며 제 등장을 반기는 수안의 모습에 은초는 저도 모르게 엄마 미소를 지었다. 자신을 기다리고 있었다는 말이 이렇게나 기분 좋게 다가올 수 있을 줄은 몰랐다. 꽤 오랜 시간 동안 혼자 지냈으므로 누군가가 그녀를 기다리고 있다는 특유의 설렘은 이미 오래 전에 없어져 버렸었다.

은초는 종종걸음으로 수안에게 다가가 쇼핑백을 테이블 위에 내려놓았다. 안에 담긴 물건의 정체가 궁금해진 수안이 아리송한 표정으로 물었다.

"그게 뭐예요?"

"간식이에요. 카스텔라를 좀 사 왔어요. 내일 낮에 심심하실 때 드세요."

은초가 살짝 고개를 옆쪽으로 기울이며 그의 안색을 살폈다.

"오늘은 좀 어떠세요?"

"조금 좋아졌어요."

중병도 아니었지만 그렇다고 해서 쉽게 나을 것도 아니었다. 부러 그런 것은 아니었지만 기침을 몇 번 콜록거리던 수안을 걱정스럽게 바라보며 은초가 어색한 목소리로 물었다.

"진짜 좋아진 거 맞아요?"

"네, 콜록콜록!"

"그래도 좀 누워 계세요."

수안은 충실히 따랐고, 은초는 누운 그의 목 아래까지 이불을 덮어 주었다. 곧이어 찾아온 정적에 은초는 무슨 이야기를 꺼낼지 고민하다가 아무 말이나 내뱉었다.

"궁금한 게 있는데, 물어봐도 될까요?"

"그러세요."

"카페를 운영하시다가 본사로 옮기신 이유가 뭐예요?"

수안은 얼마 전까지 테이스티엔젤 한국대점을 운영하다 본사로부터 스카우트를 받아 이직한 바 있었다. 병원에서 함께 보내는 시간과 비례해 서로 공유한 정보들도 늘어난 탓에 은초는 내심 궁금해했던 것을 물었다.

은초의 질문에 수안이 별거 아니라며 답했다.

"원래 연구직에 있었기도 했고, 일탈을 해 보고 싶기도 했거든요."

그게 일탈이라고?

은초는 살짝 어이없어졌지만 내색하지 않고 물었다.

"그래서 지금 일에는 만족하세요?"

"음."

잠깐 생각하는 표정을 짓던 수안이 은초를 쳐다보았다. 일은 그때나 지금이나 나쁘지 않았다. 다만 차이가 있다면 직장을 옮기고 은초와 만나게 되었다는 사실이 만족감을 더했다.

"만족하고 있어요."

"다행이네요."

"어느 일이든 사람이 중요한 것 같아요. 일이 힘들어도 옆

76

에 있는 사람이 좋으면 즐겁고, 그게 아니면 힘들고. 그런 거
죠, 뭐."

"동료분들이 좋으신가 봐요."

"그런 것도 있죠."

말을 마친 수안이 씩 웃었다. 동료뿐만 아니라 좋은 사람
이 한 명 더 있었지만 아직까지는 비밀로 하자고 생각하면
서.

❋　　　❋　　　❋

이틀 뒤 수안은 드디어 환자복을 벗을 수 있었다. 생각보
다 빠른 퇴원에 은초는 기뻐하며 기꺼이 그를 위해 반차를
썼다. 직장인에게 휴가가 얼마나 피 같은 존재인지 모르지
않았으므로 수안은 엄청 미안해했지만, 은초는 앞으로 그가
자신에게 해 줄 것들에 비하면 새 발의 피라고 말하면서 그
럴 필요가 없다고 너스레를 떨었다.

오전에 퇴원 수속을 마치고 만난 두 사람은 일단 밥부터
먹자며 집 근처 백반 가게로 향했다. 순두부찌개와 된장찌개
를 시킨 은초와 수안은 한 식탁에 마주 보고 앉았다. 얼마 지
나지 않아 나온 뚝배기에 담긴 순두부를 한 숟가락 뜬 그녀
가 지나가는 말로 물었다.

"지난주에 야근했어요?"

"네, 왜요?"

"지난주 월요일에 자장면 답례로 떡볶이를 들고 갔었는데 안 계시더라고요."

"그랬어요?"

그가 당혹스러운 목소리로 덧붙였다.

"전화를 주시지."

"야근하는 거 아는데 어떻게 그래요."

"혼자 드셨겠네요, 그럼."

"그렇죠, 뭐. 야근은 이제 안 해요?"

"다음 주까지는 해야 할 거예요, 아마. 거기다 사흘이나 빠졌으니 아마 더 늦게까지 남아야 하지 않을까 싶은데."

수안이 웃음기 섞인 한숨을 내쉬었다. 당장 밀린 일들을 생각하니 눈앞이 캄캄해졌다. 그래도 은초와 꽤 가까워졌으니 아예 소득이 없는 것은 아니었다.

수안은 풀 죽은 목소리로 은초에게 사과했다.

"미안해요. 밥 같이 먹는 건 다음 주부터로 미뤄야 할 것 같아요."

"미안해하실 필요 없어요. 어차피 전 수안 씨 아니었으면 다음 주뿐만 아니라 다음 달도 배달시켜 먹었을 테니까."

"귀찮아도 요리해 먹으면 안 돼요?"

"왜요?"

"몸 상하니까."

하룻밤의 실수로 엮였던 남자가 당연하다는 듯 제 건강을 걱정해 준다는 건 생각보다 상당히 묘한 기분으로 다가왔다. 뭐랄까, 마치 전혀 생각지도 못한 곳에서 훅 치고 들어오는 것 같달까. 갑자기 어퍼컷을 당한 느낌? 아니, 그렇게 표현하기에는 뒤에 따라오는 감정이 너무 몽글몽글했다.

괜히 민망한 느낌도 들어서 은초는 그저 멍한 목소리로 대꾸할 뿐이었다.

"아직 젊어서 괜찮아요."

"그래도요."

"……."

아무 말도 하지 않는 은초를 향해 빙긋 웃다가 수안은 이내 다정한 목소리로 다시 말을 이었다.

"오늘 나 때문에 반차 내서 미안한 거 어떻게 해야 할까요."

"난 진짜 괜찮은데."

"내가 안 괜찮다니까요."

"그렇게 하나하나 다 계산하고 살면 피곤하지 않아요?"

"피곤해도 이게 더 편하니까요."

할 말이 없어졌다. 정작 본인도 비슷한 이유로 같은 길을 고수하면서 남에게 뭐라 하는 꼴이라니. 스스로가 우스워져 은초는 훈계를 그만두었다.

"그럼 내가 물어볼게요. 어떻게 보상해 주고 싶은데요?"

"내가 말하는 대로 다 해 줄 거예요?"

"막 터무니없거나 그런 건 아니죠?"

내심 불안해진 은초가 은근슬쩍 물었지만 수안은 대답 없이 웃기만 했다. 그녀의 가슴이 갑자기 불규칙적으로 뛰기 시작했다. 떨림을 애써 무시한 채 은초가 다시 물었다.

"뭔데요? 말해 줘요."

"말하면, 들어줄 거예요?"

"아니, 일단 뭔지 알아야 들어주든 말든 하죠."

"안 돼요. 일단 말하면 무조건 들어주는 걸로."

마냥 유할 것 같은 남자가 갑자기 고집을 부리니 성질 급한 은초로서는 궁금증이 극대화될 수밖에 없었다. 호기심에 미쳐 버리기 일보 직전이었다. 한참 동안 끙끙대던 은초가 포기한 듯 마침내 입을 열었다.

"알았어요. 들어줄게요."

"진짜요?"

수안이 재차 묻자 은초가 확고한 음성으로 대답했다.

"속고만 살았어요? 진짜라니깐."

"그렇다기보다는 조금 의외여서? 이렇게 쉽게 대답해 줄 거라 생각 못 했거든요."

슬쩍 얼굴이 붉어진 은초가 얼른 이야기나 해 보라는 듯 턱으로 고갯짓을 했다. 재촉 아닌 재촉에 빙긋 웃은 수안이 갑자기 허리를 은초가 있는 쪽으로 굽혔다.

순식간에 가까워진 거리에 헛숨을 삼킨 채 은초가 당황으로 커진 눈을 데굴데굴 굴렸다.

뭐야, 이 남자 갑자기 왜 이래?

그녀가 무어라 말하기 위해 입술을 달싹였다. 유감스럽게도 수안이 조금 더 빨랐다.

"김은초 씨."

"……."

"나랑 사귀어요."

"……네?"

한참 후에 나온 건 어벙한 대답이었다. 은초가 멍한 표정으로 눈만 깜빡였다. 상황 파악이 잘 되지 않았다. 지금 제 눈앞에 있는 남자라면 절대로 그런 말은 꺼내지 않을 줄 알았으니까. 다시 한번 어퍼컷을 얻어맞은 느낌이었다.

"왜, 왜요?"

무식한 질문이었다. 남녀가 사귀는 데 무슨 이유가 있겠는가. 잘 알고 있는 사실이었지만 당최 이해할 수가 없었다.

두 사람이 알고 지낸 지 고작 2주가 조금 넘었다. 그마저도 절반은 수안이 야근하느라 바빠 지나쳐 버린 시간들이었다. 물론 전부터 사교 모임에서 이름은 익히 들어 알고 있었지만……

은초는 혼란스러운 표정으로 수안에게 설명을 요구했다.

"은초 씨를 더 알아 가고 싶어서요."

그가 얼굴을 붉히며 덧붙였다.

"물론 호감도 있고요."

"서로에 대해서는 충분히 알지 않아요? 학생 때부터 알음 알음 사교 모임에서도⋯⋯."

은초의 말에 수안이 말을 자르고 대답했다.

"사교 모임에서 들은 소문 말고, 진짜 은초 씨요."

두 사람은 이미 안면이 있던 사이였다. 수안과 밤을 보낸 것을 인지하자마자 은초가 유독 소스라치게 놀란 이유이기도 했다. 은초는 영향력 있는 국회 의원인 김석훈의 외동딸이었고, 수안은 테이스티엔젤 사장인 김선태의 외동아들이었다. 그녀가 알기로 두 사람이 처음 만났을 때 수안의 아버지는 부사장이었지만.

어쨌든 학창 시절부터 서로에 대해 건너 들은 것들이 있었긴 해도 친한 사이가 아니어서 상대방의 얼굴만 겨우 파악하는 정도였다.

은초가 떨리는 목소리로 다시 입을 열었다.

"혹시 괜한 책임감으로 그러는 거라면 안 그래도 돼요."

"책임감이라면⋯⋯."

앞마디를 중얼거리던 수안이 빙긋 웃으며 말을 끝맺었다.

"은초 씨가 가져야죠. 내가 아니라."

"네?"

"은초 씨는 처음이 아니었겠지만, 난 처음이었거든요."

"뭐라고요?"

멍했던 그녀가 순식간에 화들짝 놀란 표정으로 바뀌었다. 지금 수안이 말한 내용이 진짜일까, 판단하기 위해 머리를 바쁘게 굴렸다. 은초가 믿을 수 없다는 표정으로 중얼거렸다.

"말도 안 돼."

"사실이에요. 나 모태 솔로거든요."

"그건 더 말도 안……. 진짜예요?"

당신이 뭐가 모자라서?

은초가 도무지 믿기지 않는다는 표정을 짓다가 조심스럽게 물었다.

"혹시……."

"혹시?"

"이런 말하기 정말 미안하지만……."

"괜찮으니까 말해 봐요."

"고자예요?"

한새와 쌍둥이도 아닐 텐데, 은초도 반응이 같았다.

"아뇨."

"그런데 왜?"

하긴, 그랬다면 저와 밤을 보낼 일조차 없었을 테니까. 그럼에도 은초가 도무지 이해되지 않는다는 표정으로 연신 고개를 갸우뚱거리자 수안은 잠시 고민하다 입을 열었다.

"좋아하는 여자가 있긴 했어요."

"그런데요?"

"차였거든요. 거기다가 유부녀더라고요, 알고 보니까."

수안이 씁쓸한 듯 미간을 찌푸리며 말을 끝맺자 은초는 순간 실수한 건가 싶어 얼른 입을 다물었다. 그렇다고 초조한 마음에 마냥 가만히 있을 수도 없었다.

"그래서 지금 나더러 책임지라는, 뭐 그런 거예요?"

"책임지라는 말은 안 했는데요."

그랬다. 그냥 지레 겁먹어 물은 것뿐이었다. 실수를 자각한 은초가 살짝 입술을 깨물었다.

"그냥 만나 보고 싶어요. 남자와 여자로서. 나 별론가요?"

"아, 아뇨. 싫진 않아요."

아직 좋아한다, 사랑한다고 말할 수 있는 단계는 아니었다. 하지만······.

"좋아요."

받아들였다. 그의 고백.

섣부른 판단이라 나중에 후회할 수도 있었지만 은초는 하루 빨리 새로운 사랑을 시작하고 싶었다. 마지막에 만났던 남자가 지나치게 구렸기 때문이었다. 마지막 연애를 한 지 대략 2년이 조금 넘었지만 아직 연애 세포는 죽지 않았는지 서툰 고백조차 달달하게만 느껴졌다.

한편으로는 혹시 이 사람도 전 남자 친구와 비슷한 사람은 아닐지, 은초는 벌써부터 고민이었다. 또다시 상처받는 건 원하지 않았다. 사랑의 상처는 한 번으로 족하다. 반복된다면 그때는 완전히 마음의 문을 닫을지도 모른다.

시작을 앞두고 설렘보다는 두려움이 앞섰지만 은초는 그를 한 번 믿어 보기로 결심했다. 스스로도 어디서 비롯된 건지 의문스러울 정도로 근거 없는 믿음이긴 했지만.

은초는 밝은 목소리로 대답했다.

"우리 사귀어요, 김수안 씨."

수안의 얼굴에 환하게 미소가 피었다.

밥 먹다가 고백이라니. 두 사람 모두 무드 없다는 사실은 알고 있었지만 상관없었다. 애초에 사랑이란 건, 분위기가 아니라 마음의 문제였으니까.

"으아아아."

조용한 집 안에 이불 걷어차는 소리만 가득히 들렸다. 평소 점잖고 차분한 성격은 어디 가고 수안은 지금 혼신의 힘을 다해 버둥거리고 있었다. 이불이 흔들리면서 생긴 먼지가 허공으로 부유했다.

한참 동안 열심히 이불만 차던 수안은 한순간 모든 움직임을 정지했다. 잔뜩 빨개진 얼굴로 입을 꾹 다물고 있던 그가 잠시 후 개미만 한 목소리로 중얼거렸다.

"쪽팔려."

이제 와 생각하며 터무니없는 고백이었다. 은초가 받아들인 게 기적처럼 여겨질 정도로.

처음부터 그곳에서 고백할 생각은 전혀 없었다. 원래라면 근사한 레스토랑에서 저녁을 대접한 뒤 고백하는 것이 그의 계획이었다. 아까의 고백은 분명 저답지 않게 충동적이었다.

찌개를 호호 불며 식힐 때마다 빵빵해지는 볼이 귀여웠기 때문일까. 아니면 뜨거움에 찌푸린 미간마저 사랑스러웠기 때문일까. 어쩌면 전부였는지도. 감정 앞에 단순한 제 마음 덕분에 충동이라는 이름의 용기로 고백할 수 있었다.

내가 당신을 좋아한다고.

모든 부끄러운 행동들에도 불구하고 은초가 무슨 마음으로 받아들인 건진 모르겠다. 수안으로서는 그저 고마웠다. 결과적으로 쉽게 풀린 일에 그가 입꼬리를 위로 끌어 올렸다.

이윽고 입 밖으로 행복에 겨운 중저음이 흘러나왔다.

"좋다."

첫사랑은 아니었지만 첫 연애였고, 첫 고백은 아니었지만 첫 승낙이었다.

특별했다, 모든 게.

수안은 작게 웃으며 천천히 눈을 감았다. 처음으로 회사에 가는 내일이 기다려졌다.

그가 막 잠든 시각, 은초는 세안을 마친 후 스킨로션을 얼굴에 토닥거리고 있었다. 크림까지 꼼꼼히 바르고 난 후 회사에서 마치지 못했던 업무를 마저 하려고 노트북을 켰다.

전원이 푸른빛을 내며 켜지는 동시에 은초의 머릿속에서도 아까의 일이 전구 켜지듯 반짝하고 떠올랐다.

"생각했던 것보다……."

용감했다. 성격이 유해서 그런 말은 하지 못할 줄 알았는데. 하지만 그보다 더 놀라웠던 건…….

"모태 솔로였다니."

자신도 연애를 많이 해 본 편은 아니었다. 대학 다닐 적 첫 연애를 시작했을 때조차 동기들에게 늦었다는 말을 들었기에 나이도 서른인 남자가 그간 여자를 만난 경험이 없다는 사실은 꽤나 충격적으로 다가왔다. 혹시나 수안에게 심각한 결함이 있는 건 아닌지 고민도 해 보았지만 그건 제가 생각해 봤자 결론을 내릴 수 없는 부분이었다.

은초가 신기하다는 듯 작게 소리 내 웃으며 마우스를 달칵거렸다. 이후 줄곧 한 시간 정도를 열심히 일에 집중하던 은초는 돌연 입을 쭉 찢어 미소 지었다.

"아, 나도 이제 커플이다."

그녀의 입 밖으로 벅찬 음성이 터져 나왔다.

"완전 좋아!"

은초가 작게나마 소리까지 내지르며 주먹 쥔 양손을 허공에 대고 신나게 흔들었다.

지금껏 도도한 도시 여성 코스프레를 하느라 숨겼었지만 내심 주변 친구 커플들을 보며 상대적 박탈감을 느꼈던 게 사실이었다. 물론 전 남자 친구에게 많이 데인 탓에 그동안 의도적으로 연애를 피해 온 것도 있었다.

수안은 적어도 그 남자처럼 자신을 배신할 일은 없을 거라는 확신이 들었다.

각자 정도가 다른 마음을 품고 맺은 인연이 어느 방향으로 향할지는 아무도 모를 일이었으나, 적어도 이 밤만큼은 설레기 그지없었다. 은초가 기분 좋은 표정으로 자리에서 일어났다.

내일을 위해서 일찍 자두는 게 여러모로 좋을 것 같았다.

3. 오늘부터 1일

띠리리리.

어둠을 겨우 탈피한 아침, 조용한 집 안에 시끄러운 알람 소리가 울려 퍼졌다. 은초가 애처로울 정도로 뒤척이다 겨우 몸을 일으켰다.

좀비처럼 흐느적거리며 알람 시계가 있는 테이블까지 걸어간 그녀는 아직 반도 채 뜨지 못한 눈으로 버튼을 눌렀다. 삑, 하는 기계음과 함께 사방이 잡아먹힌 듯 조용해졌다. 은초가 반 정도를 뜬 눈을 사정없이 비볐다.

"일어나, 김은초. 일어나."

그녀는 자신의 뺨을 자비 없이 때리며 스스로에게 되뇌듯 말했다.

결국 안 되겠다고 생각했는지 곧바로 욕실로 달려가 샤워를 시작했다.

20분 후, 샤워 가운을 입은 은초가 처음 일어났을 때보다 명쾌해진 눈빛으로 욕실을 나왔다.

촉촉이 젖은 머리카락을 대충 수건으로 말리고 옷을 챙겨 입었다. 드라이기로 머리카락까지 바싹 말리고 나서야 향한 곳은 다름 아닌 주방이었다.

은초는 이제 막 마른 머리를 하나로 묶었다. 냉장고를 열자 지난주에 봐 두었던 음식들이 빠끔 모습을 드러냈다. 그녀가 안도의 한숨을 내쉬며 중얼거렸다.

"남자 친구 생겼다고 철들었네, 김은초."

은초가 뿌듯한 목소리로 중얼거리며 냉장고를 뒤졌다. 그나마 도시락으로 쌀 만한 재료들이 몇 뭉치 보였다. 그녀는 필요한 재료들을 어림잡아 꺼낸 뒤 문을 닫았다. 오늘 아침은 간단하게 스크램블드에그와 소시지, 점심 도시락은 김치볶음밥이었다.

은초는 콧노래까지 흥얼거리며 손을 흐르는 물에 씻기 시작했다.

요리가 귀찮아 점심은 물론이요, 저녁까지 사 먹던 그녀가 이렇듯 급변한 건 솔로를 탈출한 덕에 엔도르핀이 치솟았기 때문이었다.

다음 주부터 수안이 아침과 저녁까지 요리해 줄 텐데, 적어도 그가 야근하는 동안은 자신이 식사를 준비해 주고 싶었다. 나름 엄청난 귀찮음을 극복하고 도마 앞에 선 것이다.

그래 봐야 어차피 일주일. 사귀는 사람에게 이 정도도 못 해 준다는 건 말도 안 됐다.

전 남자 친구에게는 이것보다 더한 노력도 쏟아부었던 그녀였다. 어쩌면 귀차니즘에 빠지게 된 건 최근의 연애 탓도 조금은 있을지도 모르겠다.

한 시간이 조금 못 되어 모든 요리가 끝났다. 은초는 여분의 도시락 통 두 개에 수안과 자신 몫의 김치볶음밥을 넣었다. 프라이팬에서 열심히 익고 있는 스크램블드에그 2인분과 소시지 네 개는 예쁜 하얀색 접시에 담았다.

옆집에 남자 친구가 살고 있어서 가장 좋은 점은 언제든 서로의 집을 방문할 수 있다는 점이었다.

은초는 김이 모락모락 나는 접시를 손에 든 채 조심히 현관문을 열었다. 동시에 아침 특유의 쌀쌀한 공기가 살갗으로 파고들었다. 약간의 썰렁함을 느끼며 그녀는 재빨리 옆집으로 건너갔다.

딩동.

경쾌한 초인종 소리가 울려 퍼졌다. 순간적으로 은초는 수안이 아직 일어나지 않았으면 어쩌지 고민했다. 이내 잠에서 덜 깬 부스스한 수안도 나쁘지 않겠다는 생각이 들어 작게 웃었다.

이윽고 수안의 목소리가 인터폰을 통해 흘러나왔다.

—누구세요?

약간 잠긴 목소리에 묘한 기분이 들었다. 은초는 어느새 붉어져 버린 자신의 볼을 만지작거리며 대답했다.

"김은초예요."

참으로 딱딱하기 그지없는 호칭이었으나 아직까지 '여자친구예요' 라고 대답하기에는 다소 부끄러운 감이 있었다. 얼마 지나지 않아 덜컥 소리와 함께 현관문이 열렸다.

잠옷 차림은 아닌 그가 문 앞에 서 있는 은초를 보고 환한 미소를 지었다.

"이른 아침부터 무슨 일이에요? 출근 시간이라 바쁠 텐데."

"바빠요?"

은초의 조심스런 질문에 수안이 아니라는 듯 얼른 고개를 내저었다.

"하나도요. 아, 지금 막 아침 먹으려고 했는데 들어와서 같이 먹어요."

그녀의 가슴이 철렁 내려앉았다. 오늘 야근을 한다고만 했었지, 아침을 안 먹는다는 말은 없었다. 은초가 난감한 표정으로 입술을 지그시 깨물자 의아함을 품은 수안이 빤히 쳐다보다가 그녀의 손에 들린 접시를 발견하고선 부드럽게 웃었다.

"은초 씨가 해 온 거예요?"

"네. 그런데 괜히 왔네요. 식사 마저 하세요."

갑자기 발개진 얼굴로 은초가 뒤돌아서자 당황한 수안은 얼른 그녀를 붙잡았다.

"어어, 가지 말아요. 마침 필요했거든요, 곁들어 먹을 음식. 가지고 얼른 들어와요. 감기 걸릴라."

수안의 말에 은초는 쭈뼛거리며 눈만 굴리다가 마지못해 현관문 안쪽으로 들어섰다. 서늘한 바깥에 있다 들어왔기 때문일까, 아니면 수안의 집이었기 때문일까. 유독 집 안이 따스하게 느껴졌다.

자신의 집과 구조가 같았기 때문에 은초는 자연스럽게 주방 식탁으로 이동했다. 식탁 위에는 야채 볶음밥이 담긴 프라이팬이 놓여 있었다. 수안이 접시 하나를 더 내와 은초의 몫까지 담아 주었다.

"고마워요."

"뭘요. 이렇게 와 줘서 내가 더 고맙죠."

그러자 은초가 아쉬운 목소리로 중얼거렸다.

"오늘 아침은 안 만드는 줄 알고 일부러 일찍 일어나서 준비했는데."

고작 스크램블드에그와 소시지가 다였지만 정성이 눈에 보였기 때문에 수안은 부드럽게 웃으며 그녀를 위로했다.

"날 생각해 주는 마음이 고맙네요."

어쩜 말 한마디를 해도 저렇게 예쁘게 하는지. 은초가 괜히 쑥스러운 표정으로 웃었다. 왠지 모르게 그와 있으면 평소의 괄괄한 자신은 어디로 가고, 음전한 요조숙녀만 남겨진 듯했다.

은초는 얌전한 손길로 스푼을 집어 들며 지나가는 말로 물었다.

"혹시 점심도 도시락 싸 가요?"

그렇다면 그녀가 오늘 아침 일찍 일어나 한 모든 것들은 수포로 돌아가 버리는 셈이었다.

은초는 조마조마해진 마음을 애써 진정시키며 그의 대답을 기다렸다. 그녀의 질문에 수안은 잠시 말이 없더니 곧 대답했다.

"아니요. 왜요?"

은초가 밝아진 표정으로 얼른 외쳤다.

"내가 도시락 쌌어요!"

"정말요?"

수안이 짐짓 놀란 목소리로 반문하자 그녀는 마치 칭찬을 받으려 필사적으로 노력하는 어린아이처럼 해맑게 웃으며 대답했다.

"네. 아, 다행이에요. 혹시 도시락도 쌌다고 했으면 어쩌나, 엄청 마음 졸였거든요."

"다행이네요."

들떠 보이는 은초를 쳐다보며 수안이 의미심장한 미소를 지었다.

"참, 도시락은 저희 집에 있어요. 이따가 가져올게요."

"그래요."

서두를 것 하나 없다는 표정으로 차분하게 대답하자 은초는 흥분했던 기분을 조금 가라앉힌 채로 식사를 시작했다.

야채 볶음밥은 방금 만들어서 그런지 따뜻했고, 맛 또한 훌륭했다.

"와, 수안 씨."

"왜요?"

"수안 씨랑 결혼할 여자는 진짜 복 받은 것 같아요."

은초가 숟가락을 내려놓으며 감탄 어린 칭찬을 내뱉었다.

"어쩜 남자가 이렇게 요리도 잘해요? 진짜 최고."

자장면 만들 때부터 알아봤지만 생각했던 것보다 요리 실력이 수준급이었다. 그녀가 옆에 놓인 소시지를 한 입에 넣으며 말했다.

"이렇게 맛있는 야채 볶음밥은 진짜 처음 먹어 봐요."

"에이, 립서비스는 안 해 줘도 돼요."

은초가 절대 아니라는 듯 손까지 흔들어 가며 큰 소리로 부정했다.

"아니에요, 진짜. 누구한테 요리 맛보여 준 적 없죠? 그래서 그런가 보다. 칭찬을 못 들어 봐서."

은초는 숟가락을 계속해서 움직이며 연이어 수안을 칭찬했다.

"진짜 이건 당장 회사 그만두고 볶음밥 가게 차려도 될 것 같은 솜씨예요."

"은초 씨만 맛있게 먹으면 그걸로 됐어요."

마지막 한마디에 이전까지 계속해서 움직이던 은초의 바쁜 입이 한순간에 다물렸다. 그녀가 이내 빨개진 얼굴로 말 없이 수저만 움직였다.

아침부터 이런 설레는 멘트라니. 은초는 시선을 아래로 처박고 열심히 볶음밥을 입에 떠 넣었다. 와중에도 입가에는 숨길 수 없는 미소가 자리 잡고 있었다.

그녀를 바라보던 수안이 피식 웃었다.

귀여워.

갑자기 조용해진 분위기 속에서 식사가 진행되었다. 와중에도 어색함을 느끼는 사람은 없었다.

잠시 후 밥알 하나까지 깔끔하게 비운 은초가 부른 배를 통통 두들기며 입을 열었다.

"잘 먹었네요, 아침부터."

"다행이다. 그럼 평소에는 아침을 걸렀던 거예요?"

수안의 질문에 은초가 잠시 고민하다가 대답했다.

"네, 그런 경우가 많았죠. 먹어도 사과나 플레인 요구르트 하나 정도? 원래 아침에는 입맛이 없어서 잘 안 먹기도 하거든요."

"그러다 몸 상한다니까."

수안이 다정하게 웃으며 자신을 걱정해 주자 그녀의 심장이 거세게 뛰기 시작했다. 은초는 불규칙한 두근거림에 알 수 없는 쾌감을 느꼈다.

"이제는 안 굶고 다닌다니까요."

"내일도 내가 해 줄게요, 아침."

"야근하는 일주일은 내가 할게요. 나도 양심이 있지."

키득거리는 은초를 향해 미소를 지어 보이며 수안은 고개를 끄덕였다.

은초가 잠시만 기다리라는 말을 남기고선 수안의 집을 나섰다. 조금 묘한 기분이 들었다. 마지막으로 그의 집 현관문을 나섰을 때가 그날이었기 때문에 당시의 기억이 절로 떠올랐다.

잠시 회상에 잠겼던 은초는 이내 피식 웃으며 잡념을 정리했다. 사고라고만 생각했던 일이 두 사람의 관계를 발전하는 데 일조한 것이 되어 버렸으므로 그다지 나쁘진 않았다.

은초는 비밀번호를 누른 뒤 집 안으로 들어갔다. 식탁 위에 얌전히 자리 잡은 연두색 도시락을 잡아채듯 손에 든 그녀는 다시 수안의 집을 찾았다.

그녀에게 문을 열어 주고 수안은 설거지를 마무리하기 위해 다시 주방으로 향했다. 은초는 순간적으로 뒤에 가서 백

허그를 하고 싶은 충동이 들었지만 애써 참았다.

설레발치지 말자, 김은초. 너무 이르잖아.

그녀는 어색하게 미소 지으며 김치볶음밥이 든 도시락을 주방 테이블 위에 올려놓았다.

"도시락 통 여기에 뒀어요. 출근 잘하고, 내일 또 봐요."

던지듯 할 말만 내뱉은 후, 은초는 붙잡힐 틈도 주지 않고 헐레벌떡 그의 집을 빠져나왔다.

잠시 후 짧은 설거지를 마친 수안이 앞치마에 물 묻은 손을 닦으며 탁자로 다가왔다. 식탁 위에서 얌전히 새 주인을 기다리고 있는 연두색 도시락 통이 눈에 띄었다. 위에 올려진 하얀색 쪽지도 함께였다.

수안은 기대감 어린 표정으로 천천히 펴 보았다. 작은 메모지에 귀여운 글자들이 한 줄로 나열되어 있었다.

오늘도 좋은 하루 보내고, 도시락 맛있게 먹어요.

은초가 남긴 귀여운 쪽지에 수안은 저도 모르게 입꼬리를 위쪽으로 끌어 올렸다. 귀퉁이에는 전화번호도 작게 남겨져 있었는데, 아마 그녀의 것인 듯했다.

수안은 그제야 자신들이 아직 전화번호도 교환하지 않음을 깨달았다.

황당한 웃음이 터져 나왔다.

"세상에, 전화번호도 안 물어본 사람한테 대뜸 사귀자고 들이대다니."

스스로 생각해도 단단히 미친 짓이었다. 하지만 얼마 가지 않아 아무렴 어쩌겠느냐는 표정으로 접힌 쪽지를 잘 펴서 벽에 걸려 있는 보드에 압정으로 고정시켰다.

어쨌든 그녀에게 받은 첫 손 편지였으니 소중하게 간직하고 싶었다.

벽에 걸린 작은 메모지를 흐뭇하게 바라보던 수안은 이내 중요한 사실을 간과하고 있었다는 듯 당황스러운 목소리로 중얼거렸다.

"이런, 늦겠다."

핑크빛 분위기는 이만 떨쳐 버리고 회사원이 되어야 할 시간이었다.

그가 바쁘게 안방으로 발걸음을 옮겼다.

그 쪽지, 봤을까?

은초가 두근거리는 표정을 숨기지 못한 채 마우스를 이리저리 움직였다. 도통 일에 집중할 수 없었다.

이래서 공부할 때 연애하지 말라고 하는구나.

친구들의 말을 뼈저리게 느끼며 그녀가 슬쩍 휴대폰을 확인했다. 여전히 잠잠한 휴대폰에 은초가 이내 실망한 얼굴로 중얼거렸다.

"뭐야, 왜 연락이 안 와?"

전화번호를 못 봤나? 그 정도로 작게 써 놓진 않았는데. 그럼 혹시 내 글씨체가 이상해서 못 알아본 건 아니겠지? 아니, 그전에 쪽지를 발견하긴 했을까?

꼬리를 물고 피어나는 의문에 은초가 혼란해하는 사이 옆자리에 앉아 있던 솔지가 이상하게 여기며 물었다.

"무슨 연락?"

"아이고, 깜짝이야."

오늘도 어김없이 놀란 은초가 못마땅한 목소리로 대꾸했다.

"넌 날 잘 놀라게 하는 신기한 재주가 있어."

"신기할 것까지야. 네가 너무 정신 줄을 놓고 산다는 생각은 안 해?"

솔지가 키득키득 웃으며 다시 물었다.

"그래서 누구 연락 기다리는데?"

"남자 연락."

은초가 솔직하게 대답하자 솔지가 의외라는 듯 말했다.

"오오, 김은초. 드디어 인생에 꽃이 피는 건가?"

"제발 그랬으면 좋겠다."

"썸이야?"

"아니."

은초는 승리자의 미소와 함께 거드름을 피우며 덧붙였다.

"사귀고 있어. 어제부터 1일."

"오오오."

무슨 깨달음이라도 얻은 것처럼 솔지가 눈을 빛내자 은초는 괜히 우쭐한 기분이 들어 작게 웃었다.

"그런데 아직 막 불타고 그러는 건 아니야."

은초의 말을 들은 솔지가 가소롭다는 표정으로 찬물을 끼얹었다.

"불타는 건 순식간이다. 그 풋풋함을 즐겨."

"얼른 불탔으면 좋겠다. 재 하나도 남기지 않고 깡그리."

은초의 바람 어린 혼잣말에 솔지가 조금 놀랍다는 목소리로 말했다.

"어이쿠, 우리 은초 아주 단단히 빠졌나 보네. 궁금하다, 그 남자. 얼굴이나 한 번 보여 줘."

"얼굴?"

은초가 갑자기 당황한 표정을 지었다. 그러고 보니 팀원들은 대부분 수안의 존재를 이미 알고 있었다. 만일 그가 자신을 데려다준 밤에 일어났던 일이 계기가 되어 여기까지 왔다고 하면 다들 뭐라고 생각할까.

갑자기 불안감에 휩싸여 은초는 심각하게 고민했다.

이걸 알려야 하나, 말아야 하나.

고민 끝에 내린 결정은 일단 '아니오'였다. 아직 결혼을 약속한 사이도 아닌데 벌써부터 설레발칠 필요는 없었다.

은초는 일단 비밀을 유지해야겠다고 생각하며 대답했다.

"아직까진 비밀. 나중에 꼭 보여 줄게."

"뭐야, 엄청 잘생겼나 보네. 우리 은초가 이렇게 아끼는 걸 보면."

"응, 잘생겼어."

솔직히 일반인 기준으로 엄청 잘생긴 거 아닌가? 그녀가 나름의 자부심을 가지고 대답했다. 솔지가 더더욱 궁금하다는 표정을 지었지만 아직 은초는 어떤 것도 말해 줄 생각이 없었다. 나중에 헤어지기라도 한다면 뒷감당할 자신도 없었고.

은초가 미안하다는 표정을 지으며 일에 막 집중하려는데, 가방 안에서 작은 진동이 느껴졌다. 그녀는 빛의 속도로 가방 안에서 휴대폰을 꺼내 알림을 확인했다.

문자 하나가 와 있었다. 은초가 얼른 버튼을 눌러 방금 온 따끈따끈한 문자를 확인했다.

낯선 번호였다.

〈은초 씨도 오늘 하루 잘 보내고, 점심 꼭 거르지 말고 잘 챙겨 먹어요. 나도 도시락 잘 먹을게요. —수안〉

달랑 두 문장이었지만 그녀의 심장을 폭발하게 만들기에 충분한 촉매였다. 은초가 금방이라도 설레어 죽을 것만 같은 표정으로 얼른 답장했다.

〈수안 씨도요.〉

정작 본인은 다섯 글자였지만 유감스럽게도 더 이상 쓸 말이 전혀 없었다.

그녀가 아쉬운 표정을 지으며 전송 버튼을 누른 뒤, 곧바로 전화번호부에 수안의 이름을 저장했다.

김수안

연인의 이름을 저장한다는 느낌보다는 사무적인 느낌이 더 강하게 풍겼지만 어쩔 수 없었다.

아직까지 그의 이름 뒤에 하트를 붙일 자신도 없었고, 무엇보다 혹시 제삼자에게 들키는 상황이 발생했을 때 둘러댈 만한 구실이 필요했다.

미안해요, 수안 씨. 좀 더 용기가 생기면 그때는 성이라도 뗄 게요.

그가 듣지 못할 사과를 흘리며 은초가 얼른 휴대폰을 꺼 버렸다.

우리 수안 씨 이름, 누가 봐 버릴라.

"은초 씨, 잠깐만 이쪽으로 와 봐요."

때마침 들리는 이 대리의 호출에 은초는 얼른 휴대폰을 다시 가방 안에 넣어 버리고 자리에서 일어났다.

"부르셨어요, 대리님."

"테이스티엔젤 마케팅팀에 직접 가져다줘야 하는 서류가 있는데, 혹시 지금 바빠?"

"테이스티엔젤이요?"

"싫어? 바로 옆이잖아."

"아뇨, 그럴 리가요. 이것도 일인데, 열심히 해야죠."

은초는 얼른 준아에게서 싯누런 서류 봉투를 받아 들었다. 여느 때라면 속으로 불평을 구시렁거렸겠지만 오늘만큼은, 아니 이제부터는 달랐다.

이게 웬 떡이야.

신나는 표정을 은초가 애써 숨겼다.

"얼른 다녀오겠습니다."

연애 첫 날, 아니 이틀부터 이렇게 좋은 일이 생길 줄이야. 속으로 콧노래를 부르며 가방을 챙겼다.

〈나 지금 테이스티엔젤 본사로 가고 있어요.〉

은초가 보낸 문자에 수안이 의아한 표정을 지었다.

〈갑자기 왜요?〉

〈대리님이 시키셨어요. 마케팅팀에 직접 가져다줘야 하는 중요한 서류가 있나 봐요.〉

다른 부서 업무까지 알 턱이 없으니 수안으로서는 그저 그런가 보다, 하고 넘길 수밖에 없었다.

〈마케팅팀, 우리 층에 있는데.〉
〈진짜요?〉
〈응. 이따 나 보러 올 거예요?〉
〈……생각 좀 해 보고요.〉

앞에 붙은 말줄임표가 귀여웠다. 그가 피식 웃은 다음 다시 손가락을 움직였다.

〈올 거면 이야기해 줘요. 점심 같이 먹으러 가게.〉
〈내가 싸 준 도시락은 어쩌고요?〉
〈저녁에 먹죠, 뭐.〉
〈식어서 맛없을 텐데.〉
〈식기는 진작 식었죠. 괜찮아요.〉

수안은 답장을 보낸 뒤 휴대폰을 얼른 실험복 주머니 안에 집어넣었다. 동료 한 명이 다가오고 있었다.

"5번 샘플 완성됐어, 김 대리. 시음해 볼래?"

"하나만 주시겠어요?"

동료가 기다렸다는 듯 작은 유리컵에 담긴 검은 액체를 내밀었다. 곧 신제품으로 출시할 커피였다. 한 모금을 삼킨 수안은 잠시 눈을 감고 커피를 음미했다.

"3번 샘플보다는 이게 낫네요. 그렇지만 부족해요. 초콜릿 향이 너무 약하기도 하고요. 7번 샘플이 완성되면 다시 마셔 봐야겠어요."

"우리 팀 의견도 대부분 그래. 그럼 7번 샘플 완성되면 다시 마셔 보자고."

그는 제 할 말만 마치고 수안에게서 등을 돌려 멀어졌다. 수안 역시 다시 연구에 집중하기 위해 보안경을 꼈다.

"볶음밥은 식으면 맛없을 텐데……."

회사 건물을 빠져나오며 은초가 부루퉁한 목소리로 중얼거렸다.

테이스티엔젤의 사옥은 한선의류 바로 옆이라 금방 도착할 거리라 은초는 수안에게 문자를 보냈다.

〈지금 엘리베이터에서 내려서 가고 있는 중이에요.〉

답장은 바로 오지 않았다. 수안이 많이 바쁜 것 같아 그녀는 다시 휴대폰을 가방 안에 넣었다. 동시에 서류 봉투가 무사한지 다시 확인한 은초는 안내 데스크 쪽으로 걸어가 마케팅팀 사무실 층수를 물어보았다.

안내 데스크 직원은 5층에 있다고 친절한 미소와 함께 답해 주었다.

은초가 감사하다는 말을 남기고선 엘리베이터 쪽으로 걸어갔다. 대리석 바닥에 하이힐이 부딪히며 또각또각 소리를 냈다.

엘리베이터 버튼을 누르고 잠시 기다리자 문이 열렸다. 점심시간이 되기 직전이라 내리는 사람은 많았는데 올라가는 사람이 몇 명 없었다.

안내판을 확인해 보니 수안의 말대로 마케팅팀과 R&D팀은 같은 층에 있었다. 엘리베이터에서 내리자마자 은초는 제일 먼저 마케팅팀에 들러 이 대리가 말했던 서류를 넘겨주었다.

다시 휴대폰을 확인하자 2분 전에 문자 하나가 와 있었다.

〈지금 어디예요?〉

왠지 모르게 장난기가 솟아났다. 마음 같아선 이대로 답장도 하지 않은 채 R&D팀으로 가서 깜짝 놀라게 해 주고 싶었지만, 만약 그가 자신처럼 연애 사실을 공개하지 않았다면 그건 서로에게 꽤나 곤란한 일이 될 터였다.

은초는 치밀어 오르는 장난기를 겨우 억누른 후 키패드를 눌렀다.

〈지금 마케팅팀에서 막 나왔어요. 앞에 R&D팀 사무실이 보이네요.〉

〈아, 엇갈렸다. 난 지금 연구실이에요. 4층에 있는데, 내가 올라갈까요?〉

〈아뇨. 그럴 필요 없어요. 우리 그냥 1층에서 만나요. 나 지금 바로 내려갈게요.〉

은초는 다시 걸음을 옮겼다. 다들 점심을 먹으러 간 건지 남아 있는 직원들이 몇 명 없었다. 그녀는 엘리베이터를 타고 1층까지 내려간 뒤 사옥 입구 앞에서 수안을 기다렸다.

그리 오래 기다리지 않아 수안이 모습을 드러냈다. 은초는 곧바로 달려가는 대신 고개를 돌려 주변부터 살핀 다음 엉거주춤 그에게 다가갔다.

"왜 그래요?"

"혹시 누가 보면 어떡해요."

"아아."

수안이 설핏 웃으며 은초의 머리를 쓰다듬었다. 갑작스러운 스킨십에 은초는 하마터면 몸이 굳을 뻔했다.

스킨십이 왜 이렇게 능수능란해? 모태 솔로라더니, 선수 아냐?

실상은 연애를 한 번도 해 보지 않은 탓에 그냥 마음이 시키는 대로 손을 움직였을 뿐이었다. 그저 은초의 머리를 쓰다듬길 원했고, 행동으로 옮긴 거였다. 수안은 계속 그녀의 머리를 쓰다듬으며 순진무구한 표정으로 말을 이었다.

"아직 회사 사람들에게는 말하지 않았지만, 뭐 어때요."

"괜찮아요?"

"난 괜찮은데, 왜요? 혹시 은초 씨가 불편해요? 그럼 이해하겠는데……."

그동안 들킬까 조마조마했는데 그의 말에 모든 걱정이 가라앉는 기분이었다.

"음, 아뇨. 괜찮을 것 같기도 하네요."

은초가 두루뭉술하게 대답하며 은근슬쩍 수안에게로 더 가까이 붙었다. 그녀가 귀엽다는 듯 낮게 웃은 그가 메뉴를 물었다.

"우리 뭐 먹으러 갈까요?"

평일 점심에 회사원들이 여유롭게 먹을 수 있는 식당은 한정되어 있는 편이었다. 때문에 테이스티엔젤과 한선의류를 비롯한 수많은 회사들이 밀집되어 있는 주변은 데이트 코스로 그리 적합한 곳은 아니었다.

두 사람은 그나마 줄이 짧아 보이는 수제 버거 집으로 걸음을 옮겼다. 대략 15분 정도를 기다려서 두 사람은 가게 안으로 들어갈 수 있었다.

주문한 떡갈비 버거와 치킨 버거를 기다리면서 은초가 먼저 입을 열었다.

"수안 씨, 기다리면서 나랑 게임할래요?"

"무슨 게임이요?"

"서로에 대해 궁금한 점을 열 가지 묻고 답하는 거요. 시간 안 되면 나중에라도 하고요."

은초가 조금 쑥스러운 듯한 목소리로 덧붙였다.

"나 수안 씨에 대해 아는 게 너무 없잖아요. 내가 들은 건 사교 모임에서 수안 씨가 그냥 이렇다 저렇다, 하는 얘기뿐이어서. 심지어 전화번호 교환도 사귄 다음에야 했다고요."

뒤늦게 붙은 은초의 귀여운 불만에 수안이 마침내 낮게 웃음을 터뜨렸다. 그가 알았다는 듯 웃음기를 천천히 갈무리하며 고개를 끄덕이자 은초는 기다렸다는 듯 먼저 질문했다.

"그럼 내가 먼저 할게요. 수안 씨는 생일이 언제예요?"

"1월 31일이요."

수안의 생일을 듣고서 놀란 은초의 눈이 조금 커졌다. 그러자 수안이 설핏 웃으며 물었다.

"은초 씨는 언젠데요?"

"1월 24일이요. 일주일 차이네요. 신기하다."

은초가 말간 미소를 지었다. 별거 아니라고 생각할 수도 있겠지만.

"우린 진짜 운명인가 봐요."

생일이 일주일 차이 나는 걸로 운명이라면 수안은 같은 팀 윤미현 대리와 천생연분일 터였다. 그녀와는 날짜까지 똑같았으니까.

하지만 수안은 그저 얌전히 순응할 뿐이었다. 놀랍다는 얼굴로 맞장구를 쳐 주면서.

"그런가 보네요. 이렇게 겹치는 걸 보면."

"이제 수안 씨가 질문해요."

"음, 취미가 어떻게 돼요?"

"취미요?"

은초는 마치 취미에 대해 단 한 번도 생각해 본 적 없는 사람 같은 목소리로 되물었다. 그마저도 수안의 눈에는 한없이 사랑스럽게만 비쳐졌다. 고민하는 은초를 바라보는 동안 입가에서 내내 미소가 떠나질 않았다. 은초는 그로부터 약 1분 정도를 열심히 고민하다 답을 내놓았다.

"책 읽는 거랑 영화 보는 거요. 몸 쓰는 운동은 별로 안 좋아해요. 수안 씨는요?"

"나도 책 읽는 거요. 다큐멘터리 보는 것도 좋아해요."

"그럼 다큐멘터리 영화 보러 가면 되겠다."

마치 대단한 것을 발견한 사람처럼 은초가 손뼉까지 치며 해맑게 웃자 수안은 소리 내어 웃고 말았다.

"왜요? 내가 너무 애 같았나?"

"아뇨, 아뇨."

수안이 지그시 바라보자 갑작스런 눈 맞춤에 당황한 은초가 어색하게 웃으며 설명을 요구하는 듯한 표정을 지었다.

"그냥 귀여워서요."

계속 생각한 거지만 수안은 갑작스럽게 훅 치고 들어오는 재주가 있었다. 덕분에 제 심장이 남아나지 않겠다는 싫지 않은 한탄을 하며 은초는 지그시 미소 지었다.

"그거 알아요?"

"뭘요?"

"수안 씨 가끔 이렇게 훅 치고 들어오는 거."

"어, 싫어요?"

"너무 설레요."

그럴 리가, 좋다 못해 환영이었다.

이 남자는 가끔씩 이렇게 연애를 한 번도 해 보지 못한 티를 내곤 했다. 그마저도 은초의 눈에는 귀엽게 보인다는 게 함정이지만.

"이번엔 또 내 차례."

이번 질문은 조심스러운지 은초가 작게 목소리를 가다듬었다. 궁금증이 증폭된 수안은 흥미로운 눈으로 그녀를 쳐다보았다. 이윽고 은초가 씩 웃으며 입을 열었다.

"내 어디가 좋아서 사귀자고 했어요?"

"주문하신 떡갈비 버거, 치킨 버거 나왔습니다."

때마침 나온 음식들에 의해 대화는 잠시 중단되었다.

"대답은 밥 먹고?"

"흐응."

그녀가 마음에 들지 않는다는 듯 콧소리를 냈지만 수안은 웃으며 나이프를 들었다. 은초도 봐줬다는 듯 나이프와 포크를 들었다. 하지만 버거가 생각처럼 잘 잘리지 않아 얼굴에 주름이 잡히기 시작했다.

보다 못한 수안이 그녀에게서 접시를 가져왔다. 갑작스런 행동에 멍한 표정이 되어 버린 은초를 뒤로한 채 수안은 손수 그녀의 버거를 잘라 주었다.

"이렇게까지 안 해 줘도 되는데."

"여자 친구 버거를 안 썰어 주면 누구 걸 썰어 줘요."

수안은 버거가 담긴 흰색 접시를 은초가 있는 쪽으로 다시 밀어 주었다. 은초는 도무지 미소를 숨길 수가 없었다.

"고마워요."

전 남자 친구와 사귈 때에도 받아 본 적 없던 호의였다. 예상치 못한 친절에 가슴이 뭉클해졌다. 왠지 모르게 눈가가 촉촉해지는 기분에 은초는 행복함을 삼키며 잘 썰린 버거 조각에 포크를 꽂았다.

버거를 수안이 샀기 때문에 공정하게 커피는 은초가 사기로 했다. 순식간에 버거를 해치우고 근처에 있는 테이스티엔젤 매장으로 들어간 그녀는 자신의 카라멜 마키아토와 수안의 에스프레소를 주문했다.

커피를 기다리면서 은초는 아까 듣지 못한 대답을 그에게 요구했다.

"그래서 아까 질문에 대한 대답은?"

"음."

분명 고민했을 텐데도 여기서 또 망설이는 수안을 보며 은초는 제 매력에 대한 심각한 고민에 휩싸였다. 그리 길지 않은 시간이 지나 수안이 드디어 입을 열었다. 꽤 진지한 표정이었다.

"처음 사귀자고 말했을 때는 외모에 호감을 가진 게 아니었어요."

"그럼요?"

"마음."

손가락 끝이 가리키는 곳이 다소 민망해 은초는 어색하게 웃으며 말없이 가슴을 팔로 가렸다. 물론 수안은 절대 그런 뜻으로 말한 게 아니었기에 알아채지 못한 채 별다른 표정 변화 없이 계속 말을 이었다.

"이웃집 남자가 호의로 가져다준 자장면에 그의 몫으로 떡볶이까지 산 마음. 가족이 모두 해외로 나가서 아는 사람

없이 혼자 있을 나를 위해 퇴원할 때까지 병문안을 와 준 따뜻한 마음."

"……."

"그 마음에 반했던 것 같아요, 나는."

100점짜리 대답이라고 생각했다. 그가 만약 얼굴이나 몸의 특정 부위를 콕 집어 대답했다면 당장은 기분이 좋았겠지만 그 또한 한때였다. 시간이 흐르면 언젠가는 변하게 될 자신의 외면에 은초는 틀림없이 불안해했을 것이다.

하지만 마음은 영원하다. 변하지 않는다. 그것의 매력은 영속적이다. 그건 곧 끊어지지 않는 관계를 의미했다.

때문에 은초는 수안의 대답이 어떤 예상 답안보다도 마음에 들었다. 어느새 나온 커피를 가지고 자리에 돌아와 앉으며 은초가 흘러가는 말을 남겼다.

"고마워요."

"뭐가요?"

"내 마음을 보고 좋아해 줘서."

"나도 고마워요."

"뭐가요?"

"내 마음 받아 줘서."

수안이 흰 이를 드러내며 상쾌하게 웃었다. 새삼 반할 것 같은 미소였다. 저런 얼굴로, 저런 마음으로 내보인 진심에 넘어가지 않을 사람이 있을까. 레오나르도 디카프리오 버금 가게 생긴 끝내주는 남자 친구가 있지 않은 이상은 불가능하리라.

우아하게 잔을 든 채 커피를 홀짝이는 수안을 빤히 쳐다보던 은초가 불쑥 손을 내밀었다.

"안 되겠다."

"응? 뭐가요?"

"휴대폰 좀 잠깐 줘 봐요."

은초의 요구에 수안은 의아한 표정을 지으면서도 순순히 그녀의 말에 따랐다. 카메라 어플을 실행한 은초가 자연스럽게 두 사람의 모습이 담긴 사진을 찍었다. 여전히 어벙한 표정으로 은초를 바라보고 있는 수안에게 그들의 모습이 배경 화면으로 설정된 휴대폰을 내밀었다.

"이렇게 멋진 남자를 누가 뺏어 가면 어떻게 해요. 나 너무 불안하다."

"푸핫."

나름 진지했었는데 재미있어 하는 반응이 예상외라 은초는 조금 당황스러웠다. 한참 후에 수안이 웃음을 겨우 갈무리했다.

"이거 영역 표시 같은 건가요?"

"아마도? 혹시 부담스러우면 지워도 돼요."

지우면 삐질 거면서. 그가 여전히 웃음기가 가시지 않은 입가를 정돈했다.

"안 지울게요. 사진 잘 나왔네."

"모델이 잘생겼으니 사진도 잘 나올 수밖에. 이제야 나도 좀 안심이네요."

"내가 그렇게 잘생겼어요?"

은초는 감정을 숨기지 않고 냉큼 고개를 끄덕였다. 립서비스가 아니라 그녀가 지금까지 만난 남자들 중 가장 잘생겼다. 솔직한 대답에 수안은 싫지 않은 듯 웃다가 은초에게 손을 내밀었다.

"나도 휴대폰."

곧 두 사람의 사진이 은초의 휴대폰 배경 화면에 담겼다.

"왜요, 수안 씨도 불안해요?"

"이렇게 예쁜데, 당연히 불안하죠. 상품기획팀에 남자 많지 않아요?"

작게 소리 내어 웃던 은초가 겨우 입가를 정리했다.

"걱정 안 해도 돼요. 우리 팀은 여초 현상이 심해서. 그러는 R&D팀에는 여자 없어요?"

"우리도 많이 없어요."

"피차 걱정 안 해도 되겠네요, 뭐."

그녀가 웃음기 띤 목소리를 내뱉자 수안도 따라서 웃었다.

커피를 바닥까지 비운 두 사람은 천천히 테이블에서 일어섰다. 안타깝지만 헤어져야 할 시간이었다. 수안이 아쉬움이 가득한 목소리로 말했다.

"들어가면 연락해요."

"바로 옆인데요, 뭘."

그래도 아쉬운 건 아쉬운 거다. 수안은 마지막으로 그녀의 귓가에 대고 속삭였다.

"오후 잘 보내요."

⁜ ⁜ ⁜

"이 대리님, 마케팅팀에 서류 넘겨주고 왔습니다."

"수고했어, 은초 씨. 이만 일 봐요."

자리로 돌아온 은초의 얼굴은 이상하게 싱글벙글했다. 그조차 놓치지 않은 솔지가 의아한 표정으로 물었다.

"얼굴이 왜 그래?"

"응? 뭐가?"

"애인이라도 만나고 왔어? 표정이 아주 밝아."

이런, 티가 너무 났나.

뜨끔한 표정에 솔지가 그럴 줄 알았다는 듯 혀를 쯧쯧 찼다.

"내 이럴 줄 알았지. 귀차니즘도 심한 애가 어쩐지 군말없이 밖으로 나간다 했다. 시간이 얼마나 있었다고 그새 만나고 와? 더구나 테이스티엔젤은 우리 회사 바로 옆이잖아."

그야 거기에 남자 친구가 있었으니 가능했지만 솔지가 알 수 있을 리 없었다.

은초는 어색하게 웃으며 대충 얼버무렸다.

"마침 근처에 있더라고."

그리고서 아무도 보지 않는 사이에 슬쩍 휴대폰을 꺼내 잠금 장치를 해제했다. 화면을 가득 채운 연인의 모습에도 만족하지 못한 건지 그녀는 갤러리로 들어갔다. 시간이 가는 줄도 모른 채 수안에게서 눈을 떼지 못했다.

4. 라면 먹고 갈래요?

회사 사람들에게 들킬까 조마조마하면서도 달달한 연애에 설레는 날들이 흘렀다.

어느 날 저녁, 수안과 은초는 퇴근 후 함께 밥을 먹고 집 근처 카페에 들렸다.

계산대로 간 은초가 발랄한 목소리로 말했다.

"모카엔젤치노 한 잔, 에스프레소 한 잔 주세요."

"네, 진동벨 울리면 앞으로 나와 주세요."

"감사합니다."

직원에게 예쁘게 웃어 준 뒤 자리로 돌아온 은초는 기대 어린 목소리를 내뱉었다.

"와, 기대된다."

"뭐가요?"

"모카엔젤치노요. 이번에 출시된 제품, 수안 씨가 기획했다고 들었는데."

수안이 쑥스럽다는 듯 웃었다. 얼마 전 새로 출시된 모카엔젤치노는 수안이 연구 단계부터 직접 참여한 메뉴였다. 대답하는 수안의 목소리가 다소 떨려 왔다.

"완전 떨리는데요. 은초 씨 입맛에 안 맞으면 어떡하죠?"

"그럴 리가. 아무렴 회사에서 맛없는 걸 출시했겠어요?"

쾌활하게 덧붙인 은초의 손에서 곧 살 떨리는 진동이 느껴졌다. 신나는 표정을 지은 은초가 냉큼 가벼운 발걸음으로 픽업대로 걸어갔다. 그녀의 뒷모습을 흐뭇함이 묻어나는 미소와 함께 쳐다보던 수안은 곧 얼굴을 굳힌 채 재빨리 자리에서 일어났다.

콰당탕.

요란한 소리와 함께 발밑으로 뜨뜻한 검은 액체가 스치듯 지나갔다. 수안은 당황한 표정으로 재빨리 은초에게 다가갔다.

"은초 씨!"

커피가 담긴 트레이를 들고 조금 빠른 걸음으로 테이블까지 걸어오던 은초가 마감이 제대로 되지 않은 바닥에 걸려 넘어진 것이었다. 그가 허둥지둥 은초의 상태를 살폈다.

"은초 씨, 괜찮아요? 안 다쳤어요?"

"아야야……."

은초의 입에서 절로 신음 소리가 새어 나왔다. 평소답지 않게 나지막이 욕지거리를 내뱉은 수안이 재빨리 재킷 안주머니에서 손수건을 꺼내 은초의 다리에 튄 커피를 닦아 주었다.

"난 괜찮아요, 수안 씨. 손수건 더러워지니까 그만해요."

"손수건은 버리면 그만이에요. 어디 다친 곳 없어요?"

부끄러움은 뒤로하고 걱정이 담뿍 담긴 목소리에 은초는 순간 울컥했다. 저도 모르게 볼을 타고 눈물이 흘러내리자 당황한 건 수안이었다. 그가 덜컥 겁이 난 목소리로 다급하게 물었다.

"많이 다친 거예요, 은초 씨? 119 부를까요?"

"아니, 아니에요."

말도 하지 못할 정도로 부끄러웠다. 서른을 앞둔 다 큰 여자가 넘어져서 질질 짜는 꼴이라니. 하지만 아프거나 창피해서 우는 게 아니었다. 고작 넘어진 걸로 순식간에 달려와 주는 게 고마워서, 걱정하는 표정으로 기꺼이 손수건까지 희생시키는 그에게 감동해서.

사정을 모르는 수안으로서는 그저 그녀가 많이 아파서 그런 건가 싶어 발만 동동 굴렀다.

"병원 가요, 은초 씨."

"괜찮아요."

"화상 입어요."

"집에 가서 연고만 바르면 돼요. 바로 앞이잖아요."

고집을 부리자 수안이 한숨을 쉬더니 그녀를 조심스럽게 안았다. 갑작스런 포옹에 놀란 것도 잠시, 은초의 몸이 허공으로 들어 올려졌다. 순식간에 바뀐 눈높이에 그녀가 놀란 목소리를 작게 흘렸다.

"무, 무슨……."

"다리도 다친 것 같으니까 그냥 걸어선 못 가겠네요."

"나 괜찮아요, 수안 씨. 무거운데 내려 줘요."

오늘 아침도 수안 씨가 해 준 밥이 너무 맛있어서 엄청 먹고 왔단 말이야!

와중에도 몸무게 걱정을 하는 은초였지만 정작 당사자인 수안은 아무렇지도 않은 듯 가볍게 그녀를 안아 들어 올린 채였다. 이내 그의 미간이 찌푸려졌다.

"왜 이렇게 가벼워요?"

"네?"

어벙한 목소리로 되묻자 수안은 마음에 안 든다는 목소리로 그녀에게 따지듯 내뱉었다.

"왜 이렇게 가볍냐고요. 아침에는 내가 해 준 밥도 잘 먹더니."

그가 투덜거리며 은초를 안은 손에 좀 더 힘을 주었다. 손길에 묘한 안정감을 느낀 은초는 멍하니 수안의 어깨만 꼭 붙잡았다. 은초의 가방까지 챙겨 든 그가 카페 유리문을 열고 밖으로 나섰다.

카페 안에서도 물론이었지만 거리로 나서자 더 많은 사람들의 시선이 순식간에 그들 쪽으로 쏠리는 게 느껴졌다. 은초는 말로는 다 설명할 수 없는 부끄러움에 얼굴을 들지 못하며 수안에게 속삭였다.

"수안 씨, 사람들이 다 우리만 쳐다보는 것 같아요."

"은초 씨가 너무 예뻐서 그래요."

다들 보는 눈은 있어서라며 능청스럽게 덧붙이는 수안의 말에도 은초는 고개를 들지 못했다. 지금 사람들이 자신을 흘긋거리는 건 정말로 연예인처럼 예뻐서가 아니라 수안의 과도한 보호에서 비롯된 행동임을 모르지 않았기 때문이었다.

내 몸 말고 부끄러움도 보호해 주면 안 될까요, 수안 씨?

그의 정성과 진심을 무시할 수도, 부끄러워할 수도 없었기 때문에 그녀는 아무 말도 못 한 채 그저 눈만 질끈 감았다. 부디 인터넷에 그들의 모습이 찍힌 사진만 나돌지 않았으면 좋겠다.

단언컨대, 그와 있는 시간이 빨리 지나가기를 바랐던 건 이번이 처음이었다.

✼   ✼   ✼

곧장 자신의 집으로 향한 수안은 소파에 은초를 조심스럽게 앉히고서 읊조리듯 말했다.

"치마 좀 걷어 봐요."

묘하게 경직된 목소리에 지레 겁먹은 은초가 얼른 발밑까지 오는 스커트를 걷어 올렸다. 드러난 그녀의 흰 다리 위로 새겨진 붉은 상흔들이 눈에 띄었다. 수안은 절로 입술을 작게 깨물었다.

"상처가 다행히 심하진 않지만 넓게 퍼져 있네요."

그가 다시 은초를 들어 올렸다. 이번에는 놀란 기색도 없이 은초는 생각보다 담담한 얼굴로 수안에게 안겨 욕실로 들어갔다.

하필 이런 자세로 욕실에 들어왔기 때문인지 갑자기 열이 올랐다. 은초는 괜히 헛기침을 하며 욕조 난간에 걸터앉았다. 수안은 샤워기로 약하게 물을 틀어 맨살이 드러난 은초의 다리에 가져다 댔다.

차가운 물에 상처가 닿자 그녀의 입에서 자연히 신음이 흘러나왔다.

"으……."

쓰라렸다. 이따 연고 바를 때 고생 좀 하겠다며 은초가 속으로 한숨을 내쉰 뒤 찬물에 식혀지고 있는 붉은 흔적들을 쳐다보았다.

어느덧 수안은 은초의 발치에 앉아 말없이 다리에 묻은 물기를 닦고 있었다. 뽀송한 수건이 발과 다리에 닿자 새삼스럽게 기분이 좋아졌다.

이제 열도 식혀서 괜찮을 것 같은데 수안은 굳이 그녀를 다시 들어 올렸다. 벌써 몇 번째인지. 은초는 혼자 걸을 수 있다고 말하려다가 왠지 먹히지도 않을 말 같아서 그만두었다.

다시 거실 소파에 앉게 된 은초가 자연스럽게 치마를 무릎까지 들어 올리자 수안은 구급상자를 가져왔다.

"철저하네요, 수안 씨. 집에 구급상자도 있고."

"설마 집에 구급상자가 없어요?"

"네. 굳이 구비할 필요를 못 느껴서."

은초의 말에 그가 고개를 저으며 말했다.

"이런 상황이 생기면 안 되겠지만 만약 또 이러면 어쩔 건데요? 하다못해 연고나 거즈 같은 건 가져다 놔야죠."

"하나 사 둘게요."

당장 장 보러 갈 때 하나 마련해야겠다고 생각하던 은초는 곧 생각을 바꾸었다. 그녀가 짓궂은 얼굴로 입을 열었다.

"어차피 옆집에 남자 친구가 사는데, 굳이 없어도 되지 않을까요?"

"……그래도 하나쯤은 있는 게 좋죠."

대답이 느렸다. 말에 드러나지 않은 말줄임표의 시간 동안 그는 무슨 생각을 하고 있었을까. 그녀는 수안이 보지 않는 사이 작게 웃으며 말했다.

"같이 사러 갈 거죠?"

"장 볼 때 같이 사요."

수안은 부드러운 목소리로 말하며 구급상자를 열었다. 온갖 약품들이 담겨져 있는 상자를 은초가 넋 놓고 구경하는 사이 수안은 면봉에 불투명한 연고를 짜서 상처에 올렸다. 멍하니 상자에 담긴 약들을 구경하던 은초의 입에서 별안간 날카로운 신음 소리가 터져 나왔다.

"아!"

연고가 상처에 닿자 말로 형언할 수 없는 고통이 밀려 들어왔다. 은초는 발끝을 절로 오므리게 하는 감각에 이를 악물었다. 당황한 수안이 재빨리 상처에 바람을 불었다.

"많이 아파요?"

"으, 아……뇨. 괜찮아요."

대답과 달리 은초의 꽉 쥐어진 주먹이 펴질 기미를 보이지 않자 그가 안절부절못하다가 결국 약을 바른 면봉을 다시 들어 올렸다.

수안의 손길이 닿는 부분마다 잇새를 억누른 신음이 터져 나왔지만 은초는 참을 수밖에 없다고 생각했다. 어차피 병원에 가도 결과는 마찬가지였을 테니까. 그래도 단둘이 있는 집 안이 낫지, 사람 바글바글한 병원에서 소리치면 그것처럼

127

부끄러운 일도 없을 터였다.

억겁과도 같은 시간이 지난 후, 은초는 약을 바른 부분이 천에 닿지 않게 하려고 여전히 스커트를 무릎까지 들어 올리고 있었다.

"나 이만 가 볼게요. 옷 갈아입어야겠다."

"조심히 가요. 바래다줄까요?"

수안의 질문에 은초는 코미디도 그런 코미디가 없다는 듯 깔깔 웃었다.

"바로 옆집인데 바래다주긴요. 그냥 나 혼자 갈게요. 나오지 마요. 알았죠?"

"알았어요."

수안이 조금 시무룩한 목소리로 중얼거리자 괜히 마음 쓰인 은초가 나직하게 입을 열었다.

"내일 토요일이니까."

"……."

"오전에 마트 갔다가 외식해요, 우리."

대화만 들어 보면 풋풋한 커플이 아니라 영락없는 신혼부부였다. 그걸 인지한 은초가 저도 모르게 웃었지만 상관없었다. 이조차 두 사람이 이웃집에 산다는 사실 덕분에 누릴 수 있는 수많은 혜택들 중 하나였으니까.

은초의 제안에 그는 언제 시무룩했냐는 듯 해맑게 웃으며 고개를 끄덕였다. 괜스레 설렌 은초가 부끄러움으로 분홍빛이 된 얼굴을 숨기며 현관을 나섰다.

수안은 은초가 있었던 자리를 쳐다보며 기분 좋게 웃다가 낮게 중얼거렸다.

"어떡하지."

심장이 이상했다. 가끔은 불규칙하게 뛰기도 했고, 또 뛰지 않는 것 같기도 했다. 어느 순간에는 너무 세게 뛰어서 이러다 터져 버리면 어떻게 하지, 고민스러울 때도 있었다. 심장이 이랬다저랬다 변덕을 부리는 게 싫진 않았지만 요즘 너무 자주 찾아오는 격동의 순간에 어쩐지 당황스러움을 느꼈다.

방금도 그랬다. 만약 아까 그녀를 아프게 했던 커피가 사람이었다면 그를 흠씬 두들겨 주었으리라. 유감스럽게도 커피는 사람이 아니었기 때문에 이러한 마음을 호소할 곳은 어디에도 없었다. 그저 속으로 삭이며 이성적이지 못한 수많은 생각들을 다스렸다.

이처럼 수안은 요즘 은초와 조금이라도 관련된 일이라면 다양한 감정들이 날뛰는 것을 느꼈다. 평소에는 감정 하나 느낄 일도 거의 없이 무채색 인생을 살던 그로서는 상당히 새로운 경험이었다. 그걸 부정적이라고는 결코 말할 수 없었으나, 긍정적이라고 말하기에는 심장이 너무 버거워했다. 마치 너무나도 많은 감정들에 잡아먹히는 것처럼.

그럼에도 좋았다. 알 수 없는 감정들이 요동치며 마음속을 헤집어 놓는데도, 설명할 수 없는 기분들이 머릿속을 잔뜩 날뛰고 다녀도 행복했다. 그녀를 위해 요리하는 순간들이 예전에 자신만을 위해 요리했던 시간들보다 몇 만 배는 값졌다. 출근 전과 퇴근 후 함께하는 식사가 어떠한 만찬보다도 황홀하게 느껴졌다.

수안은 어느 순간부터 은초와의 미래를 꿈꾸기 시작했다. 지금도 이렇게 좋은데, 만일 함께 살게 된다면 얼마나 더 좋을까. 지금은 이웃이라는 얇은 벽에 막혀 함께하지 못하지만 만약 같이 살게 된다면, 24시간 내내 붙어 있을 수 있다면, 서로가 서로일 수 있다면 얼마나 더 행복할까? 그는 상상할 수 없을 정도로 벅찬 기분에 사로잡혀 크게 함박웃음을 지었다. 생각만 해도 두근거리는 일이었다.

다음 날 오전에 장을 보려던 계획은 수포로 돌아갔다. 두 사람 모두 늦잠에 허우적거려 느지막하게나 일어났기 때문이었다. 결국 점심을 먹고 출발하는 것으로 합의를 보았다.

점심시간이 꽤 지난 후에 방문했음에도 마트는 다양한 연령대의 사람들로 가득했다. 늦여름 더위를 피해 온 사람들의 틈바구니 속에서 수안과 은초는 이제 사귄 지 한 달을 조금 넘은 풋풋한 커플이었다.

물론 어느새 서로의 옆자리가 익숙해진 탓에 1년은 족히 넘은 것 같은 신혼부부 같은 분위기를 풍겼지만 말이다. 수안은 살 것들이 적힌 쪽지를 꼼꼼히 들여다보며 은초에게 물었다.

"은초 씨, 뭐 먹고 싶은 거 있어요?"

"나야 수안 씨가 해 주는 거라면 다 좋은데요?"

질문이 새삼스럽다고 생각했는지 은초가 의아한 목소리로 물었다.

"갑자기 왜 물어봐요?"

"음, 그냥 너무 내 위주로만 메뉴를 짜는 것 같아서요."

"요리해 주는 것도 감지덕진데요. 솔직히 수안 씨가 해 주는 건 다 맛있어요."

그때 은초의 시선에 열심히 구워지고 있는 삼겹살이 들어왔다. 그녀가 저도 모르게 침을 삼켰다. 목울대가 꿀렁이는 것을 본 수안이 알았다는 듯한 목소리로 물었다.

"삼겹살 먹고 싶어요?"

말이 끝나기가 무섭게 삼겹살을 굽고 있던 직원 아주머니가 두 사람을 재촉했다.

"새댁, 이리 와서 삼겹살 맛 좀 봐."

아직 결혼도 하지 않은 은초에게 새댁이라는 호칭은 어울리지 않았지만, 두 사람의 모습은 누가 봐도 신혼부부로 오인받기 쉬웠다. 은초는 굳이 아주머니의 말을 정정하지 않고서 슬금슬금 걸음을 옮겼다. 뒤에서 수안은 못 말린다는 듯 사랑스럽게 바라보았다.

삼겹살 한 조각을 녹말 이쑤시개에 찍어 건넨 아주머니가 은근한 목소리로 물었다.

"남편이여?"

"네?"

"남편 하나는 잘 골랐고만. 새댁 바라보는 신랑 눈에서 아주 꿀이 떨어져."

아주머니의 말에 은초가 슬그머니 뒤를 돌아보았다. 갑자기 눈이 마주치자 당황하며 수안이 얼른 시선을 돌렸다. 얼굴이 빨개진 채 은초가 변명하듯 중얼거렸다.

"남편은 아니에요."

"그럼 동거하는 사이?"

"아뇨, 그것도……."

계속 오답만 나오자 아주머니는 오기가 생겼는지 계속 물어보았다.

"그럼 결혼을 약속하는 사이?"

"사귀는 사인데, 서로 옆집에 살고 있거든요."

"오마, 내가 다 설레네. 삼겹살 좀 싸 줄까?"

"네, 한 근만 주시겠어요?"

"그래, 그래."

잠시 고민하던 은초가 곧 흔쾌히 대답하자 아주머니가 싱글벙글거리는 미소를 지우지 않은 채 삼겹살을 비닐봉지에 담아 주었다. 넉넉한 인심이 느껴지는 무게에 그녀가 당황하며 물었다.

"원래 한 근이 이렇게 많은가요?"

"새댁이 예뻐서 좀 더 넣었어. 집에 가서 남편……은 아니랬지. 남자 친구랑 맛있게 먹어!"

"감사합니다."

내심 뿌듯해진 은초가 종종걸음으로 돌아가자 수안이 기다렸다는 듯 물었다.

"삼겹살 하나 사는데, 왜 이렇게 오래 걸렸어요?"

"우리 관계를 물어보시던데요, 아주머니가."

그녀가 조금 부끄러운 목소리로 덧붙였다.

"신혼부부로 오해하시더라고요."

"흐음."

수안이 알 수 없는 소리를 흘리며 무언가 생각하는 표정을 지었다. 의미 모를 침묵 속에서 묘한 긴장감을 느끼며 은초는 말없이 카트를 끌었다. 그녀와 나란히 걷던 수안이 곧 입을 열었다.

"오해를 진실로 바꿔 볼 생각 없어요?"

"네?"

뜬금없이 튀어나온 말에 은초가 당황한 표정으로 되물었지만 수안은 표정 하나 바꾸지 않은 채였다.

"말 그대로 오해를 진실로 바꿔 볼 생각 없냐고요."

"지금 프러포즈하는 거예요?"

"당연히 정식 프러포즈는 아니에요."

"그럼?"

"예고편 정도로 칠까요?"

은초가 어벙한 표정으로 입만 벌리고 있자 수안이 빙긋 웃으며 말을 이었다.

"대답은 당장 안 해도 돼요. 기다리는 건 자신 있거든요. 그러니까 그냥 기억만 해 둬요."

"뭘요?"

"김수안이라는 남자가, 김은초라는 여자를 평생의 짝으로도 생각하고 있다는 거."

"……."

"쌈 채소는 저쪽이에요."

제 할 말만 하고서 수안은 대뜸 카트를 끌고 야채 코너로 가 버렸다. 혼자 남겨진 은초가 멍한 표정으로 한동안 서 있다가 곧 토마토처럼 빨개진 얼굴을 이끌고 그를 따라 걸음을 옮겼다.

미쳤어, 김수안.

겉으로는 웃고 있었지만 속으로는 절규하고 있었다. 스스로가 미친 게 틀림없다고 수안은 생각했다. 사귄 지 한 달을 조금 넘긴 사람한테 냅다 결혼하자는 말부터 꺼내는 건 확실히 정상은 아니었다.

무슨 정신으로 다급히 물건들을 계산하고 집으로 왔는지 기억나질 않았다. 수안이 불안한 표정으로 제가 구워 준 삼겹살을 얹어 쌈을 싸고 있는 은초를 슬쩍 쳐다보았다.

그녀가 날 뭐라고 생각할까? 아까의 말을 어떻게 받아들였을까? 혹시 이걸 다 먹고 나면 헤어지자고 말하는 건 아니겠지?

온갖 생각들이 머릿속을 붕붕 떠다녔다. 그때 은초가 밝은 목소리로 그를 불렀다.

"수안 씨."

"네?"

생각에 잠겨 있던 그가 조금 몽롱한 목소리로 말을 받자 은초가 이상하다는 듯 고개를 갸웃거리며 물었다.

"어디 아파요? 표정이 안 좋아요."

"아뇨, 괜찮아요. 조금 피곤해서 그런가 보네요."

"피곤해요?"

아까보다 더 어두워진 얼굴로 묻자 수안은 대충 웃으며 얼버무렸다.

"아니에요. 지난주에 일이 좀 많아서 그런 것 같아요."

"어머, 그럼 난 오늘 설거지만 하고 바로 갈게요."

"아니, 그럴 필요까진 없……."

수안은 갑자기 입을 다물더니 힘없이 미소 지으며 고개를 끄덕였다. 은초가 여전히 걱정하며 말했다.

"하긴 요즘 야근이다, 뭐다 해서 많이 피곤할 거예요. 내가 뭐 해 줄 일은 없어요?"

"삼겹살 맛있게 먹어 주는 거, 그거면 돼요."

"그런 거 말고요. 좀 더 수안 씨에게 실질적인 도움을 주고 싶어요."

"진짜 없어요. 은초 씨는 존재만으로도 나한테 비타민인데."

은초의 표정이 쌈장 못지않게 새빨개졌다. 도리어 놀란 수안이 얼른 물었다.

"은초 씨, 얼굴 빨간데 혹시 어디 아프……."

"아뇨, 아픈 건 아닌데."

아무래도 안면 홍조에 걸린 것 같았다. 요즘 이렇게 시도 때도 없이 얼굴이 발개지곤 했다. 아니, 정확히 말하면 아무 때나는 아니었다. 지금처럼 수안이 특유의 다정한 미소를 지으며 심장 폭격기와도 같은 말을 아무렇지도 않게 툭툭 던질 때. 그럴 때만 얼굴이 토마토로 돌변했다. 가장 큰 문제는…….

"그냥 좀 더운가 봐요."

본인이 말을 해 놓고도 인지하지 못한다는 것. 수안은 평소에 충동적인 언행을 남발하는 남자가 아니었다. 때문에 은초는 요즘 그에게서 무의식적으로 자주 보이는 행동이나 말에 당황스러워 할 때가 많았다.

확실히 수안은 약간 어설픈 면이 있었다. 그런 모습마저 좋았다. 콩깍지가 제대로 쓰인 게 틀림없다.

"창문 좀 더 열고 올게요."

수안은 얼른 자리에서 일어나 베란다 창문을 열었다. 작은 미소로 바라보던 은초는 다시 쌈을 싸기 시작했다. 그가 자리에 다시 돌아와 앉자마자 입가에 초록색의 둥근 물체가 닿았다. 은초가 장난스런 미소를 지은 채 그에게 쌈을 들이밀고 있었다.

"계속 굽기만 했으니까 좀 먹어 봐요."

"괜찮은데."

"다이어트 해요? 얼른, 나 팔 떨어져요."

애교스런 목소리에 넘어간 수안이 쌈을 받아먹었다. 오직 그녀가 주었다는 이유 하나만으로 더 맛있는 것 같았다. 심각하게 콩깍지가 쓴 것 같다고 속으로 싫지 않은 한탄을 하며 그가 물었다.

"나도 싸 줘야 하는 거 아니에요?"

"계속 굽기만 한 사람이 할 말은 아니 것 같은데요."

은초가 단호하게 거절하며 그에게 쌈을 다시 한번 내밀었다. 수안은 조금 머뭇거리다가 이내 느릿하게 상체를 기울였다. 행복하게 미소 짓는 그의 모습을 보며 은초는 왠지 예비 프러포즈에 생각보다 빨리 대답할 것 같은 예감이 들었다.

설거지는 은초의 몫이었다. 수안은 손님에게 시킬 수 없다 며 극구 말렸지만 은초는 단호하게 가서 잠이나 자라고 명령 조로 말했다. 분명 귀찮은 일을 싫어했던 성미였음에도 수안 을 만나면서 조금씩 몸속 깊은 곳에 봉인돼 있던 부지런함을 되찾고 있었다.

사실 그녀가 귀찮은 일을 안 하려고 드는 성격은 고작해야 2년 전쯤부터 형성된 것이었다. 그전까지는 은초도 상당히 부지런한 성격이었다. 외식도 잘 하지 않고, 식사는 늘 요리 해 먹었고, 청소는 꼭 일주일에 한 번씩 했다. 다만 실연 후 지나친 상실감에 본래의 패턴을 잃어버린 것이었다. 그리 생 각하니 전 남자 친구가 더욱 얄미워졌다.

30분 후, 불판에 낀 기름까지 완벽하게 제거한 은초가 뿌 듯한 표정으로 고무장갑을 벗었다. 수안이 있을 안방이 줄곧 조용했던 탓에 호기심이 생긴 은초가 조심스럽게 그를 부르 며 살며시 발걸음을 뗐다.

"수안 씨."

여전히 아무런 기척도 들리지 않는 안방으로 들어가자 침 대에 누워 새근새근 잠든 수안이 보였다. 외출했을 때의 차 림 그대로라 조금 불편해 보였기 때문에 은초는 편하게 해 줘야겠다고 생각하며 침대로 조심조심 다가갔다. 셔츠 단추

를 두어 개 정도 풀고, 허리를 조이는 벨트까지 풀어 준 다음
에야 은초는 뿌듯한 표정으로 그에게서 손을 떼었다.

수안의 얼굴을 빤히 바라보던 은초는 어느 순간 피식 웃
었다. 그날 이후로 처음이었다. 이 방에 들어온 것은. 주방이
나 거실은 자주 드나들었지만 온전히 그만의 공간인 침실에
는 들어온 적이 한 번도 없었으니까. 정확히 말해 정신이 멀
쩡한 상태에서는 처음이었다. 잠든 그의 모습을 쳐다보는 것
역시. 어쨌든 그날 밤은 도무지 기억에 없었으니까.

……아쉽게도.

묘한 표정으로 이 방에 들어왔던 첫날을 회상했다. 확실히
처음 봤을 때보다는 조금 까칠해진 얼굴에 못마땅한 표정으
로 중얼거렸다.

"몸보신이라도 시켜야 하나."

머릿속에 몸보신할 만한 온갖 약재들과 보약들이 떠올랐
다. 순간 은초는 자신을 끌어당기는 억센 힘에 놀라 작게 소
리를 냈다.

"아."

커질 대로 커진 눈이 향한 곳은 수안의 새까만 눈동자였
다.

"수안 씨?"

"꿈인가."

그가 잠에 취해 잔뜩 잠긴 목소리로 중얼거렸다. 아무래도

꿈과 현실을 구별하지 못하는 것 같아 은초가 무어라 말하려 하자 수안이 그녀를 끌어당겼다. 은초의 몸은 그대로 수안의 가슴 위에 안착했다. 놀라 어벙한 표정으로 침만 꼴깍 삼키고 있는데, 귓가에 달콤한 목소리가 울려 퍼졌다.

"은초 씨다."

아무래도 수안은 이 상황을 꿈으로 치부해 버린 것 같았다. 은초가 난감한 표정으로 어떻게 해야 할지 머리를 굴리기 시작했다. 여기서 바로 몸을 빼는 것도 애매하고, 분위기도 어색해질 것 같았다. 하는 수 없이 잠깐만, 아주 잠깐만 이대로 있기로 했다. 그녀가 아까보다 한층 이완된 표정으로 속삭였다.

"그래요, 나예요."

"꿈이 이루어졌어요."

"무슨 꿈이요?"

"은초 씨를 꿈에도 볼 수 있게 해 달라고 자기 전에 생각했거든요."

꿈 한번 소박하기도 하지.

은초는 어색한 표정으로 수안을 쳐다보며 속으로 중얼거렸다.

"아까 한 번 보고 자서 그런지 이루어졌네요."

"……."

"다행이다."

수안은 눈살을 곱게 접으며 웃더니 이내 다시 픽 쓰러지듯 잠들었다. 저를 잡고 있던 아귀힘이 풀리자 그녀가 살며시 수안에게서 벗어나 침대 옆에 섰다. 입술을 오물거리다 한참 후 입을 연 은초의 얼굴은 잔뜩 빨개져 있었다.

"잠들어서까지 그런 말하면 내가 반할 수밖에 없잖아."

이번에는 고작 토마토 수준이 아니라 마그마 수준으로. 무의식중에도 심장이 날뛸 만한 멘트를 날리는 이 남자에게 어떻게 반하지 않을 수 있을까? 절대 불가능이었다.

"오늘 참 이상했단 말이야."

은초가 알 수 없다는 목소리로 중얼거렸다. 제집 소파에 누운 채 그녀는 마트에서 사온 곰 모양 젤리를 하나씩 입에 주워 넣고 있었다. 멍하니 천장만 바라보며 낮의 일을 상기한 은초가 조용히 읊조렸다.

"정말 이상해."

뭐가 이상한지는 그녀도 자세히 설명할 수 없었다. 그냥 모든 게 이상하게 느껴졌다. 수안이 아까 마트에서 한 예비 프러포즈라는 고백도, 꿈과 현실을 혼동한 그가 자신에게 뱉은 달콤한 말까지 전부 비현실적으로만 느껴졌다.

마치 이상한 나라의 앨리스가 된 것 같아 그녀가 덤덤한 표정으로 눈꺼풀만 깜빡였다.

"결혼이라."

마지막으로 사귀었던 남자 친구와 조심스레 꿈꾸어 본 적이 있었다. 그와 헤어진 후로는 생각해 볼 일도, 이유도, 계기도 없었기 때문에 계속 마음에 묻어 두고만 있었던 주제였다. 이제는 다시 생각해 볼 때가 된 것 같았다.

결혼이라는, 무겁지만 달콤한 주제에 대하여.

수안은 분명 좋은 결혼 상대였다. 다정했고, 친절했으며, 가정적인 남자다. 하지만 정말 그것만으로 괜찮을까? 은초는 알 수 없는 불안감이 들었다. 아직까지는 무언가 부족했다. 아직은 그와 영원을 함께할 수 있을 거란 확신이 없었다. 그 이유가 뭘까, 분석하던 은초는 가장 간단한 결론에 다다랐다.

"우리 만난 지 고작 한 달 조금 넘었잖아."

사랑에 시간이 중요하지 않다고 누군가 그랬다. 정말로 마음이 맞는 사람이 있다면, 그리고 그게 수안이라면 은초는 당장이라도 결혼식장으로 달려갈 수 있었다. 그럼에도 아직 조금 더 시간이 필요하다고 결론을 내렸다. 감정이 무르 익어 갈 시간, 사랑이 조금 더 성숙해질 시간이.

은초는 지금은 이대로 충분하다는 듯 작게 미소 지으며 천천히 눈을 감았다. 얼굴 위에서 환하게 자신을 비추는 전등을 끄고 자야 했지만 다시 일어나는 건 너무 귀찮았다. 이대로 잠들자고 은연중에 생각하며 천천히 의식을 놓아 버렸다.

✳   ✳   ✳

"어머, 다리가 왜 그래?"

어영부영하는 사이 일요일이 지나고 월요일 아침이 되었다. 출근한 은초는 이와 똑같거나 비슷한 질문을 대략 서른 번 정도 들었던 것 같았다.

프레젠테이션 자료를 준비하던 은초에게 옆자리 솔지가 물어 왔다.

"김은초, 이번 주 창립 기념일 때 뭐 해?"

"창립 기념일?"

그러고 보니 이번 주 목요일이 한선의류의 창립 기념일이었다. 하지만 한선그룹의 계열사는 창립 날짜가 전부 달랐기 때문에 은초가 심드렁하게 대꾸했다.

"글쎄."

테이스티엔젤도 함께 쉰다면 모를까, 그녀 혼자 쉬는데 달리 할 만한 게 있을 리 없었다. 잠시 고민하던 은초가 이내 멍한 표정을 깨고 대답했다.

"청소나 할까."

"네가?"

은초의 게으름을 잘 알고 있던 솔지가 놀랍다는 표정을 지으며 물었다. 왠지 빈정 상했지만 그녀가 게으르단 사실은 스스로도 잘 알고 있었기 때문에 크게 반응하지 않았다. 어차피 부지런한 척하는 것도 최근의 일이었으니까. 은초는 작게 고개를 끄덕이며 부연했다.

"청소를 너무 안 했어. 집이 먼지 구더기가 되기 전에 한 번 쯤은 해야겠다 싶어서."

"원래 너랑 간만에 데이트나 할까 했는데 남자 친구도 하필 내일밖에 시간이 안 된다네. 미안해."

솔지의 사과에 은초는 멍하니 허공을 응시하다가 이내 생각난 듯 눈을 조금 크게 뜨며 말문을 열었다.

"솔지야."

"응?"

"나 궁금한 거 있는데."

"말해."

"너 다음 달 말에 결혼하잖아."

솔지는 지금 만나고 있는 네 살 연상의 남자 친구와 결혼을 약속한 사이였다. 은초의 뜬금없는 말에 솔지는 일단 고개를 끄덕였다.

"너네는 언제부터 결혼 얘기가 나왔어?"

솔지는 보통 사람들보다 짧은 연애 기간을 거쳐 결혼을 준비하게 된 케이스였다. 은초의 주변 사람들 중 연애 결혼을 한 사람이 정말로 몇 안 되었기 때문에 궁금했다. 대체 언제쯤부터 결혼 이야기가 자연스럽게 나오는 건지.

솔지가 아리송한 표정으로 눈을 굴렸다.

"왜? 지금 만나고 있다는 남자가 결혼하자니?"

"어?"

반문하는 은초의 반응에 거의 확신한 표정을 지은 솔지가 아까보다 더 놀란 표정으로 되물었다.

"진짜야?"

"어떻게 알았어?"

"진짜 빠르긴 하다, 너네."

솔지가 대단하다는 듯 중얼거리자 은초가 황급히 해명했다.

"그냥 이야기만 나온 거야."

"그래도 그런 커플이 많진 않잖아. 남자 쪽이 나이가 많아?"

은초는 고개를 저었다. 수안은 자신보다 두 살 연상이었다. 남자 나이 서른이 요즘 같은 추세에 결혼을 급하게 생각할 시기는 아니었다.

잠시 고민하던 솔지는 이내 간단한 진리 하나를 내뱉었다.

"그냥 네가 좋은 거 아냐?"

"응?"

"뭐 결혼이 중요한 일이긴 하지만, 사실 가장 중요한 건 상대방의 마음이잖아. 남자가 너한테 정말 죽고 못 살 정도면 그렇게 말할 수도 있지."

"그렇게 빨리? 우리 아직 사귄 지 한 달 조금 넘었어."

"시간이 뭐가 중요해. 내가 아는 어떤 분은 만나고 일주일 후에 바로 결혼하셨어."

은초 주변에도 그런 사례가 아예 없던 것은 아니었지만 대부분 선을 봐서 결혼하거나 집안끼리의 이해관계, 임신 같은 특정한 경우에 한정되어 있었다.

솔지의 대답을 들은 은초가 그렇구나, 하고 중얼거리며 고개를 끄덕였다. 솔지가 한마디 조언을 덧붙였다.

"바로 대답해 달라고 재촉하는 건 아닐걸? 너무 급하게 생각하지 말고 잘 심사숙고해. 어쨌든 중요한 일이니까."

"고마워."

은초가 슬며시 미소를 보이자 솔지는 도도하게 고개만 한 번 끄덕였다.

"이번 주 목요일에 회사 쉬죠?"

퇴근하고서 어김없이 한집에서 저녁을 먹던 와중에 어떻게 알았는지 수안이 귀신처럼 물어 왔다. 은초가 조금 놀란 표정으로 되물었다.

"어떻게 알았어요?"

"내가 아무렴 여자 친구 회사 쉬는 날도 모르고 있을까 봐."

그녀가 뿌듯한 표정으로 대꾸했다.

"남자 친구 하나는 정말 잘 뒀네요."

"그런데 미안해서 어떻게 해요. 나랑 같이 보내야 하는데 나는 그날 회사…… 아!"

그가 무언가 떠올랐다는 표정으로 작게 소리를 흘렸다.

"응? 왜요, 왜요?"

"좋은 방법이 있어요."

"뭔데요?"

"월차 쓸까요?"

"월차요?"

그녀가 어리둥절한 목소리로 되물었다.

"쓸 수 있어요? 이번 달에 벌써 세 번이나 썼잖아요."

그가 독감으로 입원했을 때 병가로 3일이나 쉬었던 걸 모르지 않았던 은초가 조심스럽게 물었다. 수안은 걱정할 필요 없다는 듯 확신하는 표정으로 고개를 가로저었다.

"내가 월차를 잘 안 쓰거든요. 이번 달만 갑자기 아파서 남아 있던 것까지 함께 쓴 건데, 아직도 많이 있어요."

"일에 지장 없어요?"

은초가 걱정스러운 목소리로 걱정했지만 수안은 염려 말라는 표정으로 그녀를 안심시켰다.

"하루쯤 빠진다고 어떻게 되지는 않아요. 게다가 이번 프로젝트가 너무 힘들었던 것도 있어서 팀장님이 원할 때 하루 정도쯤은 쉬라고 팀원들한테 말씀하셨어요."

"그럼 우리 그날 영화 보는 건 어때요?"

은초가 설렘이 가득한 목소리로 조심스레 의견을 구하자 수안은 흔쾌히 고개를 끄덕였다. 그러자 은초는 들뜬 목소리로 말을 늘어놓았다.

"영화 보고, 밥 먹고……. 아, 서점도 들릴까요? 이번에 좋아하는 작가가 신작을 내서요."

"상관없어요. 좋아요."

은초가 해맑게 웃으며 고개를 끄덕였다. 원래 목요일에는 청소하기로 정했지만 기꺼이 주말로 미루기로 했다. 혼자 청소하는 것보다 남자 친구와 데이트를 하는 게 먼저였으니까.

그녀가 슬쩍 웃으며 수안이 만들어 준 오므라이스를 한 입 먹었다.

하늘이 도왔는지 목요일 아침부터 날씨가 청명했다. 구름 한 점 없는 초가을 날씨에 은초는 창문을 열고서 환하게 웃었다. 들뜬 마음으로 가장 좋아하는 흰색 원피스를 입고 베이지색 구두를 신은 그녀가 즐겁게 현관문을 나섰다.

딩동.

초인종 소리보다 더 경쾌하게 울리는 심장 박동 소리. 설

렘 가득한 표정으로 은초는 떨려 오는 마음을 진정시키며 그
가 나오기를 기다렸다. 이윽고 누군가가 덜컥, 문을 열고 밖
으로 나왔다. 막상 집 밖으로 나온 상대를 보자 은초가 조금
놀란 표정으로 제자리에서 굳었다.

"일찍 왔네요."

늘 그렇듯 젠틀한 미소를 입가에 장착한 수안이 다정하게
그녀를 맞았다. 하지만 은초가 놀란 이유는 따로 있었다.

잘생겼다.

평소에는 정장만 입어서 다소 딱딱한 느낌이 있었는데, 거
의 처음 보는 것 같은 캐주얼 차림은 왠지 모를 설렘을 안겨
주었다.

미쳤어, 왜 이렇게 잘생긴 거야!

속으로 소리 없는 아우성을 지르며 그녀가 발개진 볼을 조
심히 감쌌다. 뜨거웠다. 그나마 다행인 것은 오늘 선택한 블
러셔가 코랄 핑크였다. 오늘 하루쯤은 얼굴을 붉힌다고 해서
부끄러울 일은 없을 거라며 그녀가 말도 안 되는 위안을 되
새겼다.

"오늘 너무 멋져요."

"그건 은초 씨도 마찬가진데."

수안이 갑자기 그녀에게로 허리를 굽혔다. 갑작스런 움직
임 뒤로 코끝에 스치는 것은 생소한 블랙베리 향. 은초가 멍
한 표정으로 정신을 놓고 있는 사이 귓가에 간질거리는 바람

이 일었다.

"오늘 예뻐요."

그렇게 말하는 목소리가 더 예뻤다. 여전히 초점이 흐린 눈으로 앞만 응시하던 은초가 저도 모르게 다시 얼굴을 붉혔다. 안면 홍조가 틀림없다. 한시 바삐 병원을 찾아야겠다고 생각하며 은초가 나직하게 대답했다.

"고마워요."

은초의 대답을 듣고 나서야 굽힌 허리를 펴는 수안에게서 다시 한번 블랙베리 향이 날아들었다. 참 마음에 드는 향기라고 생각하며 은초가 먼저 그에게 팔짱을 끼었다. 단단한 안정감을 품고 그녀가 여전히 몽롱한 목소리로 속삭였다.

"가요, 우리."

달콤한 목소리 끝에 보인 미소는 더없이 청순했고, 천사가 걷는 듯 걸음걸이는 우아했다. 데이트를 위해 일찌감치 준비한 건 정말로 잘한 일이었다. 아름다운 은초 옆에서 하마터면 비교를 당할 뻔했으니까. 수안은 왠지 모를 안도감에 속으로 짧게 한숨 쉬었다.

두 사람은 가을 날씨도 즐길 겸 걸어서 영화관으로 향했다. 도착해 표를 확인하니 은초의 예상과 달리 그가 선택한 영화는 다큐멘터리가 아니었다. 로맨스였다. 수안의 취향은 아니었으나 순전히 은초를 배려한 것이었다. 자칫 그녀가 지루해할 수 있겠다고 생각이 들어서였다.

수안은 부드러운 목소리로 은초에게 물었다.

"로맨스 좋아해요?"

"좋아해요."

'보면 기분 좋아지니까' 라며 작게 웃는 그녀에게 조용히 속삭이듯 말했다.

"다행이네요. 혹시 별로라고 할까 봐 걱정했는데."

"놀란 건 나예요. 난 당연히 다큐멘터리일 줄 알았거든요."

은초가 조금 의외라는 목소리로 수안에게 물었다.

"왜 다큐멘터리 안 끊었어요?"

"데이트니까? 진지한 것도 좋지만, 오늘은 조금 가볍게 보고 싶었거든요."

"나야 좋지만 미안해서 그렇죠."

"미안해할 필요 없어요."

이보다 더 다정한 목소리가 또 있을까. 은초가 갑자기 치밀어 오르는 설렘에 저도 모르게 긴장했다.

"나는 그냥 같이 있는 것만으로도 좋으니까."

달콤한 목소리로 그녀에게 같이 있는 것만으로도 얼마나 행복한지 말해 준다.

"그리고 은초 씨가 좋으면 나도 좋아요."

따뜻한 목소리로 달콤함을 속삭이는 남자. 은초의 심장이 두근두근 뛰기 시작했다. 배려가 일상이고 자신보다 남을 먼저 생각하는 남자였지만, 어쩌면 그녀이기 때문일지도. 은초가 희미하게 웃은 후 다시 입을 열었다.

"다음번에는 꼭 다큐멘터리를 보는 걸로."

"다음 데이트 때는 그렇게 해요."

"오늘은 좀 달달하게."

은초가 푸스스 웃으며 수안을 팝콘 파는 곳으로 이끌었다. 그는 못 이기는 척 그녀에게 자신의 발걸음을 맞추었다.

가까워질수록 짙어지는 건 캐러멜 팝콘의 달콤함일까, 풋풋한 연인의 설렘일까.

반면 영화는 생각했던 것만큼 달콤하지 않았고, 두 사람은 으레 생각할 법한 영화관에서의 설레는 스킨십 없이 건전하게 영화만 보고 나왔다.

영화나 드라마에 흔히 등장하는 손을 잡기 위해 안달 난 행동들은 피차 하지 않았다. 이미 두 사람에게 있어 스킨십의 유무 따위는 그다지 중요한 게 아니었으므로. 게다가 은초는 개인적으로 영화관의 어두운 조명을 틈타 손을 잡는 것을 그리 좋아하는 편이 아니었다.

영화관 근처 작은 식당에서 간단히 점심을 먹은 두 사람이 이동한 곳은 서점이었다. 서울 시내 어디에서나 흔히 볼 수 있는 큰 대형 서점이었는데, 둘 다 좋아하는 곳이었다.

서점 입구에 도착한 은초가 조금 떨리는 목소리로 말했다.

"나 서점 엄청 오랜만에 와 봐요."

"그래요?"

"네. 요즘은 자주 못 왔었거든요."

거기에는 나름의 사정이 있었다. 전 남자 친구인 상현과 가장 많이 데이트했던 곳이 서점이기 때문이었다.

"오빠가 어디에 있으려나⋯⋯."

작게 소곤거린 은초가 고개를 두리번거리며 상현을 찾았다. 분명 먼저 와서 기다리고 있겠다고 말했다. 은초는 상현이 있을 법한 서가 쪽으로 발걸음을 옮겼다.

사법 고시 준비생인 상현이 서점을 찾는 이유의 8할은 법률 서적을 구매하기 위해서였으니, 분명 그쪽에 있을 터였다.

넓은 서점 안을 한참 동안 헤매던 은초의 눈에 어느 순간 기적적으로 상현이 들어왔다. 마치 보물을 발견해 신이 난 어린아이처럼 은초가 종종걸음으로 상현에게 향했다. 상현은 아직 자신이 왔다는 사실을 모르는 듯했다.

깜짝 놀라게 해 줘야지.

은초가 살금살금 발소리를 죽인 채 상현의 뒤로 다가갔다.

"워!"

"으악!"

꽤나 집중하고 있었는지, 상현이 제법 큰 소리를 내며 책을 떨어뜨렸다. 덕분에 주변에 있던 사람들의 이목이 집중되었다. 일이 커지자 민망해진 은초가 얼른 바닥에 떨어진 책을 주워 상현에게 건네주었다.

"어휴, 이렇게 놀랄 줄은 몰랐어."
"깜짝 놀랐어, 진짜. 언제 온 거야?"

상현이 못 말린다는 듯 웃으며 은초에게 아프지 않게 꿀밤을 먹였다. 와중에도 애정 어린 손길이 좋아 은초는 키득거리며 웃었다.

"이렇게 간이 콩알만 할 줄은 몰랐지. 방금 왔어."
"찾느라 힘들었겠다. 미안해. 마중이라도 나가 볼 걸."
"덕분에 좋은 구경했지, 뭐. 나가서 밥 먹고 올까?"
"책 좀 더 읽고. 나도 온 지 얼마 안 됐어."
"그래, 그럼."

상현이 작게 미소 지으며 은초의 머리를 쓰다듬어 주었다. 손길에 기분이 좋아진 은초가 발뒤꿈치를 살짝 들고 그의 귓가에 속삭였다.

"나 추리 소설 있는 데에 있을 거니까 책 다 보면 그리로 와. 알았지?"

"알았어요, 공주님."

부드러운 목소리로 대답한 상현에게 은초가 씩 웃어 보였다. 다정하고 사랑스러운 내 남자 친구. 한때 상현에 대한 은초의 평가였다.

이제 와 회상한들 부질없는 일이었음에도 서점에 들어서자 자연스레 지난 기억이 떠올랐다. 지금이야 감정 하나 남아 있지 않았지만 만났던 기간이 길었던 만큼 기억도 많을 수밖에 없었다.

때문에 결별한 이후로는 서점을 찾은 적이 거의 없었다. 필요한 책이 있으면 인터넷 서점을 이용할 정도로 가기를 꺼려 했다.

예전 같았으면 서점을 지나가는 것조차 치를 떨었을 텐데도 지금은 제 옆을 지켜 주는 한 사람으로 인해 상쇄된 듯 서점 안을 돌아다니는 발걸음에는 거리낌이 없었다.

은초는 상념을 고갯짓으로 훌훌 털어 버리고 다시 책을 찾는 데 집중했다.

두 사람은 좋아하는 장르가 달랐다. 은초는 미스터리를 좋아했고, 수안은 수필이나 에세이를 좋아했다. 때문에 둘은

각기 다른 곳에서 서로 원하는 장르의 책을 마음껏 구경했다.

한참 동안 책에 집중하고 있던 은초는 돌연 수안이 무엇을 하고 있을지 궁금해졌다. 그녀가 앉은 자리에서 고개만 들어 수안을 찾았다. 열심히 고개를 두리번거렸지만 쉽사리 찾아지지가 않았다.

답답함을 느낀 은초는 읽던 책을 옆에 내려 둔 뒤 자리에서 벌떡 일어섰다. 눈높이가 높아지니 시야가 훨씬 더 넓어진 느낌이 들었다.

한참을 더 고개를 이리저리 돌리던 은초는 미소 띤 얼굴로 수필집을 읽고 있는 수안을 발견했다. 순간 저도 모르게 탄성을 내질렀다.

"아!"

놀란 은초가 얼른 입가로 손을 가져갔다. 여전히 눈은 수안에게 고정된 채였다. 구닥다리 표현 같지만 한 폭의 그림 같다고 생각했다.

책장에 머리를 기댄 채 잔잔한 미소를 띤 얼굴로 한 장씩 책을 넘기는 그의 모습이.

이따금 무언가를 깨달은 듯 진지한 표정으로 생각을 곱씹는 듯한 얼굴이.

모든 게 전부 다 그림 같아서 은초는 지금이 어느 때보다도 비현실적으로 느껴졌다. 소설 속 남자 주인공이 튀어나온 것만 같았다.

그때 수안이 시선을 느낀 듯 그녀가 있는 쪽으로 고개를 돌리자 은초는 황급히 책으로 얼굴을 가리고자 했다. 유감스럽게도 읽고 있던 책은 이미 바닥에 자리 잡은 지 오래였다.

낭패라는 얼굴로 어색하게 웃자 수안의 얼굴에도 흔들림 없이 미소가 짙어지고 있었다. 그마저 아름답게 느껴져 은초는 제정신을 차릴 수가 없을 정도였다.

수안이 읽던 책을 덮었다. 탁, 소리와 함께 그녀의 심장이 빠르게 뛰었다.

수안이 한 발자국을 내딛었다. 쿵, 소리와 함께 그녀의 심장이 더욱 세게 펌프질을 했다.

수안의 발걸음이 점점 빨라졌다. 이제 그녀의 심장은 마치 그에게만 반응하는 것처럼 굴고 있었다.

당혹스러웠다. 발걸음과 심장 박동 소리가 겹쳐 들렸다. 쿵덕쿵덕 방아 찧는 듯한 이명처럼 귓가에 무슨 북처럼 울려 퍼졌다.

은초는 이 익숙한 감정을 모르지 않았다. 언젠가 한 번쯤 겪어 본 적 있었다.

"은초 씨."

다시는 없을 거라 단정했던 감정.

"나 기다렸어요?"

사랑이었다.

"아."

"쳐다보기에 지루한 줄 알고요."

수안이 다정스레 은초에게 말을 건넸다. 그녀는 여전히 아무 말도 하지 못한다. 인지해 버린 마음에 당혹스럽다. 마음에 지진이 난 듯 어지럽다.

"집에 갈까요?"

그럼에도 불구하고 처음은 아니다.

"아니요."

그럼에도 불구하고 특별하다.

"이리 와서."

나는 다시 사랑할 수 있을까? 내가 당신을 사랑할 수 있을까?

"내 옆에서 같이 읽어요."

다시금 튀어 나온 과거 앞에 움츠러들다가도 현재의 감정이 크기를 부풀렸다. 마치 과거는 이만 잊으라고 시위하는 것처럼.

수안은 고개를 살짝 으쓱거린 뒤 그녀 옆에 자리를 잡고 앉았다. 은초도 천천히 다시 자리에 앉았다.

곁에 앉은 수안이 그녀가 읽던 책에 관심을 보였다.

"무슨 내용이에요?"

"신부가 있었는데……."

은초가 조금 떨리는 목소리로 책의 내용을 읊었다.

"결혼식 날 도망갔어요."

"저런."

떨렸던 기분은 차차 안정되어 가고 있었다.

"범인이 누구예요?"

"신부 자신이요."

하지만 흔적은 자리에 남아 특별함을 더했다.

"애초에 신부가 자작극을 벌였다는 내용이에요."

"재미있겠다."

수안이 흥미로워하며 말간 미소를 지었다. 은초의 얼굴도
자연스럽게 밝아졌다.

"이 책 살 거예요?"

"그럴까 봐요."

"그럼 나 빌려줄 수 있어요?"

책을 빌려 달라 묻는 수안의 눈을 빤히 쳐다보았다. 티끌
하나 묻지 않은 순수한 검은 눈동자에 대고 그녀가 속삭이듯
대답했다.

"그럴게요."

무엇에 대한 긍정이었는지는 스스로도 잘 모르겠다는 생
각이 들었다.

✿   ✿   ✿

두 사람은 저녁까지 먹고 서로의 집 앞에서 인사를 나누었다. 수안이 아쉬운 목소리로 말했다.

"이제 7시밖에 안 됐는데."

"아직도 더 할 게 남았어요?"

깜짝 놀라는 은초의 물음에도 수안은 여전히 아쉬운 기색이었다.

"그러게요. 할 것도 없는데 헤어지기가 싫네."

"우리 수안 씨, 원래 이런 캐릭터였나?"

"글쎄요."

수안이 의미심장하게 웃으며 은초에게 물었다.

"우리 더 같이 있을 수 있는 방법은 없는 거예요?"

"음."

수안의 투정 어린 질문에 은초가 심각하게 고민하는 표정을 지어 보였다. 그게 어떠한 희망이라도 주었는지, 수안의 표정이 금세 살아났다. 왠지 모르게 재미있어 은초는 방금 전과 같은 표정을 좀 더 보고 싶었다.

결국 그녀는.

"우리 집에서."

"……."

"라면 먹고 갈래요?"

저질러 버렸다.

탁.

푸른 불꽃이 넘실넘실 춤을 추었다. 가스레인지 위에 올려진 작은 양은 냄비 하나와 그 안에서 출렁거리는 물.

요즘 '우리 집에서 라면 먹고 갈래요?'가 그렇고 그런 뜻이라는 건 대충 알고 있었지만, 결단코 은초가 의도한 바는 아니었다. 아쉬워하는 수안을 위한 핑계를 마련하기 위해 아무 말이나 던졌을 뿐이었다. 돌이켜 보니 꽤나 당돌한 행동이었다.

점차 끓기 시작하는 물을 보며 은초는 생각에 잠겼다. 수안은 정말로 라면만 먹고 갈까? 아니면 다른 것도…….

"은초 씨."

갑작스레 들려오는 목소리에 자연스럽게 상념이 깨졌다. 은초가 의아한 표정으로 돌아보자 수안이 웃고 있었다.

"내가 뭐 도와줄 건 없어요?"

"라면 끓이는 데 도움이 필요할 정도로 어린애는 아닌데."

농담 섞인 말투에 은초가 절로 미소를 짓자 수안도 기분이 좋은 표정으로 입을 열었다.

"그럼 나 책 읽고 있을 테니까 다 되면 불러요."

수안은 아까 서점에서 그녀가 산 소설을 읽기 위해 주방에서 나갔다.

정말 순수한 건지, 아니면 순수한 척하는 건지 도통 감이 잡히지 않아 은초는 작게 한숨을 쉬고서 생각하기를 그만두었다. 아무리 생각을 거듭해도 마음먹은 대로 일이 진행되는 경우는 드물었으니까.

10분 정도 지나자 주방에서 라면 끓는 냄새가 집 안을 장악했다. 분명 저녁을 먹었음에도 후각을 한껏 자극하는 유혹에 다시금 허기가 밀려왔다.

나는 정말 엄청난 먹보인가 봐.

은초가 자조하며 수안을 불렀다.

"수안 씨!"

대답이 없었다.

설마 또 자? 여자 친구 집에서?

은초가 설마설마하며 그가 있는 곳을 찾았다. 거실 소파에 미처 다 담기지 못한 긴 다리의 끝을 내놓고 누운 그는…….

"정말 자?"

잠들어 있었다.

내가 긴장감을 못 주는 여자인가.

갑작스럽게 밀려온 회의감에 당황스러운 표정을 짓던 은초가 곧 얼굴을 풀었다.

오늘 하루 종일 돌아 다녔으니 피곤했겠지.

하는 수 없이 라면 대신 이불을 꺼내 수안이 있는 곳으로 가져왔다. 감기에 걸리지 않도록 목 끝까지 이불을 덮어 준 은초는 짧게 한숨을 내쉬며 중얼거렸다.

"그래도 어떻게 자고 가긴 하네."

피식 웃은 은초가 거실 형광등을 껐다. 라면이 불어 터지기 전에 먹어 치워야 했다. 과연 다 먹을 수 있을지 걱정 어린 표정으로 가늠해 보며 은초는 조심스럽게 주방으로 발걸음을 옮겼다.

5. 돌아온 똥차

수안은 슬그머니 눈을 떴다.

커튼을 치지 않은 창문 사이로 미약한 빛이 쏟아 들어오고 있었다.

자신을 감싼 이불의 완벽한 온도와 얼굴로 내리쬐는 은은한 푸른빛. 모든 것이 완벽했다. 자신도, 그를 둘러싼 모든 상황들도.

오늘 또한 완벽한 하루가 될 것임을 믿어 의심치 않았다. 기지개를 켜자 입에서 하품이 쏟아져 나왔다. 수안은 슬쩍 미소를 띤 채 이불을 걷었다. 이윽고 보이는 광경에 그는 입꼬리를 굳힐 수밖에 없었다.

맙소사.

도무지 믿을 수 없는 현실이 눈앞에 펼쳐져 있었다. 새하얗게 질린 표정으로 수안이 벌떡 몸을 일으켰다.

벽지는 분홍색 장미꽃 무늬였다. 푸른색 스트라이프가 아니었다. 천장은 크림 옐로우였다. 연그린이 아니었다.

수안은 동공이 확장된 채로 상황을 파악하기 위해 애썼다.

"일어났어요?"

지금 절대 들려서는 안 될 목소리가 들렸다. 그가 경악에 찬 얼굴로 고개를 돌렸다. 은초가 덤덤한 표정으로 자신을 바라보고 있었다.

수안이 더듬거리며 겨우 물었다.

"은초 씨, 이게 어떻게 된⋯⋯."

"기억 안 나요?"

은초가 살짝 웃음기 띤 목소리로 묻자 수안은 난감한 표정으로 고개를 끄덕였다.

그녀는 여전히 미소를 지우지 않은 채 수안이 있는 쪽으로 바짝 붙어 앉았다.

"어제 일, 정말 기억 안 나요?"

은초의 질문에 수안은 기억을 더듬었다. 어제 그녀와 데이트를 했다. 마지막엔 집 앞에서 헤어지기 싫다고 징징거렸지. 그리고⋯⋯.

그제야 모든 것이 기억난 듯 그의 표정이 당황으로 물들었다.

마치 나라를 잃은 듯한 반응이 귀엽게 느껴져 은초는 싱긋 웃었다.

"괜찮아요."

"아아, 미안해요."

수안은 부끄러워하며 무릎에 얼굴을 묻었다. 실례도 이런 실례가 없었다. 은초는 애써 웃음소리를 낮추며 그를 위로했다.

"얼른 일어나기나 해요. 오늘 회사 안 갈 거예요?"

"……가야죠."

내일이 토요일이긴 했지만 어쨌든 오늘은 금요일이었다. 수안이 울적한 목소리로 물었다.

"몇 시예요?"

"아직 6시예요. 시간 많이 남았으니까 일어나서 씻고 밥 먹어요."

어딘가 부부 같은 대화에 은초는 묘한 기분에 사로잡혔다가 서둘러 주방으로 발걸음을 돌렸다. 수안이 씻는 동안 준비하면 그가 나올 때를 맞춰 같이 식사할 수 있을 터였다.

은초의 뒷모습을 빤히 쳐다보던 수안도 민망한 표정으로 자리에서 일어나 제집으로 돌아가자마자 욕실로 향했다.

욕실 안에서 쏟아지는 물줄기를 하염없이 바라보던 수안이 절규하듯 중얼거렸다.

"미쳤지, 내가."

제멋대로 가 놓고 정작 잠만 자고 왔다. 심지어 라면도 두 사람분을 끓였으니 그녀가 혼자 다 먹어야 했을 터였다. 수안이 울적한 표정으로 눈을 느리게 깜빡였다.

그나마 다행인 것은 은초의 표정이 그리 나쁘지 않아 보였다는 거였다. 저를 배려해 서운한 기색을 감춘 건지는 알 수 없는 노릇이었다.

수안은 빨리 씻고 은초에게 가 봐야겠다고 생각하며 느릿했던 움직임을 좀 더 빨리했다.

그로부터 20분이 더 지나서야 수안은 은초의 집 초인종을 다시 눌렀다. 기다리고 있었다는 듯 은초가 바로 문을 열어 주었다.

수안은 살짝 젖은 머리카락을 툭툭 털며 집 안으로 들어섰다. 식탁에는 은초가 준비한 간단한 토스트와 우유가 놓여 있었다.

수안은 조금 머쓱한 표정으로 다가갔다.

"혹시 내가 어제 그렇게 잠들어 버려서 화났어요?"

"설마요. 그럴 리가."

은초의 말에 수안은 한결 풀어진 표정으로 토스트를 베어 물었다.

"맛있네요."

"다행이다."

아침부터 화사한 미소에 눈이 부실 지경이었지만 은초는

애써 담담한 목소리로 대꾸했다.

두 사람은 한동안 말없이 식사에만 집중했다. 어느 순간 수안이 갑작스레 입을 열었다.

"참, 아직 은초 씨한테 말 안 한 거 있어요."

"그게 뭔데요?"

"이번 주말에 집에 없을 것 같아요. 본가에 가거든요."

"아."

수안의 말에 은초가 알았다는 듯 작게 고개를 끄덕였다.

"일요일 저녁 7시쯤 집에 올 것 같아요."

"알았어요."

"혹시 무슨 일 있으면 꼭 연락하고요. 알았죠?"

수안의 걱정 어린 당부에 은초가 설마 무슨 일 있겠느냐는 표정으로 말했다.

"지금까지 자취하면서 아무 일도 없었는데."

"내가 불안해서 그래요."

"알았어요."

은초가 고개를 끄덕이고 나서야 수안도 조금 안심한 표정으로 식사에 다시 집중했다.

그렇게 조용한 아침이 흘러가고 있었다.

❋   ❋   ❋

전쟁 같은 금요일이 지나가고 찾아오는 건 꿀 같은 휴일이었다.

은초는 수안 없는 주말을 어떻게 보낼지 고민하다가 토요일에는 서점에서 샀던 책을 마저 읽은 다음 장을 보고, 일요일에 청소를 하기로 마음먹었다.

분명 똑같은 하루였다. 두 달 전만 해도 그녀는 수안 없이 주말을 홀로 보냈었다. 그런데 왜 이리 허전한 기분이 드는 걸까.

은초는 알 수 없는 느낌에 조금 울적한 표정을 지었다. 아무런 알림음도 울리지 않는 검은 휴대폰 화면만 뚫어져라 쳐다보았다.

그녀가 알기로 수안의 본가, 그러니까 테이스티엔젤의 사장님이 거주하는 곳은 경기도 외곽이었다. 거리가 가까웠다면 조금 더 일찍 그를 볼 수 있을 텐데. 은초는 약간의 아쉬움을 삼키며 휴대폰을 매만졌다.

문득 자신의 부모님도 떠올랐다. 처음으로 부모님의 뜻을 거역하고 집을 나왔던 그날 이후로 은초는 본가를 찾기는커녕 단 한 번도 만나 뵌 적조차 없었다. 엄마와 간간이 통화했지만 그것도 잠시였다. 말을 섞을 때마다 서로 불편해하는 것 같은 분위기에 그녀가 먼저 전화를 거는 일은 결단코 없었다.

가족이라지만 실상 이웃사촌보다 못 한 사이로 전락한 지

오래였다.

물론 은초라고 해서 부모님이 보고 싶지 않았던 것은 결코 아니었다.

하지만 이미 5년이란 세월이 지났고, 그들 사이에 생긴 골은 이미 회복 불가능할 정도로 깊어진 지 오래였다. 그때로 돌아간다고 해도 똑같은 선택을 할 거라고 은초는 자신할 수 있었다.

"전 할 만큼 했어요. 아버지가 원하시는 대학이랑 학과까지 전부 들어갔잖아요. 졸업까지 했는데 이젠 제발 저 좀 놓아주시면 안 돼요?"

"할 만큼 해? 마무리가 결국 이 모양인데 지금 그딴 소리가 나와?"

"제가 언제까지 아버지 인형처럼 살아야 해요? 제 인생이 있는데!"

아, 이런 좋지 않은 기억은 굳이 떠올릴 필요가 없었다. 점차 우울해지는 기분을 추스르기 위해 은초는 재빨리 머리를 털어 버리고선 자리에서 일어났다. 가만히 앉아만 있으니 잡생각이 드는 모양이다.

그녀는 찬거리나 사러 가자고 생각하며 찬장에 둔 장바구니를 꺼내기 위해 주방 쪽으로 걸어갔다.

* * *

본가를 찾은 수안은 부모님과 함께 단란한 시간을 보내고 있었다. 수안의 어머니, 라미령 여사가 오랜만에 집을 찾은 아들을 반갑게 맞아 주었다.

"수안이 왔구나. 얼른 들어오렴."

평소보다 한껏 들뜬 미령의 환영에 머쓱해진 수안은 면목이 없어져 주눅 든 목소리로 인사했다.

"제가 자주 찾아뵀어야 했는데 죄송해요, 어머니."

"회사 일로 바쁜 거, 네 아버지 봐서 나도 잘 안다. 그런 걸로 미안해하지 말렴."

미령은 조금 은근해진 눈길로 아들에게 물었다.

"다른 걸로 미안해해야지. 만나는 여자는 없고?"

"그게……."

당황한 수안이 무어라 말하려던 그때, 거실 쪽에서 익숙한 목소리가 들려왔다.

"당신은 오랜만에 온 아들에게 왜 그런 걸 먼저 물어요?"

수안의 아버지이자 테이스티엔젤의 사장, 김선태였다. 남편의 타박에 미령이 어이없다는 표정으로 그에게 따지듯 대꾸했다.

"어머, 내가 뭘요?"

"아직 겉옷도 안 벗은 애를 계속 세워 두려고요? 먼저 식사부터 하고 나중에 과일 먹으면서 천천히 얘기 나눠도 되잖아."

결국은 아버지도 물어보시겠단 말씀이었다. 어색하게 웃은 수안이 슬쩍 두 사람의 언쟁에 끼어들었다.

"제 방은 그대로 있죠?"

"그걸 말이라고. 얼른 가서 씻고 옷 갈아입고 오렴."

"너 온다고 너희 엄마가 엄청 열심히 준비했다."

옆에서 거드는 아버지에게 따뜻한 미소를 보이며 수안은 2층 자신의 방으로 올라갔다.

미령의 말대로 정말 바뀐 것이 하나도 없었다. 방을 그대로 유지하기 위해 애썼을 부모님을 생각하니 괜스레 가슴이 뭉클해졌다.

편안한 옷으로 갈아입고 방을 나서려던 수안의 머릿속으로 불현듯 은초가 스쳐 지나갔다.

그는 재킷 안주머니에서 휴대폰을 꺼내 이제는 익숙해진 전화번호를 눌렀다. 몇 번의 연결음 끝에 상대방이 전화를 받았다.

―여보세요? 수안 씨?

"받았네요."

건너편에서 작게 웃는 소리가 들려왔다. 묘한 편안함을 느끼며 수안이 말을 이었다.

"나 지금 본가에 왔어요."

—내일 온다고 했죠?

"네."

—잘 쉬다 와요. 기다리고 있을게요.

마지막 한마디에 조용했던 수안의 심장이 다시금 쿵쾅쿵
쾅 뛰었다. 불규칙적으로 느껴지는 박동에 기분 좋은 설렘을
느끼며 그가 나긋하게 대답했다.

"나도 기다릴게요."

"뭐야, 설레게."

정작 집에서 홀로 기다리고 있는 사람은 나인데. 휴대폰
건너편의 은초가 전화를 끊고 비죽 튀어나온 입술로 투덜거
리다가 곧 빙긋 미소 지으며 중얼거렸다.

"그래도 기분 좋다."

수안의 말뜻을 모르지 않아서 더 좋았다. 그가 무엇을 기
다리고 있겠다는 것인지 알고 있었기에. 은초는 구름 위를
둥둥 떠다니는 목소리로 혼자 읊조리듯 말했다.

"그럼 나도 준비하고 있어야겠네."

본가에 다녀오고 나면 힘들 텐데 내가 맛있는 저녁 차려
줘야지.

은초는 콧노래를 흥얼거리며 마트 입구에 빽빽이 들어찬
카트 하나에 100원짜리 동전을 집어넣었다. 내일 저녁 메뉴

를 무엇으로 할지 행복한 고민을 하며 마트 안으로 들어섰다.

선태의 말대로 식탁은 휘황찬란했다. 미령이 신경을 쓴 흔적이 역력했다.

어느 정도 예상은 했지만 막상 눈앞에 펼쳐진 어마어마한 광경에 수안의 입이 떡 벌어져 내렸다. 아들의 반응에 미령은 상기된 얼굴로 물었다.

"나름 신경 쓴다고 쓴 거야. 마음에 드니?"

"너무 신경 쓰신 것 같은데요?"

"내 말이. 어째 네 엄마는 나한테 쓸 신경을 전부 다 너한테 쏟아붓는 것 같구나."

남편의 투정 아닌 투정에 미령이 따지듯 내뱉었다.

"어머, 여보. 그렇게 말하면 내가 섭섭하죠. 어제 내가 싸 준 5단 도시락은 정성이 아니에요?"

"큼."

민망해진 선태가 헛기침만 내리하자 지켜보고 있던 수안은 그저 작게 웃었다. 이러니저러니 해도 두 분의 금실은 주변 사람들에게 익히 알려질 만큼 좋았으니까.

사담이 길어지자 미령이 본론부터 꺼냈다.

"얼른 앉아라. 음식 다 식겠다."

"잘 먹겠습니다."

윤기가 자르르 흐르는 갈비찜으로 젓가락을 가져가던 수안은 순간적으로 움직임을 멈추었다. 갑자기 은초가 생각났다.

본가로 와 버린 탓에 혼자 있을 게 뻔한 데다 그녀가 갈비찜을 좋아한다는 사실을 알고 있었기에 저만 맛있는 음식을 먹는 것 같아 미안해졌다.

"어머니."

"왜 그러니?"

"혹시 이 갈비찜, 더 만들어 두신 게 있나요?"

"어머, 그럼. 갈비찜이 마음에 드니?"

"네. 혹시 싸 주실 수 있으세요?"

그의 부탁에 미령은 마치 기쁜 소식이라도 들은 사람처럼 함박웃음을 지은 채 크게 고개를 끄덕였다.

"어머, 당연하지. 네가 원한다면 한 트럭이라도 만들어 줄 수 있어."

미령은 곧 고개를 갸웃거리며 이상하다는 목소리로 중얼거렸다.

"그런데 네가 갈비찜을 그렇게 좋아했던가?"

"그게 사실은……."

미령의 질문에 수안이 조심스럽게 말문을 열었다.

"만나는 여자분이 있거든요. 그 사람이 갈비찜을 좋아해서요."

수안의 갑작스러운 고백에 미령이 깜짝 놀란 표정을 지었다. 선태 역시 마찬가지였다.

"정말이냐?"

"정말이니?"

동시에 쏟아지는 비슷한 반응에 수안이 어색하게 웃으며 작게 고개를 끄덕였다. 미령이 감격스럽다는 표정을 지었다.

"어쩜 좋아요, 여보. 드디어 우리 수안이도 결혼을 하려나 봐요."

"아직 결혼 단계까지는 아니에요."

미령의 설레발에 수안이 다급히 말렸지만 그녀는 굴하지 않았다.

"어머, 설마 우리 수안이 같은 남자를 차겠어? 안 그래요, 여보?"

"솔직히 우리 아들 정도면 아주 괜찮은 신랑감이지."

두 사람의 칭찬에 민망해진 수안은 부끄러운 듯 웃기만 했다.

"게다가 우리 집은 제사도 안 지내고, 넌 외동이라 물려받을 재산도 상당하잖아."

"그래서 지금 만나고 있다는 사람은 누구냐. 혹시 회사 동료야?"

회사 동료라고 할 수 있나? 그가 다소 불확실한 표정으로 고개를 끄덕이자 미령이 감격한 목소리로 말했다.

"역시 카페에서 회사로 옮기길 잘했어. 네가 본사로 간다고 했을 때, 어쩐지 예감이 좋더라니. 확실히 여자 많은 곳에서 일하니까 우리 수안이가 빛을 발하는구나."

"아직은 그냥 만나 보는 단계예요. 나중에 뭔가 더 진행되면 그때 말씀드릴게요."

"그래. 하긴 네가 어련히 알아서 잘하겠지."

미령이 흐뭇한 표정으로 아들의 숟가락에 굴비 살을 얹어 주었다. 수안이 작게 웃은 뒤 받아먹었다.

만약 언젠가 은초를 집으로 데려오는 날이 온다면 부모님이 두 팔 벌려 환영해 주실 것 같다는 생각에 마음이 편해졌다.

✴   ✴   ✴

드디어 일요일. 수안이 돌아오기로 한 날이었다. 고작 하루였지만 이상하게도 그의 빈자리가 크게만 느껴졌었다. 갑자기 자립심이 떨어진 사람 같았다.

씁쓸하게 웃던 은초가 어느 순간 몸을 벌떡 일으키더니 이부자리를 정리했다.

오늘은 원래대로 청소를 할 예정이었다. 귀찮았지만 이대로 넘겼다간 집이 먼지 구석에 처박힐 지경이라 건강을 위해서라도 꾸역꾸역 움직였다. 게다가 곧 수안도 올 텐데 먼지에 휩싸인 냄새나는 집을 보여 줄 수도 없었다.

은초는 간단히 플레인 요구르트로 아침을 때운 뒤 방마다 모든 창문을 열어젖혔다. 방 안을 굴러다니던 잡동사니들도 모조리 한 박스에 눌러 담았다. 진공청소기로 온 집 안을 청소한 후 물걸레질까지 마치고 나자 어느새 2시였다.

잠시 허리를 펴고 스트레칭을 하며 은초는 슬며시 집 안을 둘러보았다. 이제 쓰레기들만 버리면 어느 정도 청소가 끝날 듯했다.

그때 어제 마트에서 산 작은 선반이 눈에 들어왔다. 집에 수납공간이 조금 부족한 것 같아서 책장 옆에 달기 위해 공구 세트와 함께 샀던 작은 선반이었다. 이왕 눈에 띈 김에 저것까지 달고 밥을 먹어야겠다고 생각한 은초가 거침없이 선반 쪽으로 걸어갔다.

공구 상자에서 목장갑을 꺼내 착용한 은초가 비장한 표정으로 켠 것은 휴대폰이었다. 한 번도 못을 박아 본 적이 없었기에 이런 일마저 인터넷의 도움을 받아야 했다.

검색창에 '못 박는 법'이라고 치자 종류별로 상세하게 나와 있었다.

공구 상자를 뒤적거렸지만 아쉽게도 전기 드릴은 없었다. 은초가 난감한 표정으로 중얼거렸다.

"어차피 나무에 박을 건데 드릴까진 필요 없겠지?"

은초는 대못 하나를 왼쪽 손에 쥔 뒤 오른손으로 망치를 들었다.

쿵.

고작 망치질 한 번이었지만 왠지 잘되어 가고 있는 것만 같아 기분이 좋아졌다.

이제 두세 번만 더 박으면 되겠지.

은초가 신나는 마음으로 망치를 한 번 더 내려쳤다. 이번에 들려온 건 망치가 쇠와 마찰하는 소리가 아니라…….

"악!"

여자의 비명과 무언가가 바닥에 부딪쳐 나는 둔탁한 마찰음이었다.

"아이고, 아파라……."

통증이 저릿저릿 올라오는 손가락을 부여잡고 은초가 중얼거렸다.

절로 찔끔 나온 눈물을 소매로 닦고 내려다보니 왼쪽 엄지 손톱이 약간 깨져 있었다. 다행히 피까지 나진 않았지만 살짝 보이는 살점에 모골이 송연해졌다.

그녀는 아픈 손가락을 부여 쥔 채 못 박은 자리를 살펴보았다. 곧바로 미간이 찌푸려졌다.

"하필 저렇게 박혔네."

못은 상당히 어정쩡한 위치에 박혀 있었다. 이럴 바에야 차라리 안 박힌 것보다 못 했다. 은초는 깊게 한숨을 쉬었다. 그냥 사람 부를걸, 괜히 돈 아낀답시고 설쳐 댔다가 오히려 병원비까지 더 들게 생겼다.

은초는 할 수 없이 떨어진 망치를 다시 주워 공구 상자에 담았다.

오늘은 일요일이었으니 업체에 전화를 한다고 해도 안 받을 게 뻔했다. 혼자 있는 집에 들이기에도 조금 찜찜했다.

시선을 아래로 내리자 다친 손가락이 눈에 들어왔다. 다행히 상처가 심하진 않아서 내일 병원에 가 보면 크게 문제 될 것 같지는 않았다.

짧게 한숨을 쉰 은초는 얼마 전 수안의 권유로 구매한 구급상자를 찾았다. 지난번 그가 했던 말을 흘려듣지 않은 게 이리도 요긴하게 쓰일 줄은 몰랐다.

은초가 내심 뿌듯한 기분으로 흰 거즈를 이용해 다친 부위를 꽁꽁 싸맸다. 혹시 모르니 물에 닿지 않게 조심해야겠다고 생각하며 구급상자를 원래 있던 곳에 두었다.

선반을 달고 밥 먹을 예정이었지만 손가락이 다치니 아무것도 하기 싫어졌다. 은초는 다가올 저녁을 대비하기 위해 그냥 시켜 먹기로 작정했다.

서랍에 있던 배달 책자를 꺼내 뒤적거리던 그녀가 곧 휴대폰을 들었다. 잠시 후 그녀의 목소리가 집 안에 낭랑하게 울려 퍼졌다.

"……반반으로 가져다주세요."

황급히 덧붙였다.

"참, 무 많이요."

✻　　　✻　　　✻

"그럼 이만 가 보겠습니다."

올 때와 똑같은 차림으로 갈아입은 수안이 선태와 미령에게 인사했다.

처음과 다름없이 담담한 표정인 선태와 달리 미령은 아들을 다시 보내는 것이 못내 아쉬운 모양이었다. 그녀가 서글픈 목소리로 중얼거렸다.

"너무 일찍 간다."

"얘도 가서 쉬어야죠, 여보. 아들 마음 불편하게 하지 말아요."

부드럽게 미령을 타이른 선태가 곧 인자한 미소를 지으며 수안에게 일렀다.

"너무 마음 쓰지 말고. 또 찾아오면 되잖니."

"네, 그럴게요."

수안 역시 마음이 썩 편하지만은 않았다. 자주 찾아뵈어야 한다는 사실을 모르는 바 아니었지만 생각보다 쉬운 일이 아니었다.

다음번에는 조금 더 빨리 얼굴을 보여 드려야겠다고 생각하며 수안은 부모님과 포옹을 나누었다. 그가 조금 잠긴 목소리로 인사했다.

"자주 올게요."

"그래. 운전 조심하고."

끝까지 자신을 걱정하는 미령에게 수안이 걱정 말라는 듯 웃어 주었다. 선태도 말없이 고개를 끄덕여 주었다.

차에 탄 수안은 출발하기 전 은초에게 미리 전화를 주기로 했던 것을 기억해 내고 휴대폰을 꺼내 들었다. 연결음은 얼마 가지 않아 은초의 목소리로 바뀌었다.

—수안 씨, 어쩐 일이에요?

"지금 본가에서 출발해요. 뭐 하고 있었어요?"

은초는 잠시 대답이 없다가 이내 어색한 웃음소리를 흘리며 대답했다.

—……그냥 쉬고 있었어요.

"그래요?"

왠지 모를 이상한 느낌에 수안이 이상하다는 듯 고개를 갸웃거렸지만 곧 아무렇지도 않게 물었다.

"외출하기 귀찮죠? 혹시 출출하면 치킨이라도 사 들고 갈까요?"

—아니요, 괜찮아요. 저녁은 그냥 집에서 먹어요.

치킨이라면 사족을 못 쓰던 은초였던지라 수안은 의외의 대답에 조금 놀라면서도 흔쾌히 그러자고 대답했다.

내일은 해가 서쪽에서 뜨려나?

통화를 마무리한 그가 즐거운 표정으로 액셀러레이터를
밟아 나갔다.

"아, 그냥 사 오라고 할 걸 그랬나."

전화를 끊은 뒤, 은초는 아쉬운 목소리로 중얼거리다가 이
내 고개를 저었다. 아무리 치킨이 진리라고 해도 그렇지, 하
루 두 끼를 기름진 음식으로 먹는 건 영 아니었다.

슬쩍 고개를 돌려 시간을 확인했다. 수안이 도착하기 전까
지 저녁을 준비하기에는 조금 애매한 시간이었지만 혹시 몰
라 무엇을 먹을지 메뉴나 정해 놓는 편이 좋을 것 같았다.

몸을 일으켜 냉장고로 간 은초가 천천히 문을 열어 남아
있는 식재료를 확인했다. 어제 장을 넉넉히 봐 둔 덕에 다행
히 부족함이 없었다.

저녁으로 고등어나 구워야겠다고 생각하며 냉장고를 닫았
다.

지이잉.

그때 테이블 위에 올려 둔 휴대폰이 정신없이 진동했다.

수안 씨는 지금 한창 운전 중일 텐데?

은초가 의아한 표정을 지으며 얼른 거실로 건너갔다. 처음
보는 번호였다. 잠시 고민하다가 통화 버튼을 눌렀다.

"여보세요?"

—…….

되돌아오는 답은 없었다.

"여보세요?"

—…….

이번에도 대답이 없자 은초는 조금 짜증스런 목소리로 말했다.

"전화를 하셨으면 말씀을 하셔야죠. 여보세요."

—…….

"장난 전화예요? 그렇게 할 일이 없어요?"

—은초야.

자신의 이름을 부르는 남자의 목소리에 은초는 모골이 송연해지는 느낌이 들어 저도 모르게 전화를 끊어 버렸다. 은초가 당황한 표정으로 중얼거렸다.

"뭐, 뭐야."

분명 어디서 들어 본 적 있는 목소리였다. 하지만 톤을 잔뜩 낮추고 있었기 때문에 누군지 정확히 기억나지 않았다.

은초는 어쩐지 불길하다는 생각이 들어 배터리를 빼 버렸다가 자신이 너무 과민하게 반응하는 것 같아 다시 꽂아 넣었다.

이후로 그 번호로 다시 전화가 걸려 오는 일은 없었다.

딩동.

초인종 하나가 집 안에 가득 스며들었던 고요를 예고 없이 깼다. 어제 미처 읽지 못했던 책의 남은 부분을 읽고 있던 은초는 직감적으로 수안임을 눈치채고 현관으로 나갔다.

벌컥 문을 열자 예상대로 그가 서 있었다. 수안은 부드럽게 미소 지으며 인사했다.

"은초 씨."

"왔어요?"

본가에서 잘 쉬다 왔는지 마지막으로 봤을 때보다 더 얼굴이 좋아 보였다. 그래 봤자 고작 하루 만이라 스스로도 우스워진 은초가 키득거리며 수안에게 물었다.

"집 들렀다가 오는 거예요?"

"네. 씻고 짐 정리하고 왔어요."

수안이 깜빡했다는 듯 곧바로 덧붙였다.

"참, 어머니가 갈비찜을 하셔서 조금 싸 왔어요. 은초 씨, 갈비찜 좋아하지 않아요? 저번에 식당에서 보니까 잘 먹던데."

"그런 건 또 언제 봤어요?"

하여튼 세심한 남자 같으니라고. 은초가 부끄럽게 웃으며 고개를 끄덕였다.

"잘했어요. 고마워서 어떻게 하나."

"고맙긴요, 뭘. 나도 좋아하는데 같이 먹으면 되죠. 갈비찜 말고도 가져온 거 많으니까 오늘 저녁은 그걸로 먹어요."

"아, 고등어 구우려고 했는데 잘됐네요."

저녁 만들 수고를 덜었다는 생각에 은초가 바스스 웃자 수

185

안도 기분이 좋아졌다.

하루 만에 보는 거였지만 그사이에 귀여움이 배로 늘어난 것 같았다. 어쩌면 떨어져 있던 시간만큼 그녀의 매력이 더 크게 느껴지는 것일지도.

"그럼 오늘은 내가 수안 씨 집으로 갈게요."

"그럼 집에서 준비하고 있을게요."

역시 갈비찜을 싸 오길 잘했다며 뿌듯한 표정으로 수안이 문을 닫으려는데, 우연히 은초의 손가락이 시야에 들어왔다. 그가 매서운 시선으로 한곳만 바라보았다.

"은초 씨."

"왜요?"

"이거 뭐예요?"

"이거라뇨?"

수안이 말없이 그녀의 왼손을 가리키자 은초는 당황해 저도 모르게 등 뒤로 손을 숨겼다. 더욱 의심스러운 표정을 지으며 수안이 따져 물었다.

"뭐예요?"

"아니, 그게……."

"다친 거예요?"

"살짝?"

그의 표정이 순시간에 굳어졌다. 버티려는 은초에도 아랑곳 않고 수안은 그녀의 등 뒤에서 천천히 손을 잡아 빼 자세히 살펴보았다. 은초가 머쓱한 표정을 지으며 다시 손에 힘을 주었지만 수안은 꿈쩍하지 않았다.

흰 거즈로 덮인 엄지손가락이 드러나자마자 수안이 깨진 손톱을 확인하고선 더욱 얼굴을 경직시켰다. 왠지 모르게 자신이 잘못한 기분이 들어 은초는 묻지 않았는데도 변명을 시작했다.

"살짝 깨진 것뿐이에요."

"살짝이 아닌데요? 어쩌다 이랬어요?"

"진짜 별거 아니에요. 망치질하다가……."

"망치질이요?"

수안의 안색이 하얗게 질리는 것을 보자 은초는 왠지 사과라도 해야 할 것만 같은 분위기에 더 이상 아무 말도 하지 않았다.

잠시 후 수안이 떨리는 목소리로 입을 열었다.

"갑자기 웬 망치질을?"

"어제 선반을 새로 샀거든요. 그거 달려고 못 박다가."

"나한테 말을 하지 그랬어요."

평소에는 좀처럼 들을 수 없는 화난 목소리에 은초는 말없이 수안의 시선만 피했다. 그러자 수안이 손을 부드럽게 움직여 은초의 얼굴을 자신과 마주 보도록 고정시켰다.

빼도 박도 못하게 그와 눈을 맞추게 된 은초가 이번엔 시선을 아래로 내렸다. 수안이 조금 단호한 목소리로 말했다.

"나 봐요."

은초가 주눅 든 표정으로 슬쩍 수안과 눈을 마주쳤다. 그는 여전히 표정을 굳힌 채였지만 그녀에게보다 다쳤다는 사실에 화가 난 것처럼 보였다. 내심 안심한 은초가 비로소 표정을 풀며 수안의 말을 기다렸다.

"앞으로는 위험한 일할 때 꼭 나한테 말해 줘요, 알았죠?"

"……."

"대답 안 해 줄 거예요?"

"알았어요. 걱정시켜서 미안해요."

말이 끝나기가 무섭게 수안이 그녀를 와락 끌어안았다. 갑작스러운 포옹에 은초가 마른 소리를 흘리며 그에게 안겨 들었다.

수안은 조용한 목소리로 그녀의 귓가에 속삭였다.

"얼마나 놀랐는데요."

"미안해요. 못 정도는 쉽게 박을 수 있을 줄 알았어요."

다친 건 자신인데 어째서 더 아파 보이는 사람은 그인지. 왠지 몸이 더 이상 자신만의 것 같지 않은 느낌에 은초는 기묘한 표정을 지었다.

"그래서 못은 박았어요?"

"내일 사람 부르려고요."

"내가 박아 줄게요. 사람 부르지 마요. 남자 친구 뒀다가 어디다 쓰게요?"

수안이 예쁘게 미소 지으며 그녀를 품에서 떼어 냈다. 순식간에 사라진 온기를 대신한 싸늘함에 은초가 아쉬운 표정을 지으며 수안을 바라보았다. 그가 다정하게 그녀의 머리를 쓰다듬으며 속삭이듯 말했다.

"들어가요, 우리."

그길로 수안은 집 안으로 들어가 공구 상자를 찾더니 은초가 엉망으로 만들어 놓은 책장에 박힌 못을 빼내고 능숙하게 다시 박아 주었다.

그를 지켜보던 은초는 그저 속으로 한숨만 쉬었다. 제 고집 탓에 수안에게 괜히 걱정거리만 안겨 주는 꼴이었다.

10분도 되지 않아 망치질은 끝났고, 수안은 땀 한 방울도 흘리지 않은 채 공구 상자에 망치를 넣었다. 은초가 동경의 눈으로 수안을 쳐다보았다.

"와, 수안 씨 완전 대단하다."

"이게 뭐라고요."

그러면서도 입가에는 숨길 수 없는 뿌듯한 미소가 피어올랐다.

의기양양해진 표정으로 수안이 당부하듯 말했다.

"앞으로도 이런 일 있으면 꼭 나한테 맡겨요, 알았죠?"

"알았어요."

은초가 작게 웃으며 대답하자 수안이 그제야 안심이라는 표정을 지었다.

"내일 병원은 꼭 가 보고요. 회사 근처에 종합 병원 있지 않아요?"

"코앞에 있어요. 걱정하지 마요. 검진서 떼 와야 믿을 거예요?"

"은초 씨가 워낙 상처에 둔감하니까. 저번에 화상 입은 것도 응급 처치만 했었잖아요."

지난번 화상은 다행히 상처가 깊지 않아 응급 처치만으로도 흉터는 남지 않았지만 수안은 내심 그녀가 병원을 잘 가지 않는 것에 불안함을 가지고 있었다. 은초는 꿰뚫어 보기라도 한 듯 걱정 말라며 덧붙였다.

"내일 진짜 가 볼게요."

은초가 작고 가는 새끼손가락을 내밀며 말했다.

"약속."

그마저 귀엽게 보이는지 수안이 작게 웃으며 똑같이 새끼손가락을 내밀었다.

"약속."

두 사람의 새끼손가락이 겹치며 얽혔고, 동시에 서로에게 닿아 들었다. 야릇한 감각에 은초가 멍한 표정으로 수안을 쳐다보았다.

수안은 작게 웃을 뿐, 동요하는 기색은 없었다. 그가 입을 열어 부드러운 목소리로 제안했다.

"밥 먹으러 가요, 우리."

참으로 담백하기 그지없는 대사였다.

수안의 집으로 향한 두 사람은 밥을 새로 짓는 대신 즉석
밥을 먹는 것을 택했다. 밥이 다 되기까지 기다리는 것도 지
루했고, 두 사람 모두 살짝 허기가 졌던 탓이었다. 즉석밥 두
개를 데운 은초가 기대 어린 목소리로 말했다.

"왠지 수안 씨 어머님은 엄청 요리 잘하실 것 같아요. 기
대되는데요?"

"너무 기대하진 말아요. 먹고 실망할 수도 있으니까."

말과는 달리 가게를 운영하고 계신 게 아닌가 할 정도로
반찬을 집어 먹는 족족 하나같이 전부 훌륭했다. 게다가 가
짓수도 적지 않았기에 은초가 혹시나 하는 마음으로 물었다.

"혹시 어머님 직업이 셰프예요?"

수안이 재미있다는 듯 낮게 소리 내어 웃었다. 웃음에 담
긴 부정이 느껴져 은초가 더욱 놀라며 물었다.

"그럼 직업도 아니신데 이렇게 잘하시는 거예요? 와, 대단
하시다."

은초의 모친인 홍주현 여사의 경우 요리를 썩 잘하는 편이
아니었다.

집안일을 담당해 주는 고용인이 있었기에 모친이 요리하
는 날은 1년 중 손에 꼽을 만큼 적었다. 그래서인지 새삼 수
안의 어머님의 요리 솜씨가 더 대단하게 느껴졌다.

은초가 지나가는 말로 툭 내던졌다.

"나중에 결혼하면 어머님께 요리 배우면 되겠네요."

흘리듯 내뱉은 한마디였지만 파장은 대단했다. 은초는 제가 한 말임에도 깜짝 놀랐다. 그녀가 곧바로 입을 다물며 눈만 끔뻑거리자 수안이 은근한 표정을 지었다.

"내가 그때 말했던 거, 계속 생각하고 있었나 보네요."

"수안 씨, 그러니까 저기……."

"나 완전 감동했어요, 은초 씨."

수안이 너무 감격한 표정을 짓자 은초는 더 이상 아무 말도 할 수 없었다. 그저 복숭아처럼 분홍빛으로 물들어 버린 볼을 감싸고 시선을 아래로 내렸다. 굳이 부정하고 싶지 않은 탓도 있었다.

"너무 놀리지 마요."

"이런 걸로 놀리긴요. 절대 안 놀려요."

수안이 짙게 미소 지으며 그녀의 밥 위로 갈비찜을 올려 주었다.

은초는 빨개진 얼굴로 말없이 밥을 퍼먹었다. 왠지 모르게, 부끄러운 식사였다.

식사를 마친 후 은초는 수안과 함께 소파에서 책을 읽었다. 잠들기 전에만 자신의 집으로 들어가면 아무런 문제가 없을 거라고 여겼다.

한참 동안 소설의 클라이맥스 부분을 읽고 있던 은초가 궁금증을 품은 목소리로 수안을 불렀다.

"수안 씨."

"왜요?"

"수안 씨는 나랑 왜 결혼하고 싶어요?"

그냥 흘려듣기에는 주제가 지나치게 묵직했던 터라 수안은 읽고 있던 책을 덮었다. 은초는 여전히 이해가 되지 않는다는 표정이었다.

"솔직히 이해가 안 돼요. 수안 씨는 나보다 직급도 높고, 아버님도 사장이시고, 무엇보다 성격도 좋고, 가정적이기까지 한데 내가 마음에 들어요?"

"내가 더 이해가 안 되는데요."

수안이 아리송한 목소리로 되물었다.

"방금 말한 모든 조건들이 내가 은초 씨를 좋아하고, 결혼하고 싶은 거랑 무슨 상관이에요?"

"나는 대기업에 다니는 거, 아버지가 국회 의원이라는 점만 빼면 그다지 내세울 게 없는 사람이에요. 알다시피 게으르고, 귀찮은 걸 싫어하고, 요리도 썩 잘하는 편은 아니죠."

여기까지 말하는 동안 은초의 목소리가 잘게 떨려 왔다.

"그런데도 나랑 결혼하고 싶어요?"

"은초 씨."

수안이 부드러운 목소리로 부르자 은초는 고개를 끄덕였

다. 그가 조금 안타까운 표정으로 말을 이었다.

"왜 그런 가치들로 은초 씨를 재단하려고 해요."

"그럼요?"

"나는 그냥 김은초라는 사람을 좋아하는 거예요."

"……."

"은초 씨가 김 의원님 딸이라는 거, 한선의류에 다닌다는 거, 흔히들 말하는 가정적인 여자가 아니라도 상관없어요."

"……."

"그냥 은초 씨여서 나는 만족해요."

은초는 저도 모르게 눈가가 촉촉하게 젖어 드는 것을 느꼈다. 살짝 붉어진 눈을 옆으로 끌어당겨 작게 웃었다. 무어라 설명할 수 없는 감정들이 울컥 가슴속에서 터져 나와 쏟아져 내리는 느낌이었다. 마침내 눈물 한 방울을 떨어뜨린 은초가 한참 후에 잠긴 목소리로 속삭였다.

"고마워요."

그냥 수안 씨여서 나도 만족해요. 테이스티엔젤 사장 아들이 아니라, 김수안이라는 사람 자체를 나도 좋아해요.

"그리고…… 사랑해요."

다행이었다. 그녀가 다시 한번 진심을 드러낸 사람이 이번에는 자신만을 그대로, 온전히 보아 주어서. 자신의 배경이 아니라 오로지 인간 김은초로 진실하게 보아 주어서.

＊　　　　＊　　　　＊

월요일은 어김없이 찾아왔다. 은초는 매주 월요일마다 열리는 주간 회의에 들고 갈 회의 자료를 챙기느라 바빴고, 옆자리에 앉은 솔지는 결혼 전에 퇴사할 예정이라 진행 중인 프로젝트를 성공적으로 마치는 데에 여념이 없었다.

회의는 평소처럼 무난하게 끝났다. 자리로 돌아온 은초는 아쉽다는 목소리로 솔지에게 물었다.

"정말 다음 달에 그만둘 거야?"

결혼은 세 달 뒤였지만 예식장 예약부터 시작해 모든 결혼 준비를 솔지 혼자 맡았기에 이번 달까지만 회사를 다니기로 한 것이었다.

벤처 기업가인 예비 신랑이 바쁘다는 걸 알고 있던 은초로서는 그녀의 선택이 이해가 가는 한편, 조금 아쉽기도 했다. 자신의 친구라는 점과는 별개로 솔지는 회사 내에서도 상당히 유능한 인재였다.

그녀의 질문에 솔지가 머쓱하게 웃으며 답했다.

"나도 더 다니고 싶긴 한데 결혼하면 내조할 일들도 생길 것 같고, 회사 다니면서 집안일까지 하면 어려울 것 같아서."

솔지의 말에 은초가 곰곰이 생각하는 표정을 지었다. 나중에라도 수안이 회사를 물려받게 되면 그의 부모님도 자신에게 일을 그만두고 내조하라고 말하려나. 오지 않는 일에 대해 열심히 고민해 봤자 답이 나올 리 없었다.

은초는 쓸데없는 생각을 날려 버리기 위해 가볍게 머리를 두어 번 턴 다음 다시 물었다.

"결혼해서 부잣집 사모님이 되더라도 나 만나 줄 거지?"

"어우, 얘는 무슨 그런 당연한 소리를 해."

그때 조용했던 은초의 가방 안이 진동으로 소란스러워졌다. 갑작스런 진동에 놀란 그녀가 의아한 표정으로 휴대폰을 꺼내 발신인을 확인했다. 익숙한 번호에 그녀가 눈살을 찌푸리며 여전히 시끄럽게 울리는 휴대폰을 도로 가방 안에 넣었다. 솔지가 의아한 표정으로 물었다.

"왜 안 받아?"

"스팸이야. 어제도 전화받았는데, 아무 말도 안 해."

"어우, 야. 그 말 들으니까 꽤 오싹하다."

솔지가 질색하자 은초도 조금 꺼림칙해져서 불안한 표정으로 여전히 울리고 있는 휴대폰을 쳐다보았다. 하지만 곧 관심을 끈 뒤 다시 일에 집중했다.

휴대폰은 그러고도 한참을 더 울리다가 잠잠해졌다.

점심시간이 되자 은초는 점심을 포기하고 회사 근처에 위치한 병원을 방문했다. 수안이 정말로 진단서를 떼어 오라고 할 기세라 서두르기도 했지만 이번 상처가 꽤나 아팠던 탓도 있었다. 다행히 의사에게서 큰 상처는 아니라는 진단을 받았기 때문에 은초는 마음 편히 진료실을 나올 수 있었다.

진료비를 수납하고 약국과 가까운 쪽인 병원 뒷문으로 나와 길을 걷던 도중 왠지 모르게 오싹한 기분이 그녀를 강타했다.

　누군가 따라오는 것 같았다.

　요즘 그녀를 괴롭혔던 꺼림칙한 전화가 생각났다. 갑작스럽게 치밀어 오르는 불안함에 은초는 천천히 걸음을 멈추었다. 그러자 뒤따라오던 상대도 발걸음을 멈춘 듯했다. 순간 등골에 소름이 끼치며 은초의 얼굴이 새파랗게 질렸다.

　이런 게 말로만 듣던 스토킹일까? 아니면 납치? 하지만 이런 대낮에 도대체 누가, 무슨 이유로?

　은초는 입술을 덜덜 떨며 눈을 꼭 감았다. 무서웠다. 얼마 전 뉴스에서 봤던 온갖 부정적인 사건들이 연신 떠오르면서 공포에 사로잡혀 미쳐 버릴 것만 같았다. 이런 일을 자신이 직접 겪게 될 줄이야. 꿈에도 상상해 본 적이 없었다.

　침착해, 침착해.

　그러나 한 번 고개를 들기 시작한 공포감은 쉽게 떨어질 줄 몰랐다. 은초가 당황한 표정을 애써 감춘 뒤, 뒷골목을 벗어나 사람들이 많은 쪽으로 빠르게 걸어갔다.

　여전히 불안했다. 입고 있던 재킷 밑단을 손으로 꼭 말아 쥐며 은초는 금방이라도 기절할 듯해 눈을 꼭 감았다.

　공포감에 입술만 깨물며 마침내 대로변 쪽까지 다다랐을 때, 은초는 냅다 줄행랑을 쳤다. 그러자 뒤따라오던 상대도 뛰는 것이 들렸다. 그걸 눈치채자마자 정신은 거의 까무러지기 직전 상태에 이르렀다. 공포감이 극에 다다랐다. 오늘 하이힐이 아닌 단화라 정말 다행이라고 생각하면서 그녀는 숨이 턱 끝까지 차오를 정도로 열심히 달렸다.

"허억, 허억."

마침내 따라붙는 인기척이 사라졌다고 느꼈을 때쯤이 되어서야 은초는 달리는 것을 멈추고 아주 천천히 뒤를 돌아보았다.

아무도 없었다.

하지만 무서웠던 느낌은 잔존해 그녀를 괴롭혔다. 갑자기 두 눈에서 눈물이 쏟아져 내렸다.

"흑, 흐윽."

대낮에 길가에서 울고 있는 그녀를 사람들이 이상하게 쳐다보는 것이 느껴졌지만 은초는 그런 것을 신경 쓸 겨를조차 없어 그대로 울면서 회사까지 걸어갔다.

회사로 들어섰음에도 계속 덜덜 떨며 눈물을 흘리자 다른 직원들이 자신을 보고 수군대는 소리가 들렸다. 그럼에도 눈물이 멈출 줄을 몰랐다. 그녀가 지금 느끼는 공포감은 다른 사람들로 인해 느낄 부끄러움을 넘어선 지 오래였다.

비로소 사무실에 들어서서야 눈물은 멈췄지만 이미 눈가가 통통 부어 누구라도 그녀가 울었다는 사실을 깨닫게 해주었다.

"김은초, 왜 그래? 무슨 일 있었어?"

당연히 가장 먼저 안부를 물은 이는 솔지였다. 그녀가 놀란 표정으로 묻자 은초는 차분하게 숨을 몰아쉰 뒤 방금 전에 겪었던 일을 상세히 말해 주었다. 이야기를 다 들은 솔지가 하얗게 질린 얼굴로 중얼거렸다.

"세상에, 어떡해. 너 진짜 무서웠겠다."

"누가 때린 것도 아닌데 눈물이 계속 나더라."

아직까지도 떨림이 묻어나는 목소리로 말하자 솔지가 심각한 표정으로 물었다.

"경찰에 신고해야 하는 거 아냐?"

"증거가 없는데, 잡을 수 있을까? 너무 애매하잖아."

솔지가 고개를 끄덕이며 다른 대안을 내놓았다.

"혹시 얼굴은 못 봤어?"

"응. 날 쫓아오는 것도 감으로 겨우 알았어."

그마저도 둔감했더라면 못 알아챘을 것이라고 생각하자 다시 한번 등줄기에 소름이 쫙 끼쳤다. 은초가 입술을 살짝 깨물며 중얼거렸다.

"진짜로…… 뭐지?"

"일단은 집에 갈 때 남자 친구한테 데려다 달라고 해. 지금으로선 그 방법이 최선이다."

솔지의 말에 은초가 작게 고개를 끄덕였다. 수안이 옆집에 산다는 사실이 지금처럼 위안이 된 적이 없었다. 물기가 남아 있는 눈가를 짓누르며 은초는 짧게 한숨을 쉬었다.

그녀는 곧바로 수안에게 전화를 걸어 모든 일들을 솔직하게 털어놓았다. 수안이 양평에서 돌아오던 날 걸려 왔던 의문의 전화와 오늘의 미행까지. 물론 그의 반응은 좋지 않았다.

—그런 일이 있었어요?

수안이 잔뜩 굳어진 목소리로 경악하자 은초가 작게 고개를 끄덕이며 대답했다.

"네."

—지금이라도 말해 줘서 고마워요. 말 안 해 줬으면 나 진짜 모를 뻔했잖아요.

"어제까지만 해도 그렇게 심각하게 느끼지 못했었는데, 오늘 병원 다녀오는 길에 정말 모골이 송연하더라고요. 미안하지만 당분간만 좀 부탁해요."

은초의 말에 수안이 당치도 않다는 듯 말했다.

—미안하긴요. 당연히 해야 할 일인데. 걱정 말고 회사에서 기다려요. 내가 데리러 갈 테니까.

수안의 약속은 그녀에게 더없는 안도감을 주었다. 새삼 이럴 때 남자 친구가 있어서, 그 사람이 수안이라서 정말 다행이라고 생각하며 은초는 희미하게 웃었다.

"정말 고마워요."

—지금도 많이 무서워요?

수안이 걱정스러워 물었지만 그녀는 애써 괜찮은 척 담담하게 대답했다.

"이제는 괜찮아요. 수안 씨가 온다고 해서 많이 안심되네요."

―괜찮아질 때까지 계속 데리러 갈 거니까 걱정하지 마요.

수안의 말에 은초가 저도 모르게 미소 지었다.

"이제 그만 들어가요. 일하는데 방해해서 미안해요."

―또 미안하대. 그런 말 하지 마요, 은초 씨. 지금 말 안 했다면 그게 나한테 더 미안해해야 할 일이니까.

마지막으로 수안은 사랑한다는 말과 함께 전화를 끊었다. 꿀꿀했던 기분이 그의 깜찍한 고백으로 인해 조금이나마 나아진 것 같았다.

수안은 정말로 일이 끝나는 시간에 맞추어 은초를 데리러 왔다. 그가 걱정스러운 표정으로 사옥 입구에서 저를 기다리고 있는 그녀에게 달려오듯 발걸음을 옮겼다.

"은초 씨!"

하루 종일 긴장으로 내내 일그러져 있던 은초의 얼굴이 조금이나마 풀어졌다. 아이가 부모를 보고 안심하는 것 같은 표정에 수안의 속이 불편해졌다.

"괜찮아요?"

은초는 말없이 고개만 끄덕였다. 수안은 안쓰러운 눈으로 그녀를 쳐다보다가 안심시키기 위해 어깨를 따뜻하게 감싸 주었다. 경직되어 있던 은초의 몸에서 힘이 빠지는 것이 느껴졌다.

은초를 미행했다는 괴한에게 엄청난 분노가 치밀어 올랐다. 그가 간신히 화를 억누르고 말했다.

"집에 갈까요?"

"네."

은초가 애써 웃어 보이며 괜찮다는 뜻을 피력했지만 수안의 눈에는 전혀 아니었다. 속으로 한숨을 쉬면서도 다정하게 웃어 주며 떨고 있는 그녀를 달랬다.

"뭐 먹고 싶은 거 없어요?"

"그냥 집에 일찍 가요, 오늘은."

더 이상 어딘가를 쏘다니고 싶지 않았다. 미행당한다는 건 생각했던 것보다 훨씬 더 무섭고 불쾌한 일이었다. 아무 짓도 안 하고 미행만 한다는 보장 또한 없었기 때문에 불안함을 씻어 낼 수 없었다. 그를 종식시켜 주기 위해 수안이 부러 평소보다 쾌활한 목소리로 말했다.

"그래요. 그럼 오늘 저녁에 내가 맛있는 거 해 줄게요."

수안은 자신의 옆자리에 은초를 태웠다. 선팅이 짙어 밖에서는 안이 절대로 보이지 않을 터라 그녀가 만족한 듯 희미하게 미소 지었다. 이럴 때를 대비해 선팅을 해 둔 건 아니었지만 결과적으로 좋은 영향을 미친 것 같아 수안은 다행이라고 생각했다. 운전대에 앉은 그가 무언가 조금 억누른 듯한 목소리로 물었다.

"경찰한테 신고하는 게 낫지 않을까요?"

"생각해 봤는데 아직 증거도 부족하고, 그것만으로 경찰 보호를 요청하기에는 약한 감이 있어요."

냉철하면서도 한숨 섞인 어조에 수안은 이해가 간다며 하는 수 없이 고개를 끄덕였다. 마음 같아서는 직접 사설 경비업체를 고용해 그녀의 경호를 책임지고픈 마음이었지만 은초의 성격상 너무 지나치다고 말할 것 같기도 했고, 그렇게 되면 주변의 눈치가 상당할 것이다.

이러지도 저러지도 못하는 상황에 수안이 선택한 건 아침저녁마다 그녀와 출퇴근을 함께하는 것이었다. 현재로서는 그것만이 최선이었다.

"오늘 하루 피곤했을 텐데, 가는 동안 조금 자요. 도착하면 깨워 줄게요."

은초가 잠시 눈을 붙이는 동안 빠르게 차를 몬 수안은 많이 놀랐을 그녀를 위해 평소보다 더 신경 써 몸을 따뜻하게 녹일 만한 요리를 준비해 주었다.

사실 고맙다는 그녀의 말이 수안은 마음에 들지 않았다. 자신이 은초를 위해 기꺼이 해 주는 일을 너무 감사하게만 받아들이지 않아 주었으면 했다. 그가 연인에게 기꺼이 해 줄 수 있는 일이었으니까.

밤 10시쯤, 수안은 슬슬 제집으로 돌아갈 채비를 했다. 큰일을 겪은 은초의 곁을 지키고 싶었지만 그녀도 일찍 숙면을 취해야 할 것 같아서였다.

"이만 갈게요."

"아."

은초가 생각지도 못했다는 표정으로 중얼거렸다. 그러고 보니 너무 제 생각만 한 것 같아 왠지 마음이 편치 않았다. 그도 가서 쉬어야 할 텐데. 은초는 얼른 고개를 끄덕였다.

"얼른 가 봐요. 수안 씨도 이제 자야죠."

그녀의 말에 수안이 은초를 부드럽게 안아 주며 속삭이듯 말했다.

"문단속 잘하고, 무슨 일 있으면 언제든지 와요."

아이를 재우는 부모처럼 등을 토닥이면서.

"바로 옆집이니까."

"그럴게요."

옆집에 사랑하는 남자 친구가 있다는 건 생각보다 훨씬 더 든든하고, 안심되는 일이었다. 막말로 정말 무슨 일이 생긴다고 해도 바로 옆집이었으니까. 상대방이 무얼 하고 있는지 인기척 정도는 느낄 수 있는 거리였다. 그만큼 방음이 부실하다는 걸 뜻했지만 지금으로서는 차라리 다행이었다.

은초가 알겠다는 듯 작게 고개를 끄덕이자 수안은 그녀에게서 몸을 뗀 뒤 천천히 일어섰다. 집을 나서는 순간까지도 어딘가 불안한 기색을 지우지 못했다.

그의 불안한 표정을 본 은초가 너무 걱정하지 말라는 목소리로 도리어 수안을 안심시켰다.

"수안 씨."

"……."

"나 진짜 괜찮아요."

"무서우면 꼭 와요."

"걱정 말아요."

그녀가 부러 환하게 웃어 보이며 고개를 크게 끄덕이자 그는 짧게 한숨을 내쉰 뒤 몸을 돌렸다. 쿵, 하고 문이 닫히는 소리가 들리고 나서야 은초는 현관에서 몸을 돌렸다. 그의 말대로 오늘은 조금 일찍 잠드는 것이 좋을 것 같았다.

쿵, 쿵, 쿵, 쿵, 쿵.

밖에서 누군가 문을 크게 두드리는 소리가 들렸다. 막 잠에 들려던 찰나 은초는 크나큰 진동에 결국 몸을 일으켰다. 무슨 일인지 상황을 파악하기도 전에 또다시 소리가 이어졌다.

쿵, 쿵, 쿵, 쿵, 쿵.

막 잠에서 깼을 때는 별생각이 없었지만 이번에는 아니었다. 순간 은초는 소름이 끼쳐 이불로 몸을 감쌌다. 이불 한 자락을 꼭 쥐는 손끝이 부들부들 떨렸다. 은초는 잔뜩 겁에 질린 표정을 지으면서도 밖에서 문을 두드리고 있는 사람의 정체를 파악하기 위해 애썼다.

누구지, 이 밤에? 설마 낮의 그 스토커는 아니겠지?

순간 등골이 오싹해졌다. 위험할 수도 있는 상황임을 깨닫자 치아가 딱딱 떨리며 불안한 소리를 냈다. 일단은 집에 아무도 없거나 잠든 척하기로 했다. 아무리 건장한 성인 남자라고 해도 두꺼운 철문을 억지로 열긴 힘들 테니까.

은초는 두려움에 질린 눈을 애써 감으며 스스로를 진정시켰다. 어차피 몇 번 두드려 보고 반응이 없으면 갈 것이었다. 끊임없이 스스로에게 괜찮다고 속삭이며 다시 침대 위로 몸을 눕혔다. 하지만 도무지 잠이 오질 않았다.

하긴 이 상황에 잠을 자는 것도 웃긴 일이지.

냉소적으로 웃은 은초가 이불을 머리끝까지 올렸다가 갑갑함을 이기지 못하고 다시 내렸다. 그녀는 베갯잇을 말아 쥐며 억지로 눈을 감았다. 이렇게라도 하지 않으면 내일 회사에서 병든 닭처럼 꾸벅꾸벅 졸 게 뻔했으니까.

딩동.

이번에 조용한 집 안에 울리는 건 초인종이었다. 은초는 두려움에 다시 입술을 꾹 깨물었다.

나한테 도대체 왜 이래, 진짜.

울고 싶은 심정이라 누가 툭 건들기라도 하면 금방이라도 눈물을 쏟아 낼 것같이 눈가가 그렁그렁해졌다. 이번에도 없는 척했지만 문밖에서 들려오는 목소리가 그녀를 안심시켰다.

"은초 씨! 은초 씨!"

수안의 목소리였다. 그제야 안심한 은초가 천천히 몸을 일으켰다. 그녀가 울먹이는 목소리로 현관에 대고 물었다.

"수안 씨?"

"괜찮아요? 무슨 일 있어요?"

그는 꽤나 다급해 보였다. 은초가 걸어 잠갔던 현관문을 조심스럽게 열자 잠옷 바람의 수안이 서 있었다. 그를 보자마자 모든 긴장이 풀린 은초가 풀썩 자리에 주저앉았다. 수안이 재빨리 몸을 숙여 그녀를 부축했다.

"괜찮아요? 다친 데 없어요?"

"난 괜찮아요."

은초가 창백한 얼굴로 중얼거렸다. 어두운 조명이었음에도 그녀의 얼굴이 하얗게 질렸다는 것쯤은 충분히 알 수 있었다. 수안이 작게 욕지거리를 뱉었다. 거기에 대꾸할 힘조차 없어 은초는 가만히 그의 품에 안겨 있었다.

은초를 조심스럽게 침대 위에 눕히고 나서야 수안이 입을 열었다.

"자는데 갑자기 큰 소리가 나서 혹시 무슨 일이 생긴 줄 알고 엄청 놀랐어요."

"누가 우리 집 대문을 한 열 번쯤 두드리고 갔어요. 초인종도 안 누르고."

방금 전 일이 생생한 듯 혐오감이 고스란히 느껴지는 목소리에 수안이 은초를 따뜻하게 안아 주었다.

"오늘은 내가 여기서 자고 갈게요."

"진짜요?"

"응. 진짜."

"다행이다."

평소라면 마음속에만 간직하고 있었을 말을 덥석 내뱉어 버렸다. 그녀의 솔직한 심정이었다. 5년 동안 자취를 하면서도 한 번도 일어나지 않았던 일이었다.

무서웠다. 그것도 아주 많이.

"내가 침대 아래에서 잘게요."

"아뇨."

은초가 떨리는 목소리로 말을 이었다.

"같이 자요, 우리."

수안은 순간 멈칫했다.

"진심이에요?"

"네, 같이 자요. 나 무서워."

수안의 얼굴로 알 수 없는 고뇌가 잠깐 스쳐 지나갔다. 이내 그가 고개를 끄덕이고서 은초의 침대 위로 올라갔다. 그녀와 같은 이불을 덮은 채 팔베개를 해 준 수안은 자신의 가슴 쪽으로 은초를 끌어당겨 안았다. 그녀는 가만히 그의 손길에 끌려오더니 중얼거리듯 나직이 입을 열었다.

"그래도 이렇게 있어 줘서 너무 고마워요."

만약 옆에 당신이 없었더라면 너무 무서워서 돌아 버렸을지도 몰라요.

속으로 못다 한 말을 전하며 그의 가슴에 얼굴을 묻었다. 서로의 체취가 맞물려 묘한 향기가 스며들었다.

❋　　　　❋　　　　❋

은초는 멍하니 눈을 떴다. 한참 동안 아무 말도, 움직임도 없었다. 그러기를 한참, 드디어 눈동자를 굴려 수안의 존재를 확인했다.

그는 자고 있었다. 아직 내 옆에서 자고 있다.

그 사실에 안심하며 은초가 천천히 몸을 일으켰다. 덕분에 잠은 푹 잔 것 같은데 별개로 몸은 찌뿌둥했다. 아마 잔뜩 긴장했기 때문이 아닐까, 하고 추측했다.

아직 잠들어 있는 수안을 위해 은초는 간단하게 프렌치토스트를 만들기로 했다. 구워진 토스트에 설탕을 묻히고 있을 때쯤 수안이 일어났다.

부스스한 머리에 아직 덜 뜨인 눈이었지만 은초는 그마저도 사랑스럽게 보였다. 아직 잠에 취한 것이 역력한 목소리로 그가 아침 인사를 건넸다.

"일찍 일어났네요, 은초 씨."

"수안 씨, 굿모닝."

은초는 부러 활짝 웃어 보이며 말했다.

"얼른 씻고 와요. 나랑 밥……은 아니고 빵 먹게."

수안이 알았다는 듯 작게 고개를 끄덕이며 미소 지었다. 은초가 어제보다 훨씬 더 괜찮아진 것 같아 다행이었다. 그는 즐거운 표정으로 씻기 위해 욕실로 향했다. 웬만하면 각자의 집에서 씻는 것을 선호했었지만 근래 들어 둘 다 귀찮아졌는지 저마다 욕실에 개인 용품을 구비해 놓기 시작했다.

수안이 샤워를 하고서 주방으로 왔을 땐 볼이 상기된 채였다. 은초가 귀엽다고 생각할 때쯤 수안이 입을 열었다.

"오늘도 꼼짝 말고 나랑 같이 퇴근해야 해요, 알았죠?"

"알았어요. 걱정하지 마요."

은초가 엷게 웃으며 고개를 끄덕였지만 수안은 여전히 마음에 안 드는 표정이었다.

"도대체 누가 우리 은초 씨를 불안하게 하는 거예요?"

살벌하게 중얼거리는 수안을 바라보던 은초가 돌연 피식 웃었다. 제 대신 열심히 화내 주는 그가 고맙기도, 미안하기도 했다. 은초가 나직이 입을 열었다.

"고마워요."

"뭐가요?"

"나 수안 씨 덕분에 안심할 수 있었던 것 같아요. 어제도 그렇고, 앞으로도."

"당연한 거 가지고 고마워할 필요 없어요."

수안이 다정한 눈빛으로 그녀의 머리를 쓰다듬었다. 아침부터 사랑받는 느낌에 기분이 한없이 좋아진 은초는 평소보다 행복한 아침을 만끽한 뒤 출근할 수 있었다.

수안이 태워다 준 차에서 내린 은초는 최대한 빠른 걸음으로 회사 안까지 들어갔다.

가급적 눈에 띌 만한 행동은 하고 싶지 않았으므로 점심도 오늘부터 도시락으로 해결할 작정이었다. 상품기획팀이 있는 7층까지 엘리베이터를 타고 올라간 은초가 어제와는 달리 밝은 얼굴로 팀원들에게 인사했다.

"안녕하세요."

"은초 씨 왔어?"

평소보다 일찍 온 이준아 대리가 그녀를 반갑게 맞아 주었다.

"오늘 일찍 오셨네요, 대리님."

"어제 할 일을 좀 남겨 두고 퇴근해서."

준아가 깜빡했다는 표정으로 그녀에게 물었다.

"그것보다 은초 씨, 어제 스토킹 당했다며?"

어색한 표정으로 고개를 끄덕이자 준아가 소름 끼친다는 표정을 지었다.

"어머, 웬일이야. 진짜 무섭다."

"그러게요. 저도 뉴스에서나 볼 법한 일을 직접 겪을 줄은 몰랐어요."

"그래서 은초 씨는 괜찮아? 다친 데 없는 거지?"

"네, 괜찮아요."

"세상에, 요즘도 그런 미친 짓을 하는 사람이 있구나."

준아가 고개를 설레설레 저으며 혀를 쯧쯧 내둘렀다. 은초가 씁쓸한 표정으로 대꾸할 때쯤 사무실로 솔지가 들어왔다.

"솔지 씨, 왔어?"

"네, 대리님. 안녕하세요."

그녀가 은초와 준아가 있는 곳까지 오더니 무언가를 내밀었다. 우편물이었다.

"대리님 거 하나, 은초 씨 거 하나 왔더라고요."

"고마워. 수고했어."

"저도요?"

준아의 앞이라 서로 존칭을 사용하던 차에 은초가 의아한 목소리로 묻자 솔지는 어깨를 으쓱였다. 은초는 갸웃거리며 우편물을 받아 들었다. 흰 봉투의 겉면에는 오직 '김은초 님께'라고만 적혀 있었다. 왠지 모르게 꺼림칙한 느낌이 들었지만 일단 자리에 앉아 봉투를 열어 보았다.

안에 들어 있는 편지 한 장을 조심스럽게 펴 본 은초의 얼굴이 빠르게 굳어졌다. 옆자리에서 업무를 준비하던 솔지가 그녀의 표정을 보고선 기겁하며 물었다.

"뭐야, 김은초! 왜 그래?"

은초는 말없이 솔지에게 편지를 건네주었다. 내용을 확인한 솔지의 얼굴도 점차 경직되기 시작했다. 편지의 내용은 간결했다. 문장 한 줄이 전부였다. 물론 그 한 줄이 심히 불쾌감을 유발한다는 게 문제였다.

지난 시간 동안 단 한 번도 널 잊어 본 적 없었어.

"도대체 누가 보낸 거지?"

"너한테 이런 걸 쓸 만한 사람이 있어?"

솔지가 애써 침착하게 물었지만 열심히 생각해 봐도 이런 걸 보낼 만한 사람은 제 주변에 없었다.

"도대체 누구지……."

은초는 혹시 모를 상황에 대비해 일단 불쾌한 편지를 찢지 않고 보관해 두기로 결심했다. 편지를 봉투 안에 잘 넣어 놓은 그녀가 곧 구겨 넣듯 서랍 어딘가에 던져 버렸다.

최대한 빨리 잊어버리기 위해 내내 일에 몰두했지만 이상하게도 자꾸만 그 한 문장이 머릿속을 헤집고 돌아다녔다. 스트레스로 머리가 쪼개지는 듯했다.

은초가 받은 편지는 퇴근 후 귀가한 수안에게도 전달되었다. 집에 돌아와 은초가 건넨 편지의 내용을 확인한 수안이 황당한 숨을 뱉었다.

"허, 이런 게 회사로 왔다고요?"

그녀가 말없이 고개를 끄덕이자 그의 표정이 자못 심각해졌다. 일이 이상하게 흘러가고 있었다. 지난번 전화도 그렇고 그냥 넘어갈 만한 사안이 아니라는 생각이 강하게 들었다.

"일단 온 것들을 다 모아 놓는 게 좋겠어요. 나중에 요긴하게 쓰일지도 모르니까."

"안 그래도 그러려고요."

은초의 대답에 수안이 걱정스럽게 물었다.

"괜찮아요?"

"뭐가요?"

"그냥."

그가 마땅한 단어를 찾지 못해 희미하게 웃자 그녀도 따라 희미하게 미소 지었다.

"괜찮다고 하면 거짓말이긴 한데, 그렇다고 해도 달라질 건 없으니까."

은초가 옆에 놓인 수안의 손을 조심스럽게 잡으며 덧붙였다.

"그래도 이렇게 수안 씨가 든든하게 날 옆에서 지켜 주고 있어서 견딜 수 있어요."

자신을 향한 믿음에 빙긋 웃은 수안이 팔을 들어 은초의 머리를 천천히 제 어깨에 기대게 했다. 그의 어깨에 머리가 닿자마자 스스로 놀라울 정도로 잠이 쏟아졌다.

눈이 반쯤 감겼을 때, 수안이 위에서 무어라 말하는 소리가 들렸다.

"앞으로도 내가 지켜 줄게요."

어딘가 든든하게까지 느껴지는 한마디에 은초가 작게 웃으며 물었다.

"진짜요?"

"응, 진짜."

수안이 조심스럽게 그녀의 머리를 쓰다듬으며 속삭였다.

"오늘도 옆에서 자고 갈게요."

그렇다면 안심이었다.

수안이 신경 써 준 덕분인지, 은초는 한동안 특별한 불안감 없이 평소처럼 생활할 수 있었다. 물론 그 이후로도 이상한 편지 같은 것들이 날아오긴 했지만 나중에라도 증거물로 쓰기 위해 수집만 해 놓았을 뿐, 별다른 공포에 시달리지 않고 하루하루를 보내고 있었다.

은초야, 나 정말로 너 사랑해. 너 때문에 다른 여자도 못 만났어.

보고 싶다. 직장 근처에 네가 좋아하는 프랜차이즈 와플집 생겼던데……. 아직도 좋아하지?

밤에 추우니까 따뜻하게 입고 다녀. 너 감기 잘 걸리잖아.

물론 편지에 적혀 있던 소름 끼치는 내용들이 이따금씩 떠올라서 괴롭긴 했지만 수안의 존재가 그녀에게 큰 힘이 되어 주고 있었다. 그는 하루도 빠짐없이 회사와 집을 함께 오갔으며 늘 그녀의 옆에서 손을 잡고 함께 잠을 청했다. 덕분에 은초는 처음보다 많이 안정된 상태로 회사 생활을 계속해 나갈 수 있었다.

지이잉. 지이잉.

컴퓨터를 뚫어져라 쳐다보고 있던 은초의 휴대폰이 요란하게 울렸다. 몸은 여전히 컴퓨터에 고정시킨 채 얼굴만 살짝 돌려 발신인을 확인했다.

수안이었다. 평소 근무 시간에는 잘 전화하지 않던 사람이라 의아해하면서도 재빨리 통화 버튼을 눌렀다.

"여보세요?"

―나예요, 은초 씨.

"웬일로 이 시간에 전화했어요? 무슨 일 있어요?"

─그게…….

그는 무언가 말하고 싶은 것이 있는 듯 주저하다가 난감한 목소리로 입을 열었다.

─오늘 갑작스럽게 야근이 잡혔어요. 되도록 빠지려고 했는데 상황이 도무지…….

"아."

수안의 말에 은초가 미안한 음성을 흘렸다. 이런 생활을 유지한 지도 벌써 2주째였다. 그동안 불평 한 번 없이 꼬박꼬박 자신을 챙겼던 수안이었다. 그녀는 왠지 모를 미안함을 느끼며 얼른 대답했다.

"나 괜찮아요, 수안 씨."

─그래도…….

"정말이에요. 이제 그 편지도 안 오는데요, 뭐."

씩씩하게 대답한 은초가 곧 걱정 말라는 목소리로 다시 덧붙였다.

"택시 타고 갈게요. 무슨 일 있으면 전화도 꼭 하고요. 너무 걱정 안 해도 돼요, 이제."

─정말 괜찮겠어요?

수안이 물가에 아이를 내놓은 부모처럼 영 걱정스러운 목소리로 물었다. 그의 걱정 어린 질문에 은초가 빙긋 웃으며 대답했다.

"진짜 괜찮아요. 그런데 야근이면 언제까지 있어야 해요?"

─아마 11시 즈음에나 들어가지 않을까요. 나 늦으면 먼저 자도 돼요.

"기다릴게요. 나도 오늘 일이 조금 밀려서. 저녁 거르지 말고, 잘 챙겨 먹고요."

─은초 씨도요.

오랜만에 집에 혼자 들어가게 된 은초였지만 별로 불안하지 않았다. 나이도 먹을 만치 먹었겠다, 요즘은 스토커도 잠잠했으니까.

저녁 6시가 되자 은초는 처음으로 퇴근하면서 택시를 불렀다. 택시비가 어마어마하게 나올 게 자명했지만, 자신뿐만 아니라 수안을 위해서라고 생각한다면 그리 아깝지도 않았다. 택시에 올라탄 은초는 집 주소를 말한 뒤 멍한 표정으로 창밖을 쳐다보았다.

가을비가 추적추적 내리고 있었다. 차창에 부딪혀 떨어지는 물방울들이 왠지 모르게 처연했다. 그녀는 들려오는 택시 기사의 목소리에 시선을 돌렸다.

"왜 그렇게 표정이 애틋해? 첫사랑 생각이라도 나는겨?"

"네?"

어리둥절한 표정으로 묻자 기사가 껄껄 웃으며 대답했다.

"아니, 아가씨 표정이 영 아련해서. 혹시 첫사랑 생각이라도 하는 줄 알고. 나도 이런 날이면 첫사랑 생각이 나거든."

"뭐, 그렇죠."

은초가 어색하게 웃으며 대화를 마무리했다.

첫사랑이라…….

별생각도 없었지만 기사의 말을 들으니 생각나 버렸다. 그녀의 첫사랑.

한마디로 나쁜 남자였다. 그녀보다 세 살 연상이었던 상현은 사법 고시를 준비하던 학생이었다. 무려 2년이란 시간을 뒷바라지했음에도 그는 합격의 영예를 안자마자 자신을 미련 없이 버렸었다.

그전에 알아봤어야 했는데. 그가 야망이 큰 남자라는 걸. 그래서 평범한 가정의 자식으로만 알고 있는 은초를 언젠가는 버릴 거라는 것도.

그도 이렇게 비가 추적추적 내리는 날 은초에게 이별을 고했더란다. 그 남자가 헤어지면서 제게 했던 말을 아직도 잊을 수가 없었다.

"우린 너무 안 맞는 것 같아."

안 맞는다고?

은초가 속으로 코웃음을 쳤다. 보통 그런 대사는 성격을 의미하지만 그가 말한 대상은 다른 것일 터였다.

우리는 앞으로의 지위가 맞지 않고, 계획이 맞지 않는다는 걸 돌려 말한 것이겠지. 정치인을 꿈꿨지만 가난했던 그는 든든한 뒷배로 삼을 처가가 필요했을 테니까.

"오빠, 언젠가는 후회할 날이 반드시 올 거야."

그때는 오기 어린 마음에서였지만 지금 와서 생각해 보면 뭐 하러 그런 말을 했나 싶다. 그냥 깔끔하게 보낼걸. 애초에 그 남자는 내게 똥차, 그 이상도 그 이하도 아니었는데.

은초는 피식 웃으며 다시 창밖의 사람들로 시선을 돌렸다.

아마 지금쯤 사법 연수원을 수료하고 변호사, 판사, 검사 중 하나를 하며 살고 있겠지.

그렇게 원하던 든든한 처가를 얻었는지는 모르겠지만 그의 성격이라면 그러고도 남을 것 같았다.

"다 왔습니다."

택시 기사의 말을 끝으로 은초는 생각을 정리했다. 뭐가 됐든 이제는 그녀와 상관없는 사람이었다. 제 옆에는 수안이 있었고, 상현과 다시 만날 일은 없었다.

……그렇게 생각했었다.

"은초야."

아파트 현관 앞에서 검은 정장을 입고 검은 구두를 신은 한 남자가 검은 우산을 쓴 채로 자신의 이름을 불렀다.

익숙한 목소리. 2년 동안 줄기차게 들었지만 2년간 들은 적 없었던 목소리에 은초의 표정이 굳어졌다.

은초가 경직된 목소리로 중얼거렸다.

"상현…… 오빠?"

"오랜만이다, 은초야."

온통 검은색인 남자가 우산을 살짝 들어 올리며 그녀를 향해 비릿한 웃음을 보였다. 은초의 표정이 완전히 굳어 내렸다.

2년 전, 자신을 매몰차게 버렸던 남자.

"보고 싶었어."

진상현이었다.

6. 똥차의 말로

"김 대리님, 2번 시안 좀 잠깐 보시겠어요?"

"네, 잠시만요."

바쁘게 돌아가는 일상 속에서 수안은 정신없이 일에만 몰두하고 있었다. 동료가 가져다준 시안을 검토하던 그는 문득 은초를 떠올렸다.

은초 씨는 무사히 들어갔을까?

"다들 저녁 드시고 오세요."

같은 팀 윤 대리의 목소리에 팀원들이 하나둘씩 피곤한 표정으로 자리를 떴다.

직원들과 지나가던 팀장이 불쑥 수안에게 물었다.

"수안 씨, 나랑 같이 청국장이나 먹고 올까?"

"아, 네. 같이 가시죠."

정중하게 대답한 수안이 갑자기 그를 불러 세우며 덧붙였다.

"팀장님, 저 전화 한 통화만 하고 가도 될까요? 금방 뒤따라가겠습니다."

"그렇게 해."

팀장이 사라지자 사무실은 완전히 텅 비어 버렸다. 홀로 남겨진 수안은 휴대폰을 켜고 은초에게 전화를 걸었다. 몇 번의 연결음에도 은초는 받지 않았다. 그가 이상하다는 듯 고개를 갸웃거렸다.

"왜 안 받지?"

왠지 모르게 느껴지는 불길한 기운에 수안은 심각한 표정으로 휴대폰을 쳐다보았다.

"설마 무슨 일이 생긴 건 아니겠지?"

수안의 설마는 적중했다. 은초는 헤어진 전 남자 친구와 재회 중이었다. 하필 그가 없는 타이밍에.

가라앉은 표정으로 은초가 상현에게 싸늘하게 물었다.

"여긴 웬일이야?"

"지나가다 들렀어."

"그럼 계속 지나가. 굳이 날 부를 이유는 뭐야?"

"네가 보고 싶었으니까."

상현이 여전한 미소를 지으며 말했다. 예전 같았으면 설레다 못해 좋아 죽을 미소였지만 유감스럽게도 2년 전의 김은초가 아니었다.

그녀는 더 이상 상현의 미소에 설레지 않았다. 더 이상 상현의 목소리에 심장이 뛰지 않았다. 마음의 빈자리를 메워 준 수안 덕분이었다.

이제 그녀의 심장에 상현이 들어올 자리 따위는 어디에도 없었다. 은초는 덤덤한 목소리로 말했다.

"이제 봤으니까 됐겠네."

"은초야."

"이만 가 줘. 나 피곤하다."

"은초야, 나 안 보고 싶었어?"

구질구질하다. 은초의 머릿속에 가장 먼저 떠오른 감정이었다. 이미 지나간 인연을 붙잡으려는 까닭이 무엇일까. 심지어 먼저 이별을 고한 건 상현이었는데도.

은초는 기가 차다는 듯 웃었다.

"보고 싶었지."

침울했던 상현의 표정이 되살아났다. 하지만 그뿐.

"2년 전에는."

상현의 표정이 다시 가라앉았다. 2년 전에는 그러했으나 더 이상은 아니다.

내뱉은 말속에 숨겨진 의미를 그가 못 알아차릴 리 없다고 생각한 은초가 비소를 지었다. 혹시 모르니 친절하게 한 번 더 못 박아 두기로 결심했다.

은초는 목소리 끝에 힘을 주었다.

"더 이상은 아니야."

"은초야."

"내 이름 부르지 마요. 오빠가, 아니 진상현 씨가 함부로 부를 만큼 내 이름 값싸지 않아."

"……."

"이만 돌아가 주시고 다시는 보지 맙시다, 우리. 애초에 그럴 생각으로 2년 전에 나랑 헤어진 거 아니었어?"

"그건 오빠가……."

"난 외동딸이야. 친척 중에도 오빠는 없어."

매몰차게 대꾸해 버린 은초가 상현을 지나쳐 아파트 안으로 들어가기 전, 마지막 말을 남겼다.

"앞으로는 이렇게라도 마주치지 말자. 나는 당신이 더 이상 보고 싶지 않거든."

상현은 더 이상 아무 말도 하지 않았고, 은초는 자신이 잘 대처했다고 생각했다. '이별한 전 남자 친구의 미련에 대처하는 방법' 같은 연애서에 실릴 만큼. 상현에게 선을 긋는 건 무엇보다 수안에 대한 예의였다.

발걸음을 옮기며 길게 한숨을 내쉰 은초가 이내 휴대폰을 확인했다. 부재중 전화의 주인공은 역시나 수안이었다. 그녀는 얼른 수안에게 전화를 걸었다.

일이 다시 바빠졌는지 수안은 전화를 받지 않았다. 그에게 더욱 미안해졌다. 바쁜 사람이 전화까지 해 줬는데 받지도 못하고. 이게 다 도움 하나 안 되는 전 남자 친구란 작자 때문이었다.

그녀는 짜증 섞인 표정으로 엘리베이터 버튼을 눌렀다.

한편 홀로 남겨진 상현은 씁쓸한 표정으로 자리를 벗어나지 못했다. 예상했었지만 은초는 생각보다 매몰찼다.

내 업보인데 누구를 원망할까.

상현이 안타까운 표정을 감추지 못하며 타고 왔던 검은 세단에 몸을 실었다. 그는 운전석에 앉은 뒤 시트에 천천히 몸을 기댔다.

"더 예뻐졌네."

그가 조용히 중얼거렸다. 그녀의 아름다움이 수안의 사랑으로 인한 결과물이라는 사실을 아는지 모르는지, 상현은 그저 눈만 천천히 감은 채 다시 한번 중얼거렸다.

"진짜로 보고 싶었는데."

울적한 목소리 때문에 차 안의 공기마저 습해지는 기분이었다.

하는 수 없이 오늘은 이만 물러나기로 했다. 얼굴을 보았으니 조급해할 필요는 없었다.

이제 처음부터 다시 시작하면 되니까. 끊어진 인연을 다시 붙일 수 있을 것이라 믿었다.

상현이 탄 세단이 부드럽게 움직이며 아파트 주차장을 빠져나갔다.

⁜ ⁜ ⁜

수안이 은초의 전화를 확인한 것은 팀장과 저녁을 함께하고 커피까지 같이 마신 뒤였다. 팀원들이 자리로 돌아가고 나서야 휴대폰을 확인할 짬이 생긴 그가 얼른 은초에게 전화를 걸었다.

—여보세요.

그녀의 목소리에 반가워진 수안이 빠르게 말을 뱉어 냈다.

“은초 씨, 나예요. 저녁 먹었어요?”

—이제 먹으려고요. 수안 씨는요?

“나도 방금 먹었어요. 아까 전화 안 받던데, 혹시 무슨 일 있었어요?”

그의 목소리는 작게 떨리고 있었다. 스스로도 느껴질 만큼. 그것을 눈치챘는지 은초가 부러 쾌활하게 대답하려는 듯 목소리를 높였다.

—아뇨. 괜찮아요. 빗소리에 섞여서 잘 못 들었었나 봐요. 지금 막 집에 왔거든요.

“그랬구나.”

수안은 다행이라는 듯 편안해진 목소리로 말했다.

─오히려 수안 씨가 걱정이야. 이따 밤에 운전 조심해요. 비 많이 오니까.

"그럴게요. 그럼 푹 쉬고 있어요."

전화가 끊겼음에도 건너편에 있던 은초는 꽤 오랫동안 휴대폰을 바라보고 있었다. 순간적으로 울컥 올라오는 감정을 티 내지 않고자 했다.

이 남자는 짧은 시간 동안에도 나를 걱정했구나.

마치 그게 수안이라도 되는 것처럼 한참 동안 휴대폰에 고정시킨 눈을 움직이지 않다가 은초는 밥을 다 지었다는 알람에 몸을 일으켰다. 그의 말대로 오늘은 밥을 먹고 나서 푹 쉬어 볼 생각이었다.

야근을 마치고 집에 돌아온 수안은 피곤한 몸을 이끌고 먼저 욕실로 향했다. 간단히 샤워를 마친 후 찾아간 곳은 옆집, 정확히는 은초의 집이었다.

혹시라도 그녀가 자신을 기다리고 있을까 봐 그대로 침대에 눕는 대신 옆집을 방문하는 길을 택했다.

딩동.

크지 않은 초인종 소리와 함께 떨리는 그녀의 목소리가 들려왔다.

─누구세요?

아, 그녀의 상황을 잠깐 잊고 있었다. 그가 얼른 신원을 밝혔다.

"나예요, 은초 씨."

은초가 문을 열어 주었다. 긴장했었는지 표정이 살짝 굳어 있는 게 느껴졌지만 수안은 굳이 내색하지 않은 채로 안으로 들어갔다.

예상대로 그가 올 때까지 잘 생각이 없었는지, 은초는 방 안을 낮처럼 환하게 밝히고선 영화를 보고 있었다.

"안 잤어요?"

"수안 씨가 안 왔는데, 어떻게 먼저 자요."

"피곤할 텐데 먼저 자지."

은초는 말없이 수안에게 안겨 들었다. 원래 먼저 스킨십을 하는 성격이 아니었기에 그는 순간적으로 은초에게 무슨 일이 있었던 것은 아닌지 의심했지만 이내 생각을 멈추고 그녀를 안아 주는 데에만 집중했다.

수안이 안심시키려는 것처럼 나직하게 속삭였다.

"왜 그래요. 무슨 일 있었어요?"

은초가 아무 말도 하지 않자 수안은 굳이 캐물으려 하지 않고 입을 다물었다. 그저 말없이 저를 안은 팔을 더욱 단단히 했다. 은초는 그런 그가 고마웠다.

그에게 굳이 상현에 대한 이야기를 꺼내지 말자고 다짐했다. 과거를 언급하는 건 피차 껄끄러운 일이었고, 무엇보다

스스로 잘 대처하면 될 것이라는 판단이 들었다. 과거에 엮었던 일들로 수안이 신경 쓰는 게 싫었다.

은초는 잠시 그에게 안겨 있다가 이내 바스스 웃으며 말했다.

"이만 자요, 우리."

다음 날, 은초는 평소처럼 회사에 출근했다. 그런데 회사 사람들의 눈초리가 평소 같지 않았다. 부러움과 시기의 눈빛과 더불어 왠지 모르게 달라진 분위기에 그녀가 어색함을 견디지 못하고 사무실 입구에서 마주친 솔지에게 물었다.

"야, 오늘 사무실 분위기 왜 이래?"

은초의 질문에 솔지가 말없이 그녀의 책상을 손가락으로 가리켰다. 아무런 생각 없이 자신의 책상으로 눈길을 돌린 은초가 곧 경악에 찬 표정을 지었다.

웬 거대한 꽃바구니가 책상 위에 놓여 있었다. 은초가 당황한 표정으로 재빠르게 걸어갔다.

"인기 좋다, 김은초. 새로 사귀었다는 남자 친구가 아주 로맨틱해."

부러움을 보내는 여직원들의 눈길에 부담을 느낀 은초가 어색하게 웃다가 남들이 보지 못하는 사이에 꽃바구니에 함께 꽂혀 있던 카드를 펴 보았다.

네가 좋아하던 장미꽃이야. 꽃집에 들렀다가 네 생각이 나서
사 봤어.

필시 상현이었다. 은초가 입술을 잘근 깨문 뒤 카드를 손
안에서 구겨 버렸다. 그녀는 불쾌한 표정으로 꽃바구니를 어
떻게 처리할까 고민하다가 갑자기 거침없이 꽃을 하나씩 뽑
기 시작했다.

모두가 놀란 표정으로 쳐다보자 은초는 아무렇지 않게 웃
으며 말했다.

"어차피 시들 꽃, 다 같이 봐야죠. 테이블 위에 꽂아 두는
게 예쁘지 않을까요?"

팀원들이 다들 좋다는 듯 동의를 표했다. 은초는 여전히
미소를 지우지 않은 채 뾰족하게 돋은 장미 가시조차 무시하
고 열심히 줄기를 뽑아 댔다.

이윽고 사무실 공용 테이블 위에 있던 투명한 물병 위에
장미꽃들이 풍성하게 꽂혔다.

은초는 당분간 테이블에 앉아 커피를 먹을 일은 없겠다고
생각하며 볼품없는 모양으로 전락한 꽃바구니를 내다 버리
기 위해 밖으로 뚜벅뚜벅 걸어 나갔다.

오전 시간 내내 태연한 표정으로 일에 몰두했던 은초는 점

점심시간이 되자마자 솔지와 점심을 먹기 위해 근처 쌀국수 가게로 향했다. 순서를 기다리며 솔지가 은근슬쩍 아침에 있었던 일을 꺼내 물었다.

"네 남자 친구 완전 로맨틱하더라. 어떻게 회사에까지 꽃을 보내 주니? 그것도 바구니채로!"

드라마 같다며 제 일처럼 좋아하는 솔지를 보는 동안 은초는 속으로 비소를 지었다.

드라마 같긴 하지. 이 황당한 기분만큼은.

은초가 굳은 목소리로 그녀에게 설명했다.

"그거 남자 친구가 보내 준 거 아냐."

"응? 그럼?"

"상현 오빠가 보냈어."

솔지의 표정이 순식간에 굳어졌다. 대학 동기였던 솔지는 당연히 그녀와 상현의 관계도 알고 있었다. 금세 솔지가 어이없다는 듯 짜증을 냈다.

"그 오빠는 왜 그렇게 뻔뻔해? 너 찰 때는 언제고."

"소리 좀 낮춰. 누가 듣겠다."

하지만 솔지는 전혀 그럴 생각이 없어 보였다.

"들을 테면 들으라지. 그나저나 왜 갑자기 너한테 꽃바구니를 보냈다니?"

"실은 이게 처음이 아냐. 어제 우리 집 앞에까지 왔었거든."

이제 솔지는 온몸에 소름이 돋을 지경이었다.

"미친 거 아냐?"

"내가 봐도 제정신은 아닌 것 같아."

은초가 고개를 절레절레 내저으며 중얼거리자 솔지는 설마 하는 목소리로 물었다.

"너 혹시 그 오빠한테 마음이 남아 있는 건 아니지?"

갑자기 은초가 미친 사람처럼 깔깔 웃었다. 지나가던 사람이 그녀를 흘긋 쳐다보자 남겨진 부끄러움을 오롯이 감당하게 된 솔지가 눈치를 주었다.

"아, 부끄러워. 좀 조용히 웃어!"

"그렇게 처절하게 차였는데, 아직까지 마음이 남아 있으면 그게 사람이냐? 절대 아니니까 걱정 마."

"그럼 다행이고. 노파심에 하는 말인데, 그 오빠는 절대 아니다."

"나도 지금 남자 친구한테 상처 줄 마음은 전혀 없어."

"네 남자 친구한테는 말했어?"

솔지의 질문에 은초는 고개를 저었다.

"아직 말 안 했어. 앞으로도 말 안 하려고."

"잘했어. 굳이 긁어 부스럼 만들 필요는 없지. 네가 안 만나면 되는 건데."

"응. 괜히 신경 쓰이게 하는 건 싫어."

"그런데 도대체 왜 다시 찾아온 거야?"

"보고 싶었단다. 나 참, 2년 동안 뭐하다가."

"사법 연수원에 있었다며."

"연수원생은 휴가도 없어? 전화도 못 하고? 웃기는 소리 하지 말라고 그래. 괜히 잘 살고 있는 사람 찾아와서 분탕질하는 건 도대체 무슨 심보람?"

"너무 열 내지 마. 괜히 네 손해다. 넌 그냥 보란 듯 네 남자 친구랑 잘 살면 되는 거야."

솔지의 말이 맞다. 소위 지나간 똥차에게 가장 완벽하게 복수하는 방법은 현재의 벤츠와 행복하고 아름답게 살아가는 모습을 보여 주는 것이다.

그럼에도 은초의 머릿속에는 불안한 가설이 또다시 자리를 잡기 시작했다.

"앞으로도 계속 이러면 어떻게 하지?"

"설마 그 오빠 자존심에 자기 싫다는 여자한테 계속 치근대겠어? 너무 걱정하지 마."

"그렇겠지?"

은초가 불안함이 가시지 않은 목소리로 묻자 솔지는 고개를 끄덕였다. 조금이나마 마음이 풀린 은초는 힘없이 미소 지었다.

하지만 솔지의 예측은 보기 좋게 빗나갔다. 상현은 포기하지 않았다.

두 사람이 점심을 먹고 사무실로 돌아왔을 때, 은초를 기다린 것은 또 하나의 어이없는 광경이었다. 그녀의 책상에 커다란 마카롱 상자가 배달되어 있었다.

은초는 설마 싶어 서둘러 달려가 발신인을 확인했다.

역시나였다. 사법 연수원 수료 후 검사가 되었는지, '인천지방검찰청 부정식품합동단속반 진상현 검사'라는 종이가 붙어 있었다.

그녀는 잔뜩 구겨진 얼굴로 마카롱 상자를 열어 공용 테이블 위에 올려 두었다.

자리로 돌아온 은초의 귀에 이준아 대리의 목소리가 들렸다.

"웬 마카롱이야?"

은초가 기다렸다는 듯 해맑게 웃으며 말했다.

"그거 다 같이 드시라고 올려놨어요. 다른 분들께도 말씀 좀 전해 주세요."

"어머, 그래? 고마워, 은초 씨."

뭐, 감사 인사는 진상현 검사님한테나 하시고. 어차피 저는 안 먹거든요.

은초가 작게 웃으며 옆자리에 앉은 솔지를 툭 치며 말했다.

"야. 진짜 이 오빠도 징하다, 징해. 소름 돋을 정도야."

"이번에는 마카롱이야? 너 마카롱 좋아하는 거 아직까지 기억하나 보네."

"그게 더 소름 돋아. 그런 걸 아직까지 기억하고 있냐."

"이러다가 퇴근할 때도 뭐 하나 오는 거 아냐?"

"에이, 설마."

은초가 말도 안 된다며 어이없는 목소리를 흘렸지만 몇 시간 후 그 말마저 취소해야 했다. 퇴근 시간을 앞두고 무언가가 은초의 휴대폰으로 도착했다.

당연히 수안일 줄 알고 휴대폰을 확인한 은초의 얼굴이 굳어졌다. 낯익은 번호로 치킨 기프티콘이 와 있었다. 정확히는 그녀가 좋아하는 브랜드의 반반 치킨 쿠폰이었다.

질린 표정으로 휴대폰을 닫으려던 은초가 번호를 유심히 살펴보았다. 묘하게 어긋난 듯했지만 분명 어디서 본 적 있는 번호였다.

어디서 봤더라. 끊임없이 머리를 굴리던 은초는 곧 그녀가 언제, 어디서 번호를 보았는지 기억해 냈다. 순간 은초는 전신에 소름이 끼쳐 손까지 벌벌 떨렸다. 헛웃음을 지으며 초점 없는 눈으로 중얼거렸다.

"말도 안 돼. 어떻게……."

잠시 생각에 잠겼던 은초가 비장한 표정과 함께 탕비실로 향하더니 어딘가로 전화를 걸었다. 몇 초의 연결음이 울리고서 상대방이 전화를 받았다.

─여보세요? 은초니?

기프티콘을 보낸 사람은 예상대로 진상현이었다. 그녀가

떨리는 목소리로 물었다.

"오빠."

—응, 은초야. 말해.

"다 오빠 짓이었어?"

—뭐가?

상현의 뻔뻔한 목소리에 은초는 치가 떨렸다.

사람이 어쩜 이렇게 뻔뻔하지?

"똑바로 말해. 오빠 짓이야?"

—알아듣게 말해야지, 은초야. 그렇게 말하면 오빠가 못 알아듣…….

"정말 몰라?"

—…….

순간적으로 찾아온 침묵이 그녀는 더없이 불쾌하게 느껴졌다. 감정을 숨기지 않으며 은초가 다시 질문했다.

"우리 집으로 전화 건 거, 나 미행한 거 다 오빠 짓이냐고 물었어."

—나 아니야.

"오빠가 아니면?"

그녀가 가소롭다는 듯 다그쳤다.

"오빠가 아니면 이 번호를 어떻게 알아?"

—…….

"오빠랑 헤어지고 나서 번호 바꿨어. 그리고 오빠도……

그런 것 같네."

—은초야.

"내 이름 부르지 말랬지."

은초가 날 선 목소리를 내뱉자 상현은 아무 말도 하지 않았다.

"내가 오빠가 한 짓 때문에 얼마나 그동안 고통스러웠는지 알아? 이거 스토킹이고, 엄연히 범죄야. 검사까지 된 사람이 그런 것도 몰라?"

—…….

"오빠 법 좋아하지? 지금 말해 둘게. 나 그냥 내버려 둬. 예전에 그랬던 것처럼 우리 그냥 모르는 사람으로 지내."

은초가 마른침을 한 번 삼키고선 마지막으로 경고했다.

"나는 분명 말했어. 이후에도 이런 행동을 계속하면 그때는 처벌 가능해. 그건 오빠가 더 잘 알겠지만."

—은초야, 네가 어떻게 나한테 이럴 수가 있어.

"나 만나는 사람 있어."

휴대폰 너머에서 숨을 크게 삼키는 소리가 들렸다. 은초는 마지막으로 쐐기를 박았다.

"다정하고 멋진 사람이야. 그 사람…… 아니, 날 위해서라도 앞으로 쭉 이럴 거야."

—너는 오빠 안 보고 싶었어? 나는 너 보고 싶어서 지금까지 다른 여자도 안 만나고…….

"지질하게 굴지 마. 보고 싶었으면 2년 전에 나를 잡았어야지."

웃기지도 않는다는 소리에 은초가 쏘아붙이듯 말했다.

"지금 와서 이러는 꿍꿍이가 뭔지 궁금하지만 굳이 묻진 않을게. 다시는 선물도 보내지 말고, 나 미행도 하지 말고 그냥 남남으로 지내. 제발 부탁이야."

은초는 제 할 말만 하고서 곧바로 전화를 끊어 버렸다. 직전에 상현이 뭐라 말하는 소리가 들렸지만 신경 쓰지 않고 전원까지 꺼 버렸다.

그사이 퇴근 시간이 지나 홀로 남겨진 사무실 안에서 은초는 괴로운 표정으로 머리를 감싸 쥐었다.

그녀가 짜증이 담뿍 어린 목소리로 중얼거렸다.

"미친 새끼."

왜 헤어진 지 2년이나 지난 지금에서야 이런 짓거리들을 하는 건지. 그녀가 피곤한 표정으로 가방을 챙겨 들었다. 곧 수안이 올 시간이었다.

하지만 로비에서 그녀를 기다리는 사람은 한 명이 아니었다. 상현이 이미 은초를 만나기 위해 퇴근 시간에 맞추어 그녀의 회사로 찾아간 상태였다. 뒷조사를 통해 은초가 한선의류 상품기획팀에서 일하고 있다는 사실은 진작 알아냈었다.

통화를 끝낸 상현이 조급해진 마음으로 상품기획팀 사무실을 찾기 위해 안내 데스크로 가려는데, 누군가가 엘리베이터에서 내렸다.

익숙한 인영에 상현은 속으로 환호했다.

"은⋯⋯."

"은초 씨!"

누군가가 상현보다 먼저 은초의 이름을 불렀다. 당황한 상현이 몸을 숨긴 채 은초에게로 걸어가는 한 남자를 쳐다보았다. 키가 훤칠한 사람이었는데, 은초와 잘 아는 사이인 듯했다.

"수안 씨!"

은초가 종종걸음으로 남자에게 달려가 폭 안겼다. 수안이 타인의 이목을 의식한 듯 주변을 두어 번 정도 두리번거리다가 이내 미소 지으며 은초를 안아 주었다.

지켜보던 상현은 저도 모르게 이를 갈았다. 저 사람이 은초가 말했던 남자일 터였다.

"어떻게 이렇게 딱 맞춰 왔어요? 진짜 놀랐잖아요."

"우리가 그만큼 잘 맞는다는 거 아니겠어요?"

놀고 있네.

상현이 속으로 욕지거리를 중얼거리며 두 사람을 노려보았다. 은초는 웃고 있었다. 상현이 아닌 수안이라는 남자를 향해서. 본래 그녀의 미소는 그의 것이었다. 저 기생오라비 같이 생긴 남자가 아니라.

두 사람이 사옥 밖으로 나서자 홀로 남겨진 상현은 소름

240

끼치도록 낮은 목소리로 중얼거렸다.

"두고 봐라, 은초야. 조만간 다시 날 찾도록 만들어 줄 테니까."

집으로 향하는 차 안에서 은초가 평소보다 말이 없자 수안은 운전하다가 슬쩍 옆을 쳐다보았다. 조용한 분위기에서 수안은 불길함과 이상함을 느꼈다.

신호 대기에 걸려 차가 멈추어 서자 수안은 조심스럽게 은초를 불렀다.

"은초 씨."

"아, 네?"

무슨 생각에 빠져 있던 것인지 은초는 마치 정신을 놓고 있었던 사람처럼 굴었다. 알 수 없는 답답함에 수안이 물었다.

"무슨 일 있어요?"

"아."

입술을 달싹이며 무언가를 말하려던 은초는 그대로 입을 다문 뒤 그저 희미하게 웃었다.

"아니요, 아무 일도 없어요."

"그런데 오늘따라 왜 그래요? 조용하고, 말도 없고."

"그랬어요?"

은초가 조금 놀란 목소리로 되묻자 수안은 고개를 끄덕였다. 무슨 고민이라도 있는 걸까. 제게는 말해 주지 않으니 도통 알 수 없는 노릇이었다. 수안은 속으로 길게 한숨을 내쉬었다.

"은초 씨."

"네."

"고민 있죠."

"……."

은초는 아무 대답도 하지 않았다. 고민이라면 고민이었고, 그냥 잡생각이라면 잡생각이었다. 이 일을 수안에게 말해야 할지 도통 확신이 서질 않았다.

어쨌든 오늘 상현에게 다시 한번 쐐기를 박으려는 의도로 경고를 날렸다. 이후에도 그가 계속 자신에게 추파를 던진다면 모를까, 아직까지는 기다림의 여지가 있었다.

은초는 잠시 고민하다가 입을 열었다.

"조금 더 확실해지면 그때 말해 줘도 돼요?"

수안은 그녀가 자신을 아직까지 완전히 믿지 못하는 것 같아 서운함을 느꼈지만 그럴 수도 있다며 애써 스스로를 위로했다. 은초에게도 사생활이 있는 법이었고, 좀 더 신중해지려 선택한 결정일 수도 있었으니까.

그가 작게 고개를 끄덕이자 은초는 미안하다는 표정을 지으며 말했다.

"당장 말하지 못해서 미안해요. 그런데 아직까진 정말 별일 아니거든요. 확실해지면 내가 꼭……."

"이해해요, 은초 씨. 나한테는 그렇게까지 설명하지 않아
도 돼요."

은초가 자신을 사랑하지 않는다는 의심은 들지 않았다. 그
를 생각해서 말을 아끼는 것일 수도 있을 테니까.

그녀가 고민하는 것들을 함께 나누고 싶었다. 그게 자신이
사랑하는 방법이었다. 은초가 생각하는 사랑과는 조금 다른
모양일 수도 있었기 때문에 수안은 조금 더 여유를 갖기로
마음먹었다.

"오늘 저녁은 뭐 먹을까요? 내가 해 줄게요."

"오늘은 안 돼요."

웃음기를 띤 목소리로 은초가 말하자 수안이 의아한 표정
으로 물었다.

"왜요?"

"오늘은 내가 해 줄 거예요."

"웬일이에요?"

수안이 조금 놀란 표정으로 묻자 은초가 머쓱해져 중얼거
렸다.

"거의 매번 수안 씨가 해 주니까 이번에는 나도 좀 해 줘
보고 싶어서? 저번에 수안 씨가 닭볶음탕 먹고 싶다고 했잖
아요. 그래서 어제 만드는 방법을 좀 찾아봤어요."

"그게 글만 읽어 본다고 할 수 있는 게 아닐 텐데요."

수안이 드물게 부정적인 의견을 내비치자 살짝 오기가 생긴 은초가 염려 놓으라는 듯 자신 있는 목소리로 대답했다.

"걱정 마요. 내가 안 해서 그렇지, 마음만 먹으면 다 잘해요. 그리고 닭볶음탕은 우리 엄마가 유일하게 잘하는 요리여서 나도 건너보면서 좀 배웠거든요."

"흐음, 뭐 그렇게까지 말하면 기대해도 돼요?"

수안의 질문에 은초가 갑자기 자신 없어진 목소리로 슬쩍 눈치를 보았다.

"아뇨, 그래도 기대까지는 말고. 아마 먹을 수 있는 수준일 거예요."

"아하하."

귀여운 대답에 수안이 참지 못하고 작게 웃었다. 지레 겁먹고 말을 바꾸는 은초가 사랑스럽게만 느껴졌다. 그녀의 머리를 쓰다듬기 위해 손을 들었지만 하필 그때 신호가 바뀌었다. 수안은 하는 수 없이 집에 가서 마저 해야겠다고 생각하며 운전대를 잡았다.

결론부터 말하자면 의외로 먹을 만했다. 은초가 지난밤 눈에 불을 켜고 닭볶음탕 만드는 동영상을 인터넷에서 찾아봤기 때문인지, 아니면 정말로 그녀의 어머니가 그것만큼은 잘 만들어서인지는 모르겠지만 생각보다 맛이 괜찮았다.

특히 수안의 평가가 후했다. 안 그래도 은초가 만들었다는 점에서 이미 가산점을 먹었는데, 처음치고는 맛까지 훌륭해 듣기만 해도 민망해질 정도로 칭찬의 연속이었다.

물론 제 요리가 그 정도까지는 아니란 사실을 누구보다 잘 아는 은초로서는 마냥 기분이 좋을 수만은 없었다. 그럼에도 칭찬은 고래도 춤추게 하는 법이었다.

식사 후 두 사람은 며칠 전 샀던 터키쉬 딜라이트 젤리를 디저트 삼아 함께 뉴스를 봤다. 은초는 단 걸 좋아하지 않았기 때문에 별로 사고 싶지 않았지만, 의외로 수안이 먹고 싶어 하는 기색이어서 할 수 없이 산 젤리였다. 다시 먹어 보니 처음보다는 덜했으나 여전히 달았다.

한창 뉴스에 시선을 고정시키고 있는데, 갑자기 은초의 바지 주머니에서 휴대폰이 진동했다. 그녀는 아무 생각 없이 휴대폰을 확인했다가 저도 모르게 눈살을 찌푸렸다.

〈너한테 하고 싶은 말이 있어. 부탁이야. 제발 딱 한 번만 만나 줘.〉

구질구질하다, 정말. 은초가 한숨을 쉬었다. 제 경고가 전혀 먹히지 않은 건지, 아니면 정말로 자신에게 하고 싶은 말이 있어서인지 모르겠지만 확실한 건 더는 이런 수법이 통하지 않을 거라는 사실이었다.

바로 옆에 수안이 있었기 때문에 은초는 짜증스런 표정을 애써 숨기며 휴대폰을 꺼 버렸다. 답장할 가치도 없었다.

2년 전, 상현 역시 그녀와 똑같이 행동했었다. 치졸한 행동이라는 것을 모르지 않았지만 은초는 떠나간 사람까지 포용할 정도로 마음씨 넓은 사람이 아니었다.

갑자기 휴대폰에 시선을 빼앗긴 은초가 의아해졌는지 수안이 아리송한 목소리로 물었다.

"문자예요?"

수안의 질문에 은초가 피식 웃으며 대답했다.

"스팸이에요. 그것도 아주 질 낮은 데서 온."

그녀의 말을 들은 수안이 받아쳤다.

"대부 업체에서 왔나 보네요."

대부 업체라. 그것도 틀린 말은 아니었다. 상현은 지금 과거의 미련을 부채 삼아 그녀를 지독하게 괴롭히고 있었다. 은초가 엷게 웃으며 고개를 끄덕였다.

아무리 기다려도 답장은 오지 않았다. 상현은 낙담한 표정으로 휴대폰을 테이블 위에 소리 나게 던져 놓았다. 그가 낭패라는 듯 얼굴을 구겼다.

"이러지 마, 은초야……."

당연히 받아 줄 줄 알았다. 그녀는 자신을 사랑했으니까. 그래서 언제 돌아가도 자신을 분명 받아 줄 거라고 생각했다. 그가 어떤 마음이든 그녀는 자신을 조건 없이 사랑해 줄

246

거라고.

유감스럽게도 그의 생각은 틀렸다. 상현이 소리 없는 절규를 터뜨렸다.

"제발 나한테 한 번이라도 더 기회를 줄 수는 없는 걸까."

애틋한 음성이 조용한 오피스텔 안에 울려 퍼졌다. 무릎에 머리를 파묻은 그가 괴로운 표정으로 있다가 결연한 목소리로 읊조렸다.

"그래도 나는 너를 포기할 수 없다, 은초야."

이제는 너만이, 내 삶의 유일한 목표니까. 나를 구원해 줄 수 있는 유일한 사람.

단단해진 눈빛으로 허공을 응시하던 상현은 어딘가로 전화를 걸었다. 연결음은 길지 않은 시간이 흐른 뒤 멈추었다. 상현이 느릿하게 입을 열었다.

"사람 한 명만 조사해 주셔야겠습니다."

"오늘이 마지막 날이네."

은초가 씁쓸한 목소리로 중얼거리자 솔지가 웃으며 말했다.

"그렇게 말하니까 무슨 내가 아주 떠나는 사람 같잖아."

"이제 재취업 안 할 거라며."

여전히 아쉽다는 기색이 역력한 목소리에 솔지가 별일이라는 듯 물었다.

"너 나 결혼하고 나면 안 볼 거야?"

"당연히 아니지. 그런데 회사에서는 못 보잖아."

은초가 경험담이라는 듯 조금 부루퉁한 목소리로 말을 이었다.

"내가 아는 동생 하나가 결혼을 엄청 일찍 했어. 그래서 나랑 그렇게 쿵짝이 잘 맞았는데도 자주 못 본다. 아이 낳고는 더 심해졌고. 지금도 못 본 지 한 두어 달 됐나?"

"에이, 나는 안 그래."

"말이 쉽지."

하지만 말이라도 그리해 주는 친구가 고맙게만 느껴졌다. 그때 윤 팀장이 솔지를 향해 물어 왔다.

"그래도 오늘이 마지막인데, 송별회는 해야지?"

"당연하죠, 팀장님. 비싼 거 사 주실 거죠?"

쾌활하게 받아치는 솔지를 보며 은초는 결국 웃음이 터졌다. 갑작스럽게 회식이 결정되자 은초는 수안에게 전화를 걸었다.

—여보세요.

"수안 씨, 나 오늘 회식이 있어서 집에 같이 못 갈 것 같아요."

—회식이요? 갑자기 왜…….

"오늘 팀원 한 명이 일을 그만두거든요."

—흐음.

마른 소리를 흘리던 수안이 진지한 목소리로 물었다.

—술도 마시겠네요. 그렇죠?

"그렇겠죠?"

순간 예전 기억이 떠오른 은초가 어색한 표정을 지으며 약속했다.

"이번에는 필름 끊길 일 없을 거예요. 진짜예요."

잠시 찾아왔던 침묵 끝에 은초가 결국 먼저 입을 열었다.

"그래도 역시 좀 못 미덥죠?"

자신도 잘 알고 있었다는 듯 은초는 웃음을 터뜨렸다.

"택시 태워 달라고 할게요. 마중만 나와 줘요."

—괜찮겠어요? 내가 데리러 가도 되는데.

"회식 장소가 집에서 좀 멀거든요. 밤에 여기까지 운전해 오려면 위험하잖아요. 택시 타면 전화할게요."

수안은 결국 너무 많이 마시지 말라는 당부를 끝으로 전화를 끊었다.

은초 역시 이번 회식 때는 최대한 주의하며 마실 생각이었다. 그때의 일이 수안과 가까워질 계기를 만들어 주었다고는 해도 같은 실수를 되풀이할 수는 없었다.

숙취 제거제까지 사 마시며 혼신의 힘을 다한 결과 은초는 저번처럼 정신을 아예 놓아 버리는 사태만큼은 피할 수 있었다. 그녀는 적당히 취기가 오른 상태에서 회식 자리를 빠져나왔다.

은초는 연신 딸꾹질을 하며 콜택시를 부르기 위해 휴대폰을 찾았다. 그때 뒤쪽에서 익숙한 목소리가 들렸다.

"은초야."

술이지 마약에 취한 것은 아니었다. 그러니 이런 환청이 들리는 건 말도 안 되는 일이다. 환청은 무시하는 게 답이지. 은초가 무심한 표정으로 도로변으로 걸음을 옮겼다. 그러자 또다시 환청이 들려왔다.

"김은초."

물론 이번에도 무시했다. 그러자 강한 악력이 그녀의 어깨를 짓눌렀다. 고통이 그대로 전해졌다. 은초가 얼굴을 찌푸리며 상대의 얼굴을 확인했다.

진상현, 그녀의 전 남자 친구였다. 은초가 감흥 없는 표정으로 그를 쳐다보았다.

"뭐 하는 거야?"

"얘기 좀 해."

"할 얘기 없는데."

"내가 있어."

"야."

술에 취해서 그런 건지는 몰라도 그녀는 눈에 뵈는 게 없

250

어 보였다. 평소라면 쓰지 않았을 호칭까지 나오는 것을 보면.

은초가 인상을 찡그리며 상현에게 쏘아붙였다.

"네가 할 얘기 있으면 내가 반드시 들어 줘야 해? 그렇게 할 얘기가 많으면 상담소로 가. 나한테 이러지 말고."

"은초야, 제발……."

"아, 이름 부르지 말라고. 난청이야? 못 알아들어?"

혀가 꼬부라진 목소리로 용케 말을 내뱉는 은초를 보며 상현이 황당하다는 표정을 지었다. 그러자 은초가 더욱 성을 내며 말했다.

"어이없냐? 어이없으면 집에 가서 발 닦고 잠이나 자!"

"너 취했어. 이만 집에 가자."

"우리 집에 나 혼자 갈 수 있거든? 네 도움 하나도 안 필요하거든?"

"몸도 제대로 못 가누는 애가 어떻게 집까지 가."

"글쎄, 갈 수 있다니까! 나 좀 내버려 두라고!"

흐느적거리는 몸을 이끌며 걷던 은초가 마침내 악을 질렀다. 지나가던 사람들이 그들을 흘긋거리자 상현은 부끄러움과 난처함이 뒤섞인 얼굴로 그녀의 팔을 잡으며 말했다.

"너 이러다가 큰일……."

"그 손."

어디선가 또 다른 목소리가 들려왔다. 상현에게는 낯설고,

은초에게는 익숙한 목소리였다.

"놓으시죠."

수안이 굳은 얼굴로 은초와 상현을 향해 걸어왔다. 상현이 어이없는 표정으로 물었다.

"그쪽은 뭡니까?"

"그러는 댁은 누구시죠."

"은초 남자 친구 되는 사람입니다."

"누가 내 남자 친구야? 내 남자 친구는 김수안이야!"

와중에 빠지지 않고 나오는 술주정에 상현은 골이 아프다는 듯 머리를 짚었다. 도리어 수안의 표정도 심각해졌다. 그가 경직된 목소리로 상현에게 말했다.

"그 손, 놓으시라고 분명 말씀드렸습니다."

"그러니까."

서늘한 목소리가 상현의 입술을 타고 흘러나왔다.

"댁이야말로 무슨 자격으로 나한테 그런 말을 하냐고요."

"김은초 씨 남자 친구 되는 사람입니다."

수안이 정중하면서도 어딘가 거리감이 느껴지는 목소리로 대답했다.

"그쪽이 아니라 내가."

"지금 사장 아들이라고 거들먹거리는 거야, 뭐야?"

내 뒷조사까지 한 건가.

게다가 자신이 누군지 알면 은초와 무슨 사이인지도 파악

했을 텐데 남자 친구라고 우기는 상현의 모습이 꼴보기 싫을
정도였다. 수안이 피곤한 숨을 내쉬었다.

은초도 황당하다는 기색을 숨기지 않으며 상현에게 쏘아
붙였다.

"2년 동안 뒷바라지해서 검사 만들어 놨더니, 나 버린 사
람이 누군데 감히 그런 말을 해?"

"은초야, 그건 사정이……."

"사정? 무슨 사정?"

도무지 이해할 수 없다는 목소리로 그의 말을 끊은 은초가
잘됐다는 듯 큰소리를 냈다.

"오빠가 나한테 할 말 있다고 그랬지? 좋아. 여기에서 해
봐."

당황한 상현이 슬쩍 수안의 눈치를 보며 은초에게 말했다.

"은초야, 여기 말고 카페 같은 데 가서 좀 조용히……."

"지금 뭘 단단히 착각하고 있는 것 같은데."

은초가 냉랭한 눈초리로 그를 쏘아보며 말을 이었다.

"나는 오빠의 말이라는 거 들어도 그만, 안 들어도 그만이
야."

"……."

"여기서 말하기 싫으면 관둬. 오빠랑 카페 갈 시간 있으면
우리 수안 씨랑 가고 말지."

"은초야, 도대체 이런 남자보다 오빠가 못 한 게 뭐야?"

그가 억울하다는 목소리로 말을 이었다.

"진상현은 이제 가난한 고시생이 아니야. 무려 대한민국 검사라고. 네가 지금 만나고 있는 이 남자보다 너한테 더 잘해 줄 수 있어."

순간 은초는 깨달았다. 2년 전과 비교했을 때, 이 남자는 달라진 게 하나도 없었다. 여전히 사람보다 돈을, 정신적 가치보다 물질을 중시한다. 새삼 다시금 각인된 사실에 은초가 실소를 터뜨리며 물었다.

"오빠는 사람 돈 보고 만나? 그럼 난 왜 만났어? 난 돈 많은 집 딸도 아닌데."

상현의 표정이 갑자기 싸해졌다. 갑작스런 표정 변화에 은초는 움찔하면서도 겁먹지는 않았다. 든든한 수안이 자신과 함께 있어 주니까.

상현이 너무하다는 목소리로 입을 열었다.

"너 어떻게 그럴 수가 있니."

"내가 뭘."

"왜 나한테 거짓말했어?"

"내가 오빠한테 무슨 거짓말을 했는데? 알아듣게 말해."

은초의 말에 실소를 터뜨린 상현이 서늘한 음성으로 돌변했다.

"너 김석훈 의원 딸이라며?"

상현의 한마디에 흥분이 일었던 은초의 얼굴이 급속도로

식어 내렸다. 상현은 전혀 눈치채지 못한 채 말을 이어 나갔다.

"왜 숨겼어?"

"……."

침묵이 이어지자 그는 은초가 자신에게 일말의 미안함이라도 가지고 있다고 판단했는지 신이 나서 계속 떠들어 대기 시작했다.

"내가 그렇게 못 미더웠어? 나 가지고 놀다 버리려고 했어?"

"야."

가만히 듣던 은초가 마침내 입을 열어 딱 한 음절만을 내뱉었다. 또다시 갑자기 낮아진 호칭에 상현은 당황했다.

"김은초, 너……."

"뚫린 입이라고 막 말하지 마세요, 이 검사님아."

상현이 어벙한 표정으로 은초를 쳐다보자 그녀가 무서운 표정으로 돌변해서는 그에게 성큼성큼 다가왔다.

"뭐? 김석훈 의원 딸인 거 왜 속였냐고?"

"아니, 저 그게……."

뒤늦게 자신의 실수를 인지한 그가 말을 얼버무렸지만 이미 늦은 뒤였다.

"너 같은 새끼 걸러 내려고 일부러 말 안 했다, 어쩔래? 내가 홍길동 코스프레해서 그렇게 불만이야?"

"아니, 내가 잘못⋯⋯."

"뭘 잘못했는데? 아, 나한테 다시 접근할 때까지 알고 있다는 사실을 못 숨긴 거? 그런데 어쩌냐. 나는 네가 간이나 쓸개를 다 빼 준다고 해도 너한테 다시 돌아갈 마음이 씨알도 없거든."

"오해야, 오해. 은초야, 내가 잠시 정신이 나갔었나 보다. 일단 진정하고⋯⋯."

"진정을 해도 달라지는 건 없어. 하, 맞다. 너 꿈이 금배지다는 거였지? 우리 아버지 사위 돼서 공천이라도 받으려고 했니? 프리 패스로 여의도에 입성하고 싶었어?"

흥분할 대로 흥분한 은초가 거침없이 말을 뿜어 댔다.

"숨길 거면 끝까지 잘 숨기지 그랬냐. 안 그랬으면 내가 널 이렇게 쓰레기로 낙인찍지는 않았을 텐데."

"쓰레기? 너 말 다했냐?"

갑자기 발끈했는지 상현이 그녀의 말을 맞받아쳤다.

"야, 솔직히 저 남자라고 별 볼 일 있을 것 같아? 분명 저 남자도 네 아버지 지위 노리고 옆에 붙어 있을 거다."

상현의 말에 은초는 웃음도 안 나온다는 듯 황당한 표정을 지었다. 그때까지 가만히 서서 상황을 지켜보고만 있던 수안이 조용히 입을 열었다.

"진상현 씨, 그 말씀은 상당히 모욕적인데요."

"당신은 왜 또 끼어들어?"

"아까 말씀드렸듯이 제가 은초 씨 남자 친구라서요."

그가 싸늘한 목소리로 말을 이었다.

"전 은초 씨를 돈 보고 만난 적도 없고, 앞으로도 조건을 따질 일은 더더욱 없을 겁니다."

"하, 그걸 어떻게 장담해? 사람은 다 똑같아."

"쓰레기 눈에는 쓰레기만 보이는 법이지. 당신은 그런 사람들만 보고 산 거고."

칼날처럼 매서운 목소리에 상현이 다시 한번 욱해서 소리쳤다.

"뭐라고? 야, 너 말이면 단 줄 알아?"

"은초 씨가 김 의원님 딸이라는 사실은 예전부터 알고 있었습니다. 우리가 정식으로 교제한 건 두 달 전부터고요."

수안이 위협적인 발걸음으로 상현에게 다가갔다. 상현은 주춤거리면서도 끝끝내 뒤로 물러서지는 않았다. 그의 바로 앞에서 수안이 서늘하게 중얼거렸다.

"그러니까 날 당신 같은 쓰레기와 동일 선상에 놓지 마세요. 불쾌하니까."

"너 이 새끼, 말조심 안 해?"

"그리고 검사가 뭐 대숩니까? 요즘 세상에 검사라고 여자들 후려치고 다녀도 돼요?"

"그만해요, 수안 씨."

은초가 서둘러 두 사람의 언쟁을 말렸다.

"이런 쓰레기랑 말 섞어 봐야 수안 씨 입만 더러워져요. 우리 그냥 가요. 더 상종하고 싶지도 않으니까."

"야, 너!"

노골적인 모욕에 결국 참다못한 상현이 잔뜩 구겨진 얼굴로 은초를 붙잡기 위해 달려들었다. 갑작스런 움직임에 그녀가 놀라 눈을 질끈 감았지만 그것도 잠시였다.

"으윽!"

밤하늘에 울려 퍼진 것은 은초의 비명 소리가 아니었다.

"생각했던 것보다 더 인간 말종이네요, 당신."

상현의 신음 소리 뒤에 수안의 싸늘한 목소리가 이어졌다. 그가 상현을 잡아채 바닥에 엎어 쳐 버린 것이었다. 감정 없는 목소리로 수안이 경고했다.

"다시는 우리 두 사람 앞에 나타나지 마세요."

"너, 너 이 새끼……."

"이건 경곱니다. 무시하면 그때는 나도 가만 안 있어요."

"가만히 있지 않으면 어쩔 건데, 이 새끼야!"

──……지 않으면 어쩔 건데, 이 새끼야!

동시에 메아리치듯 들리는 자신의 목소리에 상현의 몸이 굳어 내렸다. 무심하게 쳐다보던 수안이 조롱하듯 물었다.

"설마 내가 이런 상황에서 녹음도 안 했을 거라고 생각한 겁니까?"

"이, 이…… 자식이! 너 그거 안 지워?"

"한 번만 더 이런 짓 벌이면 인천지검에 녹음 파일을 다 뿌릴 거니까 어디 마음대로 한번 해 보세요. 제대로 망신당하고 싶으면."

마지막 말을 남긴 수안이 언제 그런 말을 했냐는 듯 다정한 표정으로 돌변한 채 말했다.

"가요, 은초 씨."

자신에게 변함없는 미소를 선사하는 수안을 향해 똑같이 따라 웃으며 은초도 고개를 끄덕였다. 그녀는 수안에게 팔짱을 낀 뒤 여전히 다소 비틀거리는 걸음을 디뎠다. 그가 단단한 팔로 지탱해 주자 은초는 다시 한번 웃었다.

"내가 이대로 포기할 줄 알아?"

뒤에서 상현이 고래고래 외치는 소리가 들려왔다. 은초는 끝까지 뒤돌아보지 않았다. 거기에 바짝 약이 오른 상현은 몇 번 더 씩씩거리다가 바지 주머니에서 자신의 휴대폰을 꺼내 들어 어딘가로 전화했다.

"아, 형. 늦은 저녁에 미안해."

이윽고 전화를 받은 상대방에게로 향하는 목소리는 방금 전과 완전히 판판인 부드럽고 친근한 음성이었다. 곧이어 그가 무슨 은밀한 내용을 전하는 사람처럼 목소리를 죽였다.

"나 부탁 하나만 들어줄 수 있을까?"

　　＊　　　　　＊　　　　　＊

　집으로 돌아온 은초는 슬쩍 수안의 눈치를 보았다. 솔직히 눈치를 안 볼 수가 없었다. 전부터 무슨 일이 생기면 꼭 말해 달라고 했는데. 왠지 거짓말쟁이가 된 것 같은 느낌에 그녀가 우물쭈물하며 수안의 표정을 살폈다.

　"은초 씨."

　갑자기 수안이 자신을 부르자 은초는 도둑이 제 발 저리는 것처럼 깜짝 놀랐다. 은초가 당황한 티를 숨기지 못하고 더듬거렸다.

　"네, 네?"

　"괜찮아요?"

　"네? 왜요?"

　"혹시 저놈이 은초 씨를 때리거나 그러진 않았죠?"

　은초는 끝까지 저를 생각해 주는 수안에 순간 눈앞이 흐려지는 것을 느꼈다. 먹먹한 눈망울을 애써 숨기며 천천히 고개를 끄덕였다. 그녀의 눈가에 맺힌 눈물을 놓치지 않은 수안이 당황한 목소리로 물었다.

　"은초 씨, 울어요?"

　"아뇨, 흑……."

　울지 않으려고 했는데. 잘한 것도 없으면서 눈물 보이지 않으려고 했는데.

"무슨 일이 또 있어요?"

심각하게 물어보는 수안을 향해 그저 고개만 열심히 가로 젓던 은초는 흐느끼며 간신히 대답했다.

"아무 일도 없어요."

"그런데 왜 울어요. 속상하게."

수안이 따뜻한 목소리로 말하며 은초를 부드럽게 안아 주었다. 너른 품에 기댄 채 은초가 눈물 섞인 목소리로 말했다.

"고마워서요."

"뭐가요?"

"내가 숨긴 거에 대해 실망하지 않아 줬잖아요."

그런 말이 어디 있냐는 듯 수안이 다정하게 속삭였다.

"은초 씨만 안 다쳤으면 난 다 괜찮아요."

"아무것도 안 물어봐요?"

은초가 조심스럽게 묻자 수안이 빙그레 웃으며 대답했다.

"물어보면 대답해 줄 거예요?"

"안 물어봐도 알려 주려고 했어요."

다만 일이 이 정도로 커지게 될 줄 몰랐다. 그가 작게 고개를 끄덕이며 말했다.

"일부러 숨기려고 했다고는 생각하지 않아요. 은초 씨도 다 사정이 있었을 테니까."

수안을 빤히 쳐다보던 은초가 천천히 입을 뗐다.

"어디서부터 말해 줄까요?"

"음."

잠시 고민하는 표정을 짓던 수안이 상냥한 목소리로 대답했다.

"은초 씨가 원하는 만큼."

"좋아요."

은초가 짧게 한숨을 쉬었다. 어디서부터 이야기해야 할지 조금 난감한 표정을 짓다가 곧 입을 열었다.

"저는 대학을 열아홉 살 때 들어갔어요. 고등학교 1학년 때 학교를 자퇴했거든요."

"자퇴요?"

그가 의외라는 표정으로 되묻자 그녀는 천천히 고개를 끄덕였다.

"첫 시험에서 전교 1등을 했어요. 그런데 하필 그때 우리 아버지 직업이 국회 의원이란 사실이 알려져서 성적 조작 의혹을 받았죠."

주변에서 하도 눈치를 줘서 정말로 아버지가 학교에 로비를 한 줄 알았다. 나중에는 그게 아니라는 걸 알았지만 이미 박혀 버린 국회 의원의 외동딸이라는 인식은 사라지지 않았다.

"그 일 때문에 왕따를 당했고, 결국 학교생활에 잘 적응하지 못했어요. 여름방학 때 자퇴를 하고, 검정고시를 봤죠. 그리고 남들보다 한 살 빨리 민국대학교 경제학과에 들어갔어요."

수안이 이해가 되지 않는다는 목소리로 물었다.

"하지만 은초 씨는 의상학과를 나왔잖아요. 경제학과가 아니라."

"원래 의상학과를 가고 싶었는데, 아버지 반대가 심했어요. 경제학과를 안 가겠다고 하면 집에서 내쳐질까 봐 억지로 가게 된 거죠."

이후 의미 없이 학교를 다니다가 졸업하고서 아버지의 친구 회사라는 곳에 취직했다. 물론 일련의 과정 속에서 제 의지는 전혀 개입되지 않았다.

"그런데 스물셋인가? 그때 무슨 바람이 불었는지 회사를 그만두고 집에 다시 수능을 준비하겠다고 말씀드렸어요. 물론 반대가 극심했고, 저는 그냥 집을 나와 버렸죠."

거기에는 알고 지냈던 동생의 조언이 큰 역할을 차지했다. 그때까지도 아버지의 마리오네트로 살고 있던 은초에게 스스로의 의지대로 움직일 수 있도록 용기를 불어넣어 주었다. 그 동생과는 그때의 인연으로 지금까지도 친하게 지내고 있었다. 하필 남들보다 일찍 결혼하고 이제는 아이까지 돌보느라 자주 보지는 못했지만.

"그해에 수능을 봐서 의상학과에 입학했어요. 그리고 만난 사람이 진상현 검사예요."

만나게 됐던 계기는 별거 없었다. 도서관에서 공부하다가 우연히 친해져서 사귀게 되었으니까. 지금 생각하면 참 별일 아닌 걸로 사랑에 빠졌었다.

은초가 고소를 지으며 말했다.

"사시를 준비하던 법대 졸업생이었는데, 내가 2년간 뒷바라지를 했어요. 그런데 사시에 합격하고 나니까 날 차더라고요. 무슨 축구공 차듯이."

시간이 지나도 지워지지 않을 상처였고, 언제 말해도 입가에 씁쓸함이 맴도는 진실이었다. 은초가 괜히 덤덤한 척 말을 이었다.

"그는 상당한 야심가였고, 국회 의원이 꿈이었죠. 그 사람은 내가 국회 의원 딸이라는 사실을 몰랐죠."

아마 알았더라면 상현은 자신을 배신하지 않았을 것이다. 그녀는 그때 자신의 행동만큼은 정말 칭찬해 주고 싶었다. 만약 솔직하게 말했더라면 인생을 쓰레기에게 통째로 저당 잡힐 뻔했다.

그리고 무엇보다…….

"그런데 어떻게 하다가 그 사실을 이제야 알았나 봐요."

이 남자를 만나지도 못했을 거야.

그녀가 애틋한 표정으로 수안을 쳐다보았다. 그는 어떻게 반응해야 할지 모르겠다는 듯 조금 난감한 표정이었다. 은초가 분위기를 풀기 위해 애써 웃었다.

"괜히 위로 같은 거 안 해 줘도 돼요. 그냥 궁금해할까 봐 이야기해 준 거니까."

"이리 와요."

수안이 뜬금없이 그녀를 불렀다. 은초는 작게 미소 지으며 다가가 약속이라도 한 것처럼 자연스럽게 그의 품에 안겼다.

"그때 그 사실을 말하지 않았더라면 지금 내가 안겨 있는 사람은 그 남자였겠죠."

생각만 해도 끔찍하다는 듯 그녀가 몸을 부르르 떨었다. 은초의 몸을 부드럽게 감싸 안으며 수안이 조용히 속삭였다.

"은초 씨."

"네."

"우리 결혼해요."

뜬금없는 그의 고백에 은초는 황당한 목소리로 물었다.

"수안 씨는 뜬금없이 고백하는 게 취미예요?"

여전히 수안은 진지하기만 했다.

"대답해 줘요. 나 지금 너무 불안해서 그래요."

"뭐가 불안한데요?"

은초가 느릿하게 묻는 것과는 반대로 수안은 안절부절못했다.

"오늘처럼 누가 또 은초 씨 탐낼까 봐."

"……."

"그러다 은초 씨가 다른 놈한테 가 버리면 어떡해요."

"수안 씨, 나 못 믿어요?"

은초가 부드럽게 눈웃음을 지으며 묻자 수안은 천천히 고개를 저었다.

"그런데 왜 불안해해요. 난 이제 수안 씨밖에 없어요."

"나도 그래요."

그가 은초의 머리를 따뜻하게 감싸 안았다. 그의 손길에 가만히 몸을 맡기며 눈을 감던 은초도 나직한 목소리로 입을 열었다.

"나도 불안해요. 누가 우리 수안 씨 낚아채 갈까 봐."

"은초 씨, 나 못 믿어요?"

"그건 아닌데, 당신이 워낙 잘난 남자여야죠."

은초가 천천히 그의 품에서 떨어졌다. 안고 있을 때에만 전해지는 특유의 온기가 사라지자 싸늘함이 밀려왔다. 싸늘함을 다른 무언가로 채우기 위해 그녀는 수안과 눈을 맞추었다.

따뜻함을 가득 품고 있는 그의 눈동자 위로 자신이 비쳤다. 은초가 미소 띤 얼굴로 천천히 입을 열었다.

"그러니까 우리…… 결혼해요."

장미꽃 한 송이, 무드 있는 음악 하나 없는 프러포즈.

하지만 뭐 어때? 중요한 건 우리 둘의 마음이지.

은초가 입가의 미소를 좀 더 짙게 만들었다.

"일단 최대한 빨리 집부터 합쳐요."

이보다 더 완벽한 허락이 있을까. 수안의 입가에 차마 숨기지 못한 미소가 떠올랐다.

별도 달도 뜨지 않았던 고요한 밤, 은초는 유부녀가 되기로 결심했다.

7. 결혼까지 한 발자국

　오전에 강남의 한 드레스 숍을 방문했던 솔지는 오후에는 신혼집에 들일 가구를 사기 위해 가구 단지에 방문할 예정이었다. 근처에서 대충 점심을 때우고서 가구 단지로 이동하려던 그때, 솔지의 휴대폰이 요란하게 울렸다.

　"여보세요."

　당연히 신랑인 줄 알고 아무 생각 없이 콧소리를 내며 받았지만 유감스럽게도 그녀의 예상은 빗나갔다.

　―너 목소리가 왜 그러냐?

　은초였다. 솔지의 이마 위로 식은땀이 흘렀다. 주체할 수 없는 부끄러움에 아무 말도 못 하고 있는데, 휴대폰 너머로 충격적인 말이 들려왔다.

—나 결혼하려고.

순간 솔지는 그녀가 장난을 친다고 생각했다. 상식적으로 지금까지 아무런 말도 없다가 갑자기 결혼한다고 말하는 사람이 어디에 있겠는가. 솔지가 황당한 얼굴로 고개를 절레절레 저었다.

"주말이라 네가 아직 잠이 덜 깼구나."

—미안하지만 잠꼬대도 아니고 헛소리는 더더욱 아니야.

"그럼 뭔데? 진짜 결혼이라도 한다는 거야?"

경악스런 반응에도 휴대폰에서 흘러나오는 은초의 목소리는 시종일관 차분했다.

—응.

"이렇게 갑자기? 언제?"

—걱정하지 마. 적어도 너 결혼하는 건 보고 할 거니까.

놀라 아무 말도 하지 못하는 솔지를 무시하고 은초가 낮지 않은 목소리로 물었다.

—바빠? 안 바쁘면 만나서 자초지종이나 듣던가.

"지금 시간 돼?"

어차피 지금 아니면 시간을 내기가 애매했다. 솔지의 질문에 은초는 잠깐 난감한 소리를 흘리더니 이내 흔쾌히 대답했다.

—좋아. 어디서 볼까?

"나 지금 강남구청 근처야. 거기 주변에 네가 좋아하는 레스토랑 있지? 오랜만에 거기 가자."

—그러지 뭐. 이따 봐.

전화를 끊은 은초는 뒤에서 빨래를 개고 있던 수안을 부르며 말했다.

"나 오늘 점심은 밖에서 먹으려고요."

"어디 나가요?"

수안의 물음에 은초가 작게 웃으며 대답했다.

"우리 결혼한다는 거 동네방네 알리고 다녀야죠."

"그럼 나도 양평에 다녀올게요."

"부모님 만나 뵙게요?"

수안이 고개를 끄덕이며 말했다.

"안 그래도 저번에 갔을 때, 만나고 있는 여자분이 있다고는 말씀드렸거든요. 반찬 통도 가져다 드려야 하고요. 그러니까 오늘은 은초 씨도 친구랑 재밌는 시간 보내고 와요."

"그것도 힘들걸요. 지금 만나러 가는 사람이 워낙 바쁠 때라. 아마 내가 먼저 집에 올 것 같네요. 저녁은 어떻게 할래요?"

"나 오늘은 치킨 먹고 싶은데."

수안이 살짝 애교를 실어 말하자 은초가 킥킥거리며 웃었다. 그는 기본적으로 무딘 성격이었지만 가끔 팬 서비스하는 아이돌 가수처럼 비음을 섞어 말하기도 했다. 흔치 않은 애교에 은초가 밝은 목소리로 말했다.

"그럼 오늘은 치킨으로 해요. 그런데 부모님께서 혹시 나 마음에 안 들어 하시면 어쩌죠?"

걱정 아닌 걱정에 수안이 부드럽게 눈웃음을 지으며 은초의 머리를 쓰다듬었다.

"쓸데없는 걱정이에요. 은초 씨 같은 며느리가 세상천지에 또 어디 있다고."

"너무 비행기 띄운다. 운전 조심해서 다녀와요."

은초의 말에 수안이 걱정 말라는 듯 그녀의 이마에 작게 입을 맞추었다. 은초의 볼이 발개졌지만 수안은 아랑곳 않고 그녀의 귓가에 속삭였다.

"얼른 다녀올게요."

주말의 레스토랑은 생각했던 것보다 한산했다. 솔지는 물 컵만 테이블 위에 놓은 채 은초를 기다리고 있었다. 휴대폰으로 가구 단지 내 괜찮은 가게들을 찾아보고 있는데, 누군가 테이블로 다가와 맞은편에 앉았다. 고개를 들어 보니 조금 상기된 얼굴의 은초였다.

"이솔지, 뭐 하고 있었기에 그렇게 정신을 팔고 있어?"

"별거 아냐. 근처 가구 단지 좀 보고 있었어. 일찍 왔네?"

"서둘러서 왔지. 아직 뭐 안 시켰지?"

둘은 런치 코스를 주문한 다음 곧바로 대화 모드에 돌입했다. 먼저 입을 연 쪽은 솔지였다.

"이제 말해 봐. 너 지난번에 결혼 이야기할 때부터 대충 짐작은 하고 있었지만 그래도 이건 너무 빨라. 도대체 언제 결정 난 거야?"

"얼마 전에. 이거 너한테 처음 말하는 거다."

"그래? 영광이네."

솔지가 작게 웃고서 은근한 목소리로 물었다.

"신랑 될 사람은 뭐 하는 사람이야?"

"알면 깜짝 놀랄 텐데."

은초가 묘한 미소를 입가에 띤 채 말하자 궁금함이 폭발한 솔지가 채근했다.

"왜, 누군데 그래? 설마 재벌 2세, 뭐 그런 거야?"

솔지다운 대답에 은초가 까르르 웃더니 고개를 내저었다.

"테이스티엔젤의 R&D팀 김수안 대리. 재벌까지는 아니지만 아버지가 테이스티엔젤 김선태 사장님이긴 해."

"어머, 웬일이야! 김선태 사장님이라면 자수성가의 표본 아냐? 대박이다, 진짜."

"맞아. 존경스러운 분이시지."

"그런데 김수안 대리랑은 무슨 접점이……. 맞아, 그때 술 자리에서 너 데려다주신 분 아냐?"

"응."

"헐, 대박. 언제 그렇게 된 거야? 그날 역사라도 썼어?"

은초가 민망하게 웃으며 고개를 끄덕였다. 그러자 솔지가 놀랍다는 듯 '웬일이야' 만 연신 반복했다.

"그럼 그 일 때문에 사귀게 된 거야?"

"어쩌다 보니 그렇게 됐어. 심지어 내 옆집에 살더라고."

"와! 무슨 드라마 같다, 얘. 어쨌든 잘됐네. 김 대리님, 평소에 젠틀하다고 회사에 소문이 자자하던데. 진짜 그래?"

솔지의 질문에 은초가 뿌듯한 표정으로 고개를 끄덕였다. 솔지는 새삼 부럽다는 표정으로 물었다.

"부모님들 허락은 받았어? 상견례는?"

"둘 다 아직. 이제 천천히 말씀드려야지."

대답하는 은초의 표정이 썩 밝지만은 않았다. 몇 년간 교류 한 번 없었던 부모님이었다. 이제 와서 결혼하겠다며 찾아가는 것도 썩 내키는 일은 아니었기에 내심 고민스러워졌다. 그걸 모르는 솔지로서는 그저 해맑은 미소로 그녀의 앞날을 축복해 줄 뿐이었다.

"안 그래도 내 주변에 결혼 앞둔 커플이 없어서 누가 부케 받나 걱정했는데, 네가 받으면 되겠다."

"그래, 잘 말려서 갖다줄게. 청첩장은 언제쯤 나와?"

"다음 주에. 걱정하지 마. 내가 너한테 회사 식구들 것까지 다 갖다줄 테니까."

고개를 작게 끄덕이던 은초가 깜빡했다는 표정으로 다급하게 말했다.

"내가 그 얘기했었나? 그때 나 미행하던 사람 얘기."

"아니. 왜? 잡혔어?"

"잡히긴 잡혔지. 내 전 남자 친구."

"상현 오빠?"

솔지의 얼굴이 경악으로 물들었다. 은초는 그녀에게 지난 번 회식 때뿐만 아니라 그동안 있었던 상현의 만행을 상세히 말해 주었다. 이야기를 다 듣고 난 솔지가 황당한 어투로 말을 내뱉었다.

"그 오빠도 참 대단하다. 아무리 그래도 어떻게 그런 일을 저질렀대? 여러 의미로 놀랍네."

"동감이야. 그래도 그날 이후로는 안 나타나더라고. 그럼 됐지, 뭐."

은초가 더는 신경 쓰고 싶지 않다는 어조로 내뱉자 솔지는 어깨를 으쓱였다.

"그래. 지나간 똥차는 잊어버리고, 새로운 벤츠한테만 신경 써."

웃음기 띤 목소리로 대꾸한 은초가 당연하게도 수안을 떠올렸다.

그는 지금 무얼 하고 있을까?

"결혼?"

미령이 그의 말에 깜짝 놀라자 수안은 부끄러운 듯 슬쩍 시선을 돌리며 고개를 끄덕였다. 그녀는 방금 전 아들의 말을 도무지 믿기가 어려웠다. 평소라면 본가에 오기 사흘 전부터 전화했을 수안이 뜬금없이 찾아온 것도 놀라운데, 갑작스런 결혼 발표라니!

미령은 기쁘면서도 얼떨떨한 기분에 정신을 차릴 수가 없었다. 제 대신 말을 이은 사람은 남편, 선태였다. 선태는 특별한 반응을 보이지 않고 아들에게 물었다.

"전에 말했던 그 아가씨냐?"

"네, 아버지."

수안의 진지한 대답에 선태는 무언가를 생각하다가 입을 열었다.

"네가 선택한 사람이라면 분명 믿을 만한 사람이겠지. 결혼은 언제쯤 하고 싶으냐?"

"빠르면 빠를수록 좋아요."

작은 미소로 대답하는 아들을 적응 안 된다는 얼굴로 바라보던 미령이 남편의 뒤를 이어 물었다.

"뭐 하는 사람인데?"

"부모님도 아시는 사람이에요."

"우리가?"

미령이 도통 모르겠다는 목소리로 물었다.

"우리가 언제 본 적이 있니?"

"김석훈 의원님의 딸이에요."

"어머, 웬일이야. 은초 양이?"

그녀가 놀랍다는 표정을 지으면서도 입가에는 숨길 수 없는 미소를 드러냈다. 아들이 워낙 여자를 데려오지 않아 기회가 되면 바로 결혼을 시키고 싶었던 와중에도 혹시나 엄한 사람과 결혼하는 건 아닐지 걱정했었는데, 김 의원의 딸이라면 괜찮은 정도가 아니라 아주 훌륭한 며느릿감이었다. 새삼 아들의 눈이 실망스럽지 않아 다행이라고 생각하며 미령이 다시 질문했다.

"김 의원님 내외도 결혼 허락하셨고?"

"아직 말씀 안 드렸어요. 곧 찾아뵈려고요."

"그러면 결혼 날짜는? 그것도 아직 안 잡았지?"

"여보, 진정해요."

미령이 지나치게 흥분한 것 같아 선태가 느릿한 어조로 그녀를 진정시켰다. 남편의 말에 조금 열기를 가라앉힌 미령이 잠시 후 말을 이었다.

"그래도 상견례하기 전에 한 번쯤은 은초 양이랑 식사라도 해야 하지 않을까? 여보. 집에서 할까요, 아니면 따로 식당을 잡을까요?"

"진정하라니까요. 일단 물어보고 결정해야지."

"참, 그러네. 수안아, 네가 한 번 은초 양한테 물어봐. 어머, 이제 새아가라고 불러야 하나?"

어머니의 반응에 수안은 적어도 결혼을 반대하실 일은 없으리라 확신했다. 어머니가 허락한 이상, 아버지도 마찬가지

일 터였다. 수안이 엷게 웃으며 선태에게 물었다.

"아버지는 어떠세요?"

"은초 양이야 나도 옛날에 한 번 본 적이 있다만, 예의도 바르고 싹싹해서 마음에 들었었지. 이렇게 다시 만나게 될 줄은 몰랐지만 말이야."

아버지의 답변에 수안은 안심한 표정으로 마음을 놓았다. 이제 은초의 부모님께만 허락을 맡으면 결혼은 일사천리로 진행될 것이다. 미령은 여전히 감격스런 표정으로 아들을 자랑스럽다는 듯 쳐다보았다.

"나는 네가 서른이 넘어서도 여자 친구를 집에 안 데려오면 어쩌나, 엄청 걱정했었어. 그래도 이렇게 장가를 간다니, 엄마는 이제 걱정할 게 없다."

"나중에 만나서 한 번 물어보고, 시간 넉넉할 때 한 번 들르라고 말해 주렴. 우리 아들이 좋다는 아가씨, 얼굴 한 번은 봐야 하지 않겠니."

"분명 마음에 드실 거예요."

수안이 뿌듯하게 웃었다. 그의 머릿속에는 얼른 은초에게 이 소식을 전해야겠다는 생각으로 가득 차 있었다.

"……그래서 부모님께서 생각했던 것보다 훨씬 더 좋아해 주셨어요."

"정말요?"

은초가 기쁜 기색을 숨기지 않으며 묻자 수안이 고개를 끄덕였다. 요즘 상현의 일로 다소 기운 없어 보였는데 한층 밝아진 것 같아 한시름 놓았다.

"잘됐다. 그렇죠?"

"은초 씨 부모님도 저를 예뻐라 하실까요?"

"음."

갑작스레 튀어나온 제 부모님 이야기에 은초의 표정이 살짝 굳어졌다. 그마저도 잡아낸 수안이 조심스레 물었다.

"아직 말씀 안 드렸죠?"

"네. 집을 나오고 5년 동안 한 번도 연락한 적이 없어요. 이제 와서 이것 때문에 찾아가는 것도 좀……."

그렇다고 부모님이 멀쩡히 살아 있는데 말 한마디 없이 결혼할 수도 없는 노릇이었다. 은초가 한숨을 쉬며 얼굴을 손으로 감쌌다. 그동안 교류 없이 지냈다고 해도 마음속 앙금은 여전했다. 여러모로 풀기 어려운 문제였다.

옆에서 가만히 지켜보고 있던 수안이 슬며시 제안했다.

"아니면 내가 김 의원님 댁에 찾아갈까요?"

"아뇨. 차라리 내가 말씀드릴게요."

은초는 결심했다는 듯 비장한 눈빛으로 말했다. 수안은 그녀가 혹시라도 무리하는 건 아닌지 걱정스러워졌지만 꼭 결혼 때문이 아니더라도 계속 이 상태로 지낼 수는 없었다. 모쪼록 일이 잘 풀리기만을 바랄 뿐이었다.

"참, 은초 씨. 부모님이 언제 한 번 본가로 오라고 하시더라고요. 언제가 괜찮아요?"

"어머님, 아버님이요?"

그녀의 바람직한 호칭에 슬며시 미소 지은 수안이 고개를 끄덕였다.

"네. 아무래도 한 번은 뵙고 상견례를 해야 할 것 같아서요."

"어머, 그럼요. 나는 언제라도 상관없어요. 수안 씨는요?"

"나도요. 그래도 우리 부모님 만나는 건 조금 미뤄요."

"왜요?"

은초가 영문을 모르겠다는 표정을 짓자 수안이 부드럽게 웃으며 그녀의 머리를 살며시 쓰다듬었다.

"일단 장인어른하고 장모님 허락부터 받고요. 우리 부모님 허락만으로 결혼할 수 있는 건 아니잖아요."

"그건 그렇죠."

수안은 약간의 노파심이 생겨 그녀에게 다시 한번 당부했다.

"혹시라도 힘들면 나랑 같이 가는 방법도 있으니까 너무 걱정하지 말고요. 알았죠?"

"네. 그럴게요."

끝까지 자신을 배려해 주는 수안을 향해 은초가 엷게 웃으며 고개를 끄덕였다. 그녀가 걱정과 떨림이 가득 담긴 눈동자를 천천히 감았다.

잘, 할 수 있겠지.

고작 부모님께 전화를 드리는 일이었다. 이렇게 망설일 이유가 하나도 없었다. 그럼에도 은초는 떨리는 기분을 숨기지 못한 채 초조한 표정으로 애꿎은 입술만 물어뜯었다.

집으로 돌아와서도 휴대폰을 들었다가 놓기를 수십 번.

30분 정도 오두방정을 떨던 은초는 어느 순간 결연한 의지를 다지며 휴대폰을 다시 들었다. 빠르게 엄마의 전화번호를 누른 은초는 벌써 진이 빠졌는지 한숨을 쉬었다. 귀로 들려오는 연결음에조차 목이 타들어 가는 듯했다.

—……은초니?

"저예요, 엄마."

생각했던 것보다 의연한 목소리가 흘러나왔다. 그녀가 억지로 미소를 지으며 말했다.

"드릴 말씀이 있어서 전화 드렸어요."

—그래. 생전 안 하던 전화를 한 것 보니, 중요한 일이겠지.

"네. 중요한 일이에요."

그녀가 담담한 표정을 지으며 모친에게 물었다.

"언제 시간 되세요?"

심란해할 은초를 위해 자리를 비켜 주었던 수안은 집을 나와 한새와 만나는 중이었다. 그는 최근 아내가 임신하는 통에 밤에 잠을 자지 못한다고 했다. 첫 아이라 그런지는 몰라도 식탐이 상당해 새벽마다 밖으로 나가 먹을 것을 사 오느라 진이 빠진 상태였다.

얼굴이 저번에 만날 때보다 훨씬 까칠해졌지만 그와 별개로 표정은 더 행복해 보였다. 몇 달 후면 태어날 아이 때문에 설레어 하는 것 같았다.

한참 동안 제 이야기를 늘어놓던 한새는 얼마 후 이야깃거리가 다 떨어졌는지 이번에는 수안의 안부를 물었다.

"형은 요즘 어떻게 지내? 그때 그 여자분하고는 잘돼 가고 있어?"

"나 곧 결혼할 것 같다."

"뭐?"

한새가 당황스러움이 역력한 표정을 지었다.

"이렇게 빨리? 바로 사귀었다고 해도 겨우 몇 달 아냐."

"만난 지 세 번 만에 결혼한 네가 할 말은 아닌 것 같다."

한새가 멋쩍은 표정을 짓자 수안이 피식 웃으며 말을 이었다.

"나도 이렇게 속전속결로 결혼하게 돼서 신기해. 그렇다고 해서 급한 느낌은 없는데 말이야."

"잘됐지, 뭐. 서른 넘겨서까지 모태 솔로였어 봐. 사람들이 형 보고 하자 있다고 욕해."

키득거리며 물컵을 입가에 가져간 한새가 궁금했던 것들을 쏟아 냈다.

"그런데 형을 사로잡은 그 마성의 여성분은 도대체 누구야?"

"너도 아는 사람이야."

"내가? 누군데?"

"김은초 씨."

"김석훈 의원님 무남독녀?"

"응."

"오, 잘됐네. 좋은 분이라고 들었거든. 프러포즈는 어떻게 했어?"

"안 했어."

간결한 세 음절에 한새는 순간 얼어붙었다. 잠시 후 그가 퍽 놀랍다는 표정으로 되물었다.

"안 했다고?"

"어."

"나중에 뒷감당을 어떻게 하려고?"

"……그런가?"

워낙 빠르게 진행되었기에 별생각 않고 있었는데, 한새가 보인 반응이 수안으로서는 당황스러울 따름이었다. 수안의 표정이 자못 심각해졌다.

"프러포즈가 그렇게 중요해?"

"중요하다고 하던데. 내 친구 말로는."

"해야 하는 거야?"

"해야겠지."

"어떻게?"

"그건 형이 생각해 봐야겠지?"

"넌 어떻게 했는데?"

"나?"

한새가 무려 6년 전의 일을 회상하며 키득키득 웃었다.

"우린 엄청 로맨틱했어."

"어디서 했는데."

"헌책방."

헌책방이 언제부터 로맨틱한 장소가 되었는지 의문스러운 표정을 짓자 한새는 당당하게 덧붙였다.

"우리 아내가 헌책방을 좋아했어."

"나도 가야 하나, 헌책방."

수안의 중얼거림에 한새가 어림도 없다는 표정으로 말렸다.

"워, 워. 어디서 따라 하려고."

"그 사람도 책 좋아해."

"우리 부인은 그중에서도 헌책을 좋아했어. 만약 형수님이 헌책을 좋아한다면 그래도 상관없지만 아니라면 별로 좋은 선택지는 아냐. 좋아하시는 곳 없어?"

한새의 말에 진지하게 은초의 취향인 것들을 머릿속에 나열해 본 수안이 한참 후에 한 장소를 내뱉었다.

"영화관. 그런데 그건 너무 빤하잖아. 좀 더 특별한 거 없어?"

"그건 형이 찾아야지. 형수님하고 연애한 건 형이지, 내가 아니잖아. 두 사람 연애의 특징을 잘 살릴 수 있는 장소는 없어?"

다시 한번 머리를 굴리던 수안이 곧 좋은 생각이 났다는 듯 눈을 빛내며 대답했다.

"그런 장소, 있어."

❊   ❊   ❊

어느 카페 안, 중년 여성이 경직된 자세로 앉아 누군가를 기다리고 있었다. 그녀의 표정은 누구라도 쉽게 초조함과 불안함을 읽어 낼 수 있을 정도였다. 사정을 모르는 사람들이 보면 사채업자라도 만나는 사람처럼 주현은 본의 아니게 굳은 표정으로 앉아 있었다.

주현이 지금 기다리고 있는 사람은 바로 그녀의 딸이었다. 누군가는 의아해할지도 모르겠다. 어째서 자식을 만날 예정인 부모가 그렇게 죽을상을 짓고 있는 건지. 사실 그녀의 마음은 겉으로 짓고 있는 표정과 조금 거리가 있었다. 딸도 그녀를 그렇게 생각해 줄지는 의문이었다.

딸은 5년 전, 자신의 삶을 찾겠다며 집을 나갔고 이후로 단 한 번도 모습을 보인 적이 없었다. 남편은 하나뿐인 딸을 포기한 것 같았고, 집에서는 일체 말조차 꺼내지 않았다.

하지만 남편이 집 나간 딸을 애타게 그리워한다는 걸, 다만 표현하지 못할 뿐이라는 걸 주현은 누구보다도 잘 알고 있었다. 30년이 넘는 시간 동안 살을 섞어 온 사이였으니까.

그녀도 마찬가지였다. 간간이 전화하는 것마저 조심스러웠지만 딸을 생각하는 마음은 5년 전이나 지금이나 변함없었다. 이런 사실을 딸은 아마 모를 터였다. 나중에 자식을 낳아 길러 보면 모를까.

시간이 지날수록 초조함은 더해졌다. 기다림에 지쳐 그녀가 테이블 위에 놓인 컵 안의 물을 다 비워 냈을 때, 제 쪽을 향해 걸어오는 발소리가 들렸다. 주현은 풀어졌던 긴장이 다시 살아나는 것을 느꼈다. 고개를 위로 들어 올리면 딸이 서 있을 것이다.

"엄마."

떨리는 목소리로 딸아이가 저를 불렀다. 주현은 긴장된 눈빛으로 딸을 올려다보았다. 5년 만에 보는 딸은 달라진 건 없었다. 다만 조금 성숙해 보였다. 주현이 어색하게 웃으며 딸에게 인사를 건넸다.

"왔니?"

나름 부드럽게 인사를 건넸지만 딸은 어떻게 받아들였을지 모르겠다. 은초가 멍한 표정으로 있다가 엷게 미소 지으며 대답했다.

"네."

"뭐 주문할래?"

"제가 할게요. 카푸치노 맞죠?"

딸은 자신의 커피 취향까지 기억하고 있었다. 새삼 감동한 주현이 고개를 작게 끄덕였다. 은초가 주문을 마치고 돌아오는 사이 주현은 기다리는 시간 동안 무슨 말을 할지 내심 고민했지만 다행히 커피는 금방 나왔다.

은초는 카라멜 마키아토를 주문했다. 원래 단것을 싫어하는 딸아이였는데, 취향이 바뀐 듯했다. 하긴, 오랜 시간이 흘렀으니까.

"할 말이 있다고……."

주현은 혹시라도 침묵이 가져올 어색함을 원치 않았다. 은초가 조금 긴장한 모습으로 천천히 입을 열었다.

"결혼하려고요."

주현의 가슴이 세게 약동했다. 결혼을 한대, 네 딸이. 한 남자의 아내가 된대. 가슴이 두근두근 불규칙적으로 뛰는 게 느껴졌다. 주현은 절로 나오는 자애로운 미소를 숨기지 않았다.

"다행이구나. 나는 네가 결혼을 안 할 줄 알았어."

"원래는 생각이 없었는데, 좋은 사람을 만나서요."

"어떤 사람이니?"

"엄마도 알고 있는 사람이에요."

주현이 아리송한 표정으로 딸을 쳐다보았다.

"김선태 사장님의 외아들이요."

파티에서 몇 번 본 적이 있었다. 듬직하고 다정하게 생겨 사위로 삼으면 좋겠다는 생각을 했었다. 내심 바라고 있던 사람이었기 때문인지 주현의 입꼬리에 부드러운 미소가 걸렸다.

"어떻게 생각하세요?"

"난 좋단다. 원래도 마음에 두고 있던 사람이었거든."

"차라리 그런 사람을 먼저 선 자리에 미시지."

정말 그랬으면 좋았을걸.

주현은 씁쓸하게 웃었다. 딸이 일하는 것보다는 결혼하기를 원했던 남편 때문에 은초는 스무 살 때부터 수많은 남자들과 선 자리를 가졌었다. 주현은 어쨌든 딸이 사랑하는 남자와 결혼하게 돼 다행이라고 생각하며 입을 열었다.

"아버지도 좋아하실 거야."

"아버지는……."

은초가 조심스러운 목소리로 입을 열었다.

"잘 계세요?"

"그래."

잘 계시지 못할 이유는 없었다. 당신의 사랑스런 딸이 뜻을 거스르고 집을 나갔다는 사실 외에는. 어쨌든 다른 분야에서도 충분히 삶의 활력을 찾을 수 있는 사람이었으니 어쩌면 딸의 부재가 남편에게는 그다지 큰 영향을 끼치지 못했을지도 모른다는 생각이 들어 주현은 그저 쓸쓸하게 웃기만 했다.

"분명 좋아하실 거다. 장담할 수 있어. 언제 한 번 데리고 집에나 오려무나."

"엄마."

주현은 어서 말하라는 듯 여전히 인자한 미소를 지은 채 은초가 말을 잇기를 기다렸다. 그녀는 한참 동안 말을 잇지 못하다가 시간이 꽤 흐른 뒤에야 천천히 입술을 뗐다.

"날 원망해요?"

"그럴 리가."

그녀는 원망하지 않았다. 딸은 자신을 원망했을지도 모르지만. 아마 딸을 원망하는 어미는 세상 어디에도 없을 거라고 주현은 생각했다. 주현은 담담한 음성으로 말을 이었다.

"네가 나를 원망했겠지."

"그랬었죠."

은초는 손쉽게 인정했다. 아버지에게 자신의 자유를 피력치 않은 엄마를 원망했다. 5년의 세월이 흐르고서야 그마저도 부질없는 일이었다는 걸 깨달았다. 설령 엄마가 노력했더라도 아버지는 바뀌지 않았을 터였다. 그것이 은초가 내린 결론이었다.

"지금은 아니에요."

"고맙구나."

"자주 못 찾아봬서 죄송해요. 결혼하면 자주 들릴 수 있도록 노력할게요."

저 말을 내뱉기까지 얼마나 고민했을지 주현은 짐작할 수 있었다. 분명 하기 힘들었을 말을 제게 해 주는 딸이 고마웠다. 이제 남은 것은 그녀의 역할이었다.

"아버지한테는 내가 잘 말씀드리마. 전화, 받으렴."

"그럴게요."

대답을 마지막으로 은초가 자리에서 일어섰다. 주현은 딸의 눈가에 차오른 눈물을 얼핏 보았다. 딸이 운다. 주현은 그 사실만으로도 마음이 아팠다. 하지만 지금 은초가 흘리는 눈물의 의미를 알고 있었기 때문에 모른 척하고서 웃음으로 보냈다.

다시 만났을 때는 은초가 자신을 보고도 울지 않기를 바라며.

�֍   �֍   ✖

해질녘이 되어서야 집으로 돌아온 은초는 피곤한 표정으

로 입고 있던 외투를 벗었다. 외출이 이렇게 피곤할 줄이야.

하품을 크게 하는데 갑자기 벨소리가 울렸다. 확인해 보니 수안이었다.

바로 옆집에 살면서 전화는 왜 하는 거야. 은초는 괜스레 즐거워지는 기분에 싱긋 웃었다.

"여보세요?"

—은초 씨, 지금 어디에요? 집 왔어요?

"네."

—아, 잘됐다. 나 지금 저녁 준비하고 있는데, 건너와서 도와줄래요?

"그러죠, 뭐."

은초는 흔쾌히 대답하고서 전화를 끊었다. 간만에 한숨 자려고 했더니. 속으로 불평했지만 표정은 전혀 싫은 투가 아니었다.

편한 옷으로 갈아입은 은초가 이제는 익숙한 수안의 집 비밀번호를 누르고 안으로 들어갔다.

"수안 씨, 나 왔……."

은초는 눈앞의 광경을 발견하고선 말을 이을 수가 없었다. 눈앞에 펼쳐진 건 촛불 길이었다. 정성스럽게 나란히 세워진 촛불들이 어스름히 깔린 어둠 속에서 일렁였다. 그녀가 당황한 표정으로 길 끝을 응시했다.

설마 프러포즈야?

저도 모르게 얼굴이 붉어졌다. 은초는 잠시 주저하다가 결연한 표정으로 천천히 길을 걸어 나갔다. 그러면서도 머릿속에서는 '이러다 불이 나면 어쩌지'라는 엉뚱한 생각을 했다. 다행히 불은 나지 않았지만 은초의 가슴속에서는 충분한 불길이 일었다.

촛불은 현관을 지나 거실까지 이어졌다. 마침내 거실에 입성했을 때, 하트 모양의 촛불 안쪽으로 장미 꽃잎들이 사방에 흩뿌려진 광경이 눈에 들어왔다.

이런 깜찍한 남자 같으니라고.

붉디붉은 하트 안에서 수안이 조금 긴장된 모습으로 장미 꽃다발을 들고 서 있었다. 어림잡아 100송이는 되어 보이는 것 같았다. 그녀가 살포시 웃으며 입을 열었다.

"프러포즈 같은 거 안 할 줄 알았는데."

"안 하면 나중에 엄청 혼난다고 해서요."

장난스럽게 대답한 수안이 이내 진지한 표정으로 거리를 좁혔다. 이윽고 무릎을 꿇은 수안을 내려다보며 은초는 만감이 교차하는 표정을 지었다.

그가 진중한 입술을 열어 고백했다.

"나랑 결혼해 줘요, 은초 씨."

은초는 말없이 꽃다발을 받아 들었다. 저도 모르게 눈물을 볼 밑으로 떨구었다. 수안은 조심스럽게 일어나 허리를 굽혀 그녀의 눈물을 닦아 주었다.

곧이어 느껴지는 것은 수안의 따뜻한 입술이었다. 은초는 천천히 눈을 감고 그를 받아들였다. 점차 농밀해지는 키스와 함께 숨결도, 사랑도 깊어졌다.

몽롱해지는 정신을 잃지 않기 위해 은초는 꽃다발을 쥔 손에 힘을 잔뜩 주었다. 그러한 노력이 무색할 정도로 수안의 키스는 황홀하고 짜릿해서 은초는 손힘을 풀고 그의 목에 팔을 휘둘러 감았다.

툭, 소리와 함께 떨어진 꽃다발조차 아름다웠다. 순간을 만끽하며 두 사람의 키스는 꽤나 오랫동안 계속되었다.

"오늘 엄마 만나고 왔어요."

소파 위, 수안의 품에 안긴 은초가 조용히 속삭이듯 고백했다.

"엄마도 허락하시는 눈치시더라고요. 아버지한테는 말씀해 놓으신대요."

"다행이네요."

수안은 더 이상 입을 열지 않고 은초가 말하기를 기다렸다.

"생각했던 것보다 어렵지 않아서 좀 놀랐어요."

"원래 그런 건 결심하기까지가 어려운 거잖아요. 은초 씨가 대단한 거예요."

수안이 작게 속삭이자 은초가 고개를 내저었다.

"내가 정말 대단했다면 진작 찾아뵀어야 했겠죠."

"……."

"많이 늙으셨더라고요, 우리 엄마."

시간은 누구에게나 동일하게 흐르지만 나이는 오랜 세월을 보낸 사람일수록 더욱 가혹하게 다가와 버리기 마련이다. 적어도 은초가 본 엄마는 그랬다.

은초가 나직한 목소리로 말을 이었다.

"그래서 죄송했어요."

"결혼하고 자주 찾아뵈면 되죠."

수안이 깔끔한 목소리로 해결책을 제시하자 은초는 설핏 웃기만 했다. 천천히 그에게로 머리를 기댄 은초가 조용한 목소리로 물었다.

"결혼해도 처가에 자주 갈 거예요?"

"우리 두 사람 모두 외동이잖아요. 어디든 많이 가요."

"그래요."

은초는 눈을 감았다. 수안이 머리 위에서 작은 목소리로 속삭이는 게 느껴졌다.

"졸리면 자요."

은초가 기다렸다는 듯 고개를 떨궜다. 그녀를 애틋하게 지켜보던 수안이 마지막으로 중얼거렸다.

"사랑해요, 은초 씨."

＊　　　　＊　　　　＊

다음 날 수안은 평소와 다름없이 출근했다. 그런데 어째 회사 분위기가 이상했다. 평소와는 달리 어수선하달까. 흰 가운을 입고 연구실 안으로 들어간 수안은 의아한 표정으로 동료에게 물었다.

"무슨 일 있어요? 분위기가 좀 산만한 것 같은데."

"몰랐어요, 김 대리님?"

옆자리에 앉아 있던 윤영이 소곤거렸다.

"아까 검찰에서 조사 나왔잖아요. 그래서 지금 위에서 난리가 났대요."

"검찰이요?"

수안이 얼떨떨한 목소리로 물었다.

"왜요?"

"조세 포탈 혐의래요. 우리 괜찮겠죠?"

"그럼요."

수안은 짐짓 태연하게 답했지만 어쩐지 떨떠름해졌다. 문득 상현과의 일이 생각났지만 설마 개인적인 일 때문에 이런 치졸한 짓거리를 벌였으리라고는 생각하고 싶지 않았다. 그의 아버지는 투명한 경영에 목숨을 거시는 분이었다. 설령 혐의가 있어 조사를 받는다고 해도 별문제는 없을 터였다.

수안은 쓸데없는 걱정은 미리 하지 않는 편이 좋겠다고 생각하면서 컴퓨터를 켰다.

"수안 씨, 표정이 어두워요. 무슨 일 있어요?"

하지만 다짐은 현실이 되지 못했다. 그날 저녁, 수안과 함께 저녁을 먹던 은초가 그의 멍한 표정에 궁금해하며 묻는 지경에 이르렀으니까.

"아, 미안해요. 생각할 게 좀 있어서."

"진짜 무슨 일 있는 거예요?"

"조세 포탈 혐의로 서울중앙지검에서 조사가 들어왔는데, 그것 때문에 좀 뒤숭숭하네요."

은초가 덩달아 걱정스러운 표정이 되어 물었다.

"괜찮은 거죠?"

"괜찮을 거예요. 아버지를 믿으니까."

수안이 씩 웃으며 답했지만 은초가 무언가 짚이는 게 있는 것 같은 표정을 지었다. 수안이 은초의 생각을 눈치채고선 말했다.

"그 생각을 안 한 건 아니에요."

"설마 진짜 그런 건 아니겠죠? 그보다 그 사람은 기업 수사하고 거리 먼 부서에 있는 걸로 알고 있는데? 도대체 일이 어떻게 되어 가는 거지?"

"나야 모르죠."

"왜 이렇게 태연해요? 진짜 무슨 일 생기면 어쩌려고!"

은초답지 않게 흥분하자 수안이 차분한 목소리로 그녀를

진정시켰다.

"걱정 마요, 은초 씨. 미리 걱정할 필요는 없어요. 나는 우리 아버지가 그렇게 허술하게 회사를 경영했으리라고는 생각지 않거든요."

"그래도……."

수안은 씩 웃었다. 마치 은초에게 모든 일이 다 잘될 거라고 말해 주려는 사람처럼. 그제야 은초도 어느 정도 안심이 됐다.

"그래요. 어디 한번 털어 보라고 해요."

그래 봤자 나오는 건 없을 테니까.

"제길!"

상현이 분통을 터뜨리며 들고 있던 서류를 책상 위로 강하게 내리쳤다. 거의 2주째 수사를 진행하고 있었지만 나오는 게 없었다. 상현이 초조한 표정으로 입술을 강하게 물어뜯었다. 어느 기업이든 구린 구석 하나씩은 있는 법이고, 털면 먼지가 나올 수밖에 없었다.

때문에 연수원 시절부터 형처럼 여기고 지냈던 공정거래조세조사부의 아는 검사에게 테이스티엔젤을 수사해 달라는 부탁한 상태였다.

"이렇게 시간을 오래 끌면 안 되는데."

아무리 털어도 문제가 될 만한 점이 전혀 보이지 않았다. 일이 잘 풀리지 않을 때마다 눈썹을 까딱거리는 특유의 표정을 지으며 상현이 신경질적으로 욕지거리를 내뱉었다.

그때, 바지 주머니에서 진동이 울렸다. 주머니에서 휴대폰을 꺼낸 상현이 화면에 뜬 이름을 보고 미간을 좁혔다.

"여보세요."

찌푸린 얼굴과 달리 입 밖으로 나온 목소리는 부드럽기 그지없었다. 심히 조화롭지 못한 모습을 모르는 사람이 본다면 상현을 이상하게 쳐다볼 정도였다.

이내 휴대폰에서 그리 기껍지 않은 듯한 목소리가 흘러나왔다.

—조만간 수사 종료할 것 같다.

상현이 부탁을 했었던 공조부의 검사였다. 상현은 절대 안 된다며 소리쳤다.

"형, 그게 무슨 소리야? 이거 털면 분명 나와. 세상에 비리 없는 회사가 어디……!"

—설령 그렇다고 하더라도 이제 더 시간 못 끌어.

"도대체 왜……!"

—위에서 지시가 내려왔어. 테이스티엔젤은 더 이상 건들지 말란다. 어차피 웬만해서는 거기 타격 못 줘. 너도 알잖아, 한선그룹이 어떤 곳인지. 자기 계열사가 당하고 있는 걸

본사에서 가만히 보고만 있을 것 같아?

상현의 표정이 빠르게 굳어졌다. 어딘가 짚이는 구석이 있었다.

설마.

"그 위라는 사람이 누구야, 형?"

─그런 것까지 알아서 뭐하게?

갑자기 조심스러워진 기색에 상현이 다급한 목소리로 재촉했다.

"형, 제발. 나 급해."

다급함이 느껴졌는지 휴대폰 너머의 목소리가 잠깐 멎었다가 다시 들려왔다.

─김석훈 의원이 관련돼 있어.

상대방의 대답에 상현은 잘근 입술을 깨물었다.

그렇게 나온다 이거지.

─알지? 검찰 총장이 김 의원하고 죽마고우인 거. 상부에서 직접 지시 내려왔어. 나도 더 이상은 수사 못 해. 내 목줄도 좀 생각해 줘라. 그리고 어차피 나올 것도 없었어.

"……."

─끊는다.

전화가 매정하게 끊어졌다. 상현의 얼굴이 붉으락푸르락해졌다. 결국 그가 화를 못 이겨 휴대폰을 바닥에 집어던졌다.

✳　　　　✳　　　　✳

　여느 날과 비슷한 시간에 출근한 수안은 며칠 전과 비슷한 회사 분위기에 의아해하며 윤영에게 물었다.

　"오늘은 왜 또 회사가 어수선한 거예요?"

　"김 대리님 진짜 회사 소식 모르시는구나? 검찰에서 수사 종료했잖아요."

　"진짜요?"

　"네. 뭐 더 나올 게 없었는지, 오늘 수사 종료됐다고 하던데요?"

　"다행이네요."

　수안이 미소를 지으며 안도의 한숨을 내쉬었다. 태연한 척했지만 걱정했던 게 사실이었으니까.

　그런데 왜 갑자기 수사가 종료된 거지? 만약 배후에 진상현이 있던 거라면 이렇게 쉽게 물러날 리가 없을 텐데.

　점심시간이 되자마자 회사에서 조금 떨어진 경양식 가게에서 은초를 만난 수안은 오늘 자신이 들은 바를 그대로 전했다.

　수안의 말을 다 듣고 난 후, 은초도 믿을 수 없다는 반응을 보였다.

　"정말로 수사가 종료됐다고요?"

"네. 정말로요."

"왜 그렇게 쉽게 끝났지?"

은초의 아리송한 목소리에 수안이 어쩔 수 없었을 거라는 듯 대꾸했다.

"아무리 털어도 먼지 하나 안 나온다면 어쩔 수 없었겠죠, 그쪽도."

"그래도 이렇게 쉽게 물러나니까 좀 불안해요."

"그건 그래요. 마치 누가 하지 말라고 입김이라도 불어넣은 것처럼."

"한선그룹 쪽에서 나선 게 아닐까요? 계열사니까."

"그런가?"

은초가 고개를 갸웃거리던 중에 갑자기 가방 안에서 진동이 들렸다. 확인해 보니 저장하지 않은 번호였다. 하지만 익숙하게 나열된 숫자들에 은초는 인상을 찌푸렸다.

내가 이 인간을 스팸 처리 안 해 놨나?

은초가 단호하게 수신 거절 버튼을 누르자 지켜보던 수안이 의아한 목소리로 물었다.

"누군데 그래요?"

"아는 사람이에요."

"설마 진상현 씨?"

"빙고."

은초가 애써 빙긋 웃으며 휴대폰을 다시 가방 안에 넣으려고 하자 이번에는 문자가 왔다. 상현이었다.

눈살을 찌푸리며 내용도 읽지 않고 삭제하려는데, 우연히 들어온 한 단어가 그녀의 시선을 사로잡았다. 은초가 저도 모르게 중얼거렸다.

"아버지?"

"아버님이 왜요?"

중얼거림에 수안이 궁금해하자 그녀는 얼떨떨한 표정으로 문자를 보여 주었다. 딱 세 줄이 적힌 문자였다.

"아버지 잘 둬서 좋겠다? 네 아버지 덕에 지금은 이렇게 물러나지만 나 절대 포기 안 할 거야. ……이게 도대체 무슨 소리예요?"

"설마 우리 아버지가……."

"김 의원님이요?"

"가능성 없지 않아요. 이번에 부임하신 검찰 총장님이 아버지랑 죽마고우거든요."

"그렇다고 해도 김 의원님이 왜요?"

"그러게요. 그것까지는 저도 잘……."

은초가 잘 모르겠다는 듯한 얼굴로 고개를 갸웃거리다가 가설 하나를 내놓았다.

"설마 우리 사이를 아시는 건 아니겠죠?"

"서, 설마요."

수안이 드물게 당황한 목소리를 내뱉었다.

301

"어떻게 아실 수가 있겠어요. 전혀 방법이 없잖아요."

"엄마가 벌써 말씀드렸을 수도 있죠."

석훈이 자신들의 관계를 알고 있는지는 확실하지 않았지만 적어도 한 가지는 분명했다.

그런 이유조차 없다면 석훈이 굳이 수안의 일에 끼어들 필요가 없다는 거였다.

8. 부녀 상봉

　사방에 울려 퍼지는 관현악단의 연주가 감미로웠다. 은초는 조금 생경한 기분으로 식장 이곳저곳을 둘러보았다. 한 달 후면 자신도 이런 곳에서 결혼을 한다고 생각하니, 기분이 싱숭생숭해졌다.

　정작 결혼하는 건 그녀가 아니었음에도 마치 신부가 된 것 같다는 느낌에 묘한 표정을 지었다. 은초를 바라보던 수안이 웃음기 띤 목소리로 물었다.

　"뭘 그렇게 열심히 봐요? 막 신기하고 그래요?"

　"우리도 곧 이런 데서 결혼할 거 아니에요. 그러니까 뭔가 좀 더 특별하게 느껴지네요."

　설레는 목소리로 대답하는 은초를 귀엽다는 듯 사랑스럽

게 바라보던 수안이 이내 작은 목소리로 속삭였다.

"그런데 신부 대기실에 안 가 봐도 되요?"

"어머, 맞다. 솔지가 기다리겠네요. 같이 가요."

"신부 대기실인데, 내가 가도 돼요?"

"신부 대기실에 안 가 봤어요? 거기도 남자가 득시글거려요. 얼른 가요."

은초가 작게 웃으며 잡아끌자 수안이 하는 수 없다는 듯 그녀를 따라 신부 대기실로 향했다. 대기실 입구에는 신부와 사진을 찍기 위해 기다리는 사람들로 문전성시를 이루고 있었다.

은초는 문 쪽에서 얼쩡거리며 슬쩍 눈치를 보다가 금세 솔지와 눈을 마주쳤다. 그녀가 눈인사를 하자 은초도 손을 흔들어 인사를 받아 주었다.

얼마 지나지 않아 두 사람이 사진 찍을 차례가 되었다. 은초와 수안을 발견한 솔지는 방긋 웃으며 말했다.

"예비 신랑하고 같이 왔어?"

"어. 너 축의금 더 받으라고 데려왔다. 그나저나 오늘 엄청 예쁘네."

은초의 말대로 결혼을 앞둔 신부는 정말 아름다웠다. 거기에는 신부 대기실을 밝히는 포토샵 수준의 조명과 분장에 가까운 화장이 한몫했지만, 그걸 다 차치하고서라도 솔지는 눈이 부실 만한 자태를 뽐냈다. 은초가 조금 먹먹해진 눈빛으로 말했다.

"잘 살아라. 행복하게, 오래오래."

"고마워. 이따가 부케 잘 받을 거지?"

"두 말하면 입 아프지. 너 힘들 텐데 난 사진만 찍고 얼른 나갈게."

말이 끝나기가 무섭게 앞에서 대기하고 있던 사진사가 솔지와 은초를 불렀다. 숫자를 세는 소리와 함께 플래시가 터졌다. 덕분에 살짝 눈을 찡그려 버린 은초가 아쉽다는 표정을 지었다.

그마저 사랑스럽게 쳐다보는 수안을 발견한 솔지가 은초의 귓가에 대고 키득거렸다.

"네 예비 신랑 말이야. 너 보는 눈에서 꿀 떨어지겠다."

은초는 싫지 않은 듯 웃었다. 그러다가 여전히 대기실 밖으로 늘어선 사람들을 보고서 수안과 함께 신부 대기실을 나온 그녀가 사랑스럽게 눈망울을 굴리며 물었다.

"아까부터 왜 자꾸 나만 쳐다봐요?"

"예뻐서."

곧장 나온 모범 답안에 은초가 까르르 웃었다.

"남의 결혼식장에서 이래도 돼요, 우리?"

"아무렴 어때요? 내가 좋다는데."

수안은 빙긋 웃으며 그녀의 이마에 작은 키스를 남겼다.

"자리 없어지기 전에 얼른 들어가요."

사람들이 모인 자리라 평소보다 유독 부끄러워져 부랴부랴 앞쪽 구석진 자리에 앉았다. 얼마 지나지 않아 개식 선언과 함께 솔지의 결혼식이 시작되었다. 솔직히 말하자면 주례는 상당히 따분했다.

와중에 신기했던 건 단상에 선 신부와 신랑의 또랑또랑한 눈동자였다. 저 지루한 주례마저 일생의 가장 중요한 순간으로 여길 만큼 기쁜 걸까? 앞으로 일생을 함께해 나갈 동반자와의 미래를 다짐하는 솔지의 얼굴은 은초가 지금까지 본 그녀의 모습 중에서 가장 아름답고, 또 경건해 보였다.

가늠하기 어려운 시간 동안 계속되었던 주례가 끝나고, 마침내 주인공들이 행진할 차례가 되었다. 솔지는 자신보다 머리 하나가 더 큰 신랑의 손을 꼭 맞잡은 채 벅차오르는 표정으로 버진 로드를 걸어 나갔다.

제가 결혼하는 것도 아닌데 이상하게 눈가가 젖어 드는 은초였다. 수안이 걱정스러운 목소리로 물었다.

"왜 그래요?"

"아뇨, 그냥 나도 곧이라고 생각하니까 뭔가 기분이 묘해져서요."

"우리 결혼할 때는 울면 안 돼요."

괜히 장난스런 말로 자신의 기분을 북돋아 주는 그를 향해 은초는 가만히 미소 지었다. 덕분에 눈물은 쏙 들어가고 감동만이 자리에 남았다.

모든 식순이 끝나고 드디어 포토 타임이었다. 오랜 기다림 끝에 지인들의 차례가 되자 은초는 설레는 표정으로 수안의 손을 잡고 앞으로 나갔다. 솔지의 바로 옆에 선 은초가 사진을 찍기 전 조금 잠긴 목소리로 그녀에게 속삭였다.

"꼭 잘 살아라, 알았지?"

"걱정도 팔자다. 부케나 잘 받아."

대화가 마무리됨과 동시에 사진사가 셔터를 누르는 소리가 들렸다. 이번에는 끝까지 눈을 뜨고 있었던 덕에 은초는 속으로 흐뭇해하며 솔지가 던져 주는 부케를 받기 위해 그녀와 조금 멀찍이 떨어진 곳에 자리를 잡고 섰다.

솔지가 자세를 잡고 부케를 던지자 은초는 마치 1등 당첨 복권이라도 되는 것처럼 필사적으로 달려가 팔을 쭉 뻗어 잡았다. 성공적으로 부케를 잡자 여기저기서 환호성이 터져 나왔다. 뒤늦게 밀려오는 부끄러움에 은초는 그저 웃음으로 인사했다. 어느새 그녀 곁으로 다가온 수안이 킥킥거렸다.

"뭘 그렇게 열심히 잡아요. 그러다 다치면 어쩌려고."

"열심히 잡아야죠. 못 잡았다가 나중에 안 좋은 일이라도 일어나면 어떻게 해요."

"은초 씨 은근히 미신 잘 믿는구나."

"안 좋은 건 미리 대비해서 나쁠 거 없잖아요?"

은초가 씩 웃어 보이며 방금 받아 싱싱한 부케를 만지작거렸다.

"이 꽃 되게 예쁘지 않아요? 이름이 뭘까요?"

"내 앞에 살아 있는 꽃이 있어서 잘 모르겠는데요."

"으악, 오글거려!"

갑작스럽게 빨개진 얼굴을 주체할 수 없었던 은초가 결국 새된 비명을 내지르며 얼굴을 감싸 안았다.

이어지는 피로연까지 모두 마치고 집에 돌아오자 은초의 몸은 말 그대로 파절이가 되어 있었다. 급습하는 피로감에 스스로도 당혹스러워하며 힘없이 중얼거렸다.

"오늘이 토요일이길 망정이지, 일요일이었으면 내일 어떻게 출근해야 할지 생각만 해도 막막해요."

수안이 동감한다는 듯 작게 웃었다.

"오늘은 빨리 자요. 나도 이만 가 볼게요."

"수안 씨."

소파에 늘어져 있던 은초가 작은 목소리로 수안을 불렀다. 그가 의아한 표정으로 뒤돌아보자 은초는 장난스런 미소를 지으며 수안을 향해 손가락을 까딱거렸다. 그는 군말 없이 발걸음을 옮긴 다음 의아한 목소리로 물었다.

"왜요?"

"할 말 있어요. 중요하니까 잠깐 귀 좀 대 봐요."

또 무슨 말을 하려고. 잔뜩 기대한 수안이 입가에 옅은 미소를 지으며 은초의 얼굴 가까이에 귀를 가져갔다. 이어서 들리는 건 사람의 말소리가 아니었다.

쪽.

귓가에 적나라하게 울려 퍼지는 입맞춤 소리에 수안이 작게 웃음을 터뜨렸다. 은초의 얼굴을 확인하자 부끄러워하면서도 대담하게 미소 짓고 있었다. 그가 지지 않겠다는 듯 그녀의 입술에 깊게 입을 맞췄다.

이윽고 한껏 고조된 기분으로 멀어지자 은초의 얼굴은 아까보다 훨씬 더 붉어져 있었다.

"어쩜 결혼 전까지 한 번을 안 건드리네요. 키스도 고작 몇 번밖에 못 한 것 같아."

은초가 부루퉁한 목소리로 불만을 표하자 수안이 은근한 눈빛으로 그녀에게 물었다.

"나름 지켜 주려고 노력하는 건데, 싫어요?"

"아니요."

은초가 바스스 웃으며 고개를 저었다. 그는 두고 보라는 듯 장난스럽게 말을 뱉었다.

"기다려요. 결혼하면 나도 더 이상 안 참을 거니까."

"기대할게요."

잔뜩 빨개진 채 순진무구한 얼굴로 그런 말을 하면 어쩌자는 건데. 수안이 낮게 소리 내어 웃으며 은초의 이마에 입맞춤을 남겼다. 이어서 귓가에도 달콤한 속삭임이 들려왔다.

"잘 자요."

"수안 씨도."

은초가 말간 웃음을 지으며 그를 배웅했다. 수안은 얼른 가라고 그녀가 눈치를 줄 때서야 겨우 발걸음을 옮겼다.

쿵.

곧이어 들린 문이 닫히는 소리에도 은초는 한참 동안 미소를 지우지 않고 있었다.

❈ ❈ ❈

다시 돌아온 주말의 점심때쯤, 은초는 수안과 함께 부모님을 만나러 본가로 향했다. 무려 5년 만의 방문이라 혹시라도 아버지가 자신과 수안을 문전박대하면 어쩌나 걱정했지만 다행히 석훈은 그렇게까지 매몰찬 사람이 아니었다.

대문에 달린 초인종을 누르자 예전과는 다른 가사도우미가 은초를 맞이하러 바깥까지 나와 주었다. 그녀는 어색한 표정을 지으며 집 안으로 들어갔다.

예나 지금이나 별로 달라진 풍경이 없는데도 은초는 긴장이 되어 수안과 맞잡은 손에 힘을 주었다. 수안은 안심시켜 주기 위해 은초의 손을 부드럽게 감싸 쥐었다. 노력이 헛되지 않았는지 그녀의 아귀힘이 느슨해졌다.

"왔구나."

집 안으로 들어서자마자 석훈이 건넨 인사에 은초는 참 아버지답다고 생각하면서도 몇 년 동안 못 본 딸에게 하는 인사라고 생각하니 서운했다. 그러한 기색을 전혀 드러내지 않은 채 짧게 대답했다.

"네."

덩달아 은초도 무슨 말부터 먼저 꺼내야 할지 머뭇거리다가 수안을 소개했다.

"엄마한테 들으셨는지 모르겠지만 곧 저랑 결혼할 남자예요."

말없이 수안을 쳐다보고 있던 석훈을 잡아끈 건 주현이었다. 그녀가 차분하게 남편을 타일렀다.

"여보, 그러지 말고 일단 밥부터 들어요. 왜 애들을 거실에 세워 두고 그래요."

다소 어색했던 분위기가 단번에 정리되었다. 주현을 따라 주방으로 이끌려 온 수안은 상다리가 부러지도록 차려진 음식들을 보고 김 의원 내외가 딸을 여전히 신경 쓰고 있는 게 분명하다고 판단했다. 하긴 하나뿐인 딸이니 당연했다.

수안은 자신의 앞에 놓인 공깃밥을 처리하는 데 최선을 다해 임했다. 원래 어른들은 잘 먹는 사람을 좋아한다고 들었다. 예상대로 수안이 먹는 모습을 바라보던 주현이 흐뭇한 목소리로 말했다.

"잘 먹네요. 입에 맞아요?"

"네, 장모님. 맛있습니다."

말하고 나서 슬쩍 석훈의 눈치를 보았다. 설마 벌써부터 장모님이라고 불렀다고 면박을 줄까 봐 걱정했지만 다행히 그런 기색은 보이지 않았다. 석훈은 무슨 생각을 하고 있는 건지 알 수 없는 표정으로 딸과 예비 사위에게 이따금 눈길만 줄 뿐이었다. 그건 제 옆에 앉아 있는 은초도 마찬가지였다.

침묵 속에 식사를 마치고서 네 사람은 거실에 모여 앉아 과일을 먹었다. 주현은 가족 관계를 포함해 수안에게 이것저것 물어보았지만 석훈은 입을 꾹 다문 채 아무 말도 하지 않고 있었다. 사과를 다 먹을 때쯤이 되어서야 드디어 그가 입을 열었다.

"결혼하고 나면 집은 어떻게 할 생각인가."

"네?"

갑작스런 질문에 수안이 당황하며 되묻자 석훈은 여전히 표정에 변화를 보이지 않은 채 다시 물었다.

"말 그대로 결혼하고 나면 어디서 살 생각이냐고 물었네."

"아, 회사 근처에 괜찮은 아파트가 있어 거기서 살 생각입니다."

"둘이서?"

그럼 신혼 생활을 둘이서만 하지, 셋이서도 할 수 있는 건가?

또다시 혼란스러워진 수안에게 석훈이 다시 한번 쐐기를

박았다.

"내 말은 딸아이가 시부모님을 봉양하면서 살아야 하는지, 이 말하는 걸세."

"아."

그제야 석훈의 의도를 파악한 수안이 멋쩍은 웃음을 흘린 후 답했다.

"그런 걱정이라면 넣어 두십시오, 장인어른. 오히려 저희 부모님이 오히려 먼저 분가를 제안하셨으니까요."

수안의 대답을 들은 석훈이 잠시 생각에 잠겨 있다가 입을 열어 은초를 불렀다.

"잠깐 나 좀 보자."

은초는 머뭇거리며 수안을 쳐다보다가 그가 나직이 미소 짓는 걸 보고서야 자리에서 몸을 일으켜 석훈을 따라 서재 안으로 들어갔다.

마주 앉은 두 사람은 막상 서재 안에서조차 말이 없었다. 석훈은 살가운 성격도 아니었을 뿐더러, 설령 하고 싶은 말이 있다고 해도 워낙 말주변이 없어 꺼내기조차 어려워하는 사람이었다.

아버지의 성격을 누구보다 잘 알고 있던 은초는 결국 자신이 먼저 입을 열기로 결정했다.

"말씀하시고 싶은 게 뭔데요?"

"잘 지냈냐."

생각했던 것보다 소박한 질문에 그녀가 조금 부루퉁한 표정으로 답했다.

"5년 동안 연락 한 번 없으셨던 것치고는 부적절한 질문 같네요."

"잘 살고 있다는 건 대충 네 어미를 통해 들었다. 한선의류에 입사했다는 것도 소식 들어 알았고."

"늘 제 소식을 거쳐서 들으시네요, 아버지는."

은초가 서운한 목소리를 내뱉자 석훈은 물끄러미 그녀를 바라보다가 말의 여운이 채 가시기도 전에 다시 입을 열었다.

"잘 지내고 있고?"

"네. 잘 지내지 못했으면 수안 씨도 데려오지 않았겠죠."

말을 마친 은초가 입술을 달싹였다가 조심스레 물었다.

"아버진…… 잘 지내셨어요?"

그는 지역구 재선에 성공해 현재는 3선 의원으로 승승장구하는 중이었다. 물론 석훈은 그녀의 질문이 다른 의미를 내포함을 알고 있었다.

"그럭저럭 잘 지냈다. 딸자식이 연락 한 번 안 한 걸 빼면."

"……"

"행복해 보이는구나."

"네, 행복해요."

"날 원망하니?"

오랜만에 엄마와 재회했을 때와 비슷한 패턴으로 대화가 흘렀다. 부부로 함께 산 지 30년에 가까운 세월을 무시할 수는 없을 터였다. 그녀가 천천히 고개를 가로저었다.

"이제는 안 해요."

"……."

"굳이 원망해야 할 필요가 없어졌거든요."

조금 늦어지긴 했지만 결과적으로 그녀가 원했던 것을 손에 넣었다. 원하는 공부를 끝마쳤고, 꿈꿨던 일을 하고 있었으며, 사랑하는 사람과 결혼을 앞두고 있었다. 여기까지 온마당에 지나간 일에 대한 원망이나 한탄이 무슨 소용이 있을까.

석훈도 그녀의 심정을 이해했는지 나직이 대꾸했다.

"그렇구나."

은초가 천천히 고개를 들어 올려 자신의 아버지를 쳐다보았다. 아버지를 보지 못했던 세월 동안 변한 것이 없을 것이라고 생각했지만 알게 모르게 5년 전보다 훨씬 유한 성품을 갖게 된 것 같았다. 새삼 깨달은 은초가 부드러운 목소리로 말했다.

"좋은 사람이에요, 수안 씨."

"알고 있다."

"저……."

은초가 머뭇거리다 그전부터 궁금했던 것을 물었다.

"혹시 아버지세요?"

"뭐가 말이냐."

"그 사람 회사."

은초가 떨리는 목소리로 말을 이었다.

"세무 조사가 급하게 마무리되었다고 들었어요. 혹시 아버지가 손쓰신 건가요?"

"……."

석훈은 대답하지 않았지만 침묵이 긍정을 뜻하고 있다는 걸 은초가 모를 리 없었다. 그녀가 확신하며 말을 이었다.

"역시 아버지셨군요."

"실망했냐."

"아뇨. 그럴 리가요."

석훈은 잠시 고민하는 듯하더니 솔직하게 털어놓기 시작했다.

"네가 결혼하고 싶은 사람이 생겼다는 소식을 네 엄마에게서 전해 들어 알고 있었다. 때마침 검찰 총장과 식사하는 자리에서도 우연히 얘기가 나왔었지. 김 사장이야 워낙 업계에서 신망이 두터운 사람이라 혹시나 해서 자세히 물어봤는데, 애초에 보여 주기 식이라는 보고를 받았다고 하더구나. 행여나 너희 앞길에 방해가 될까 싶어 문제 되지 않는 선에서 마무리를 조금 앞당겨 달라고 했다."

마치 남 일처럼 무덤덤하게 내뱉은 말속에서 전하고자 하는 마음이 느껴졌다.

"감사해요, 아버지."

"……."

"이 말씀을 드리고 싶었어요."

"살다 보니 네게 그런 말도 다 듣는구나."

석훈의 말에 은초가 이번에는 화사하게 웃어 보였다.

"잘 살게요."

"……."

"자주는 힘들겠지만 가끔 찾아뵙기도 하고요."

"그래."

석훈이 이만 나가 보라는 손짓을 하자 은초는 방긋 웃어 보인 뒤 방을 나섰다. 홀로 남겨진 서재 안에서 석훈은 무언가를 골똘하게 생각하는 표정을 지었다.

이만 가 보겠다는 말에 주현은 어서 가라고 등을 떠밀면서도 내심 아쉬워하는 기색을 보였다. 그걸 귀신같이 눈치챈 은초가 마지막으로 떠나기 전, 주현을 조심스럽게 안으며 속삭였다.

"자주 올게요."

"그래. 고맙다."

주현이 하는 수 없다는 듯 미련 남은 눈동자를 애써 돌리며 딸을 배웅했다. 그때까지 아무 말도 없던 김 의원이 갑자기 수안을 불렀다.

"김 서방."

갑작스런 호칭에 놀란 수안은 순간적으로 할 말을 잃었지만 금세 정신을 차리고선 넙죽 대답했다.

"네, 아버님."

"우리 딸, 잘 부탁하네."

짧은 문장이었지만 많은 뜻이 담겨 있다는 걸 수안은 직감적으로 알 수 있었다. 당부와도 같은 말에 수안이 걱정하지 말라는 듯, 석훈과 눈을 맞추며 작게 미소 지었다.

"은초 씨랑 저, 잘 살겠습니다. 너무 걱정 마세요, 장인어른."

그가 무겁게 고개를 끄덕이자 수안도 옅게 웃어 보이며 인사했다.

그길로 두 사람은 본가를 나서서 수안의 차를 타고 집으로 출발했다. 은초는 집으로 향하는 길 내내 아무 말도 하지 않고 창밖만 멍한 표정으로 보고 있었다. 수안은 심란할 그녀의 마음을 이해해 집에 갈 때까지 아무런 말도 걸지 않고 그저 운전에만 집중했다.

집에 도착해서야 수안이 은근슬쩍 입을 열었다.

"아버님, 좋으신 분 같더라고요."

"글쎄요."

은초는 두루뭉술하게 대답하며 생각했다. 많이 유해지셨지만 솔직히 집을 나올 때의 일을 떠올리면 확신이 들진 않았다. 하지만 오늘을 생각하면 썩 나쁘지는 않은 것 같았다.

"나쁘신 분은 아니시죠."

그것만큼은 확실했다. 만약 아버지가 정말로 그런 사람이었다면 가출한 딸을 어떻게든 찾아 당신 뜻을 밀어붙였을 터였다. 은초는 소파에 앉아 피곤한 표정으로 눈을 감으며 말했다.

"그럼 이걸로 부모님들 허락은 다 받은 거네요."

"우리 이제 혼수 준비하고 상견례만 하면 되나?"

"결혼 준비가 그렇게 쉬운 건 줄 알아요?"

은초가 턱도 없다는 목소리로 중얼거렸다.

"예식장도 잡아야 하고 드레스, 메이크업, 신혼여행. 하여튼 준비할 거 엄청 많아요. 괜히 솔지가 회사까지 그만둔 게 아니라니까."

"안 그래도 어머니가 혹시 결혼 준비할 때 도울 일 있으면 언제든 말하랬어요. 장모님께도 말씀드리면 흔쾌히 도와주실 것 같은데, 두 분 도움을 받는 건 어때요?"

"나야 좋죠. 일이 확연히 줄어드니까. 어머님들이 눈이 없으신 분들도 아니시니 잘해 주실 것 같네요."

은초가 좋다는 목소리로 대꾸하자 그녀 옆으로 수안이 느릿하게 걸어와 앉았다. 은초가 자연스럽게 그의 어깨에 머리를 기대자 수안은 휘핑크림 같이 부드러운 목소리로 물었다.

"많이 졸려요?"

"응."

"아까 침대 보러 가자면서요."

은초는 은근슬쩍 그의 무릎 위로 머리를 쓰러뜨리며 자는 척을 했다. 그러더니 수안의 배에 머리를 묻으며 잠에 취한 목소리로 중얼거렸다.

"내일 가요, 내일……."

말을 마치기가 무섭게 거실에 고른 숨소리가 퍼져 나갔다. 곤히 잠든 은초를 사랑스럽게 내려다보던 수안이 그녀의 둥그런 이마에 작게 입을 맞추며 속삭였다.

"내 꿈꿔요, 은초 씨."

은초는 철이 들었을 때부터 결혼에 대한 환상을 모조리 없애 버렸다. 당시 그녀에게 있어 결혼이란 그저 지긋지긋한 집 안에서 벗어날 수 있는 유일한 탈출구였다. 또래 소녀들이 흔히 생각해 볼 법한 신혼여행에 대한 로망 같은 것들은 그녀와 그다지 관련이 없는 것이었다.

이러한 생각은 의상학과로 진학하고서부터 점차 변화해 수안을 만난 뒤 정점을 찍었다. 그와 교제한 것도 그리 긴 시간은 아니었기에 구체적인 상상을 해 본 적도 없었다. 결국 그녀가 본격적으로 신혼여행에 대한 로망을 꽃피우기 시작한 것은 수안과 결혼 이야기가 나오고서부터였다.

"수안 씨, 우리 지금 가장 중요한 신혼여행지가 미정이에요."

은초가 난감한 표정으로 한숨을 푹 내쉬었다.

"신혼여행지는 은초 씨가 가고 싶은 곳 어디든지 괜찮다고 했었는데, 혹시 가고 싶은 곳이 너무 많은 거예요?"

그것도 이유 중 하나였지만 가장 중요한 부분을 차지하는 건 아니었다. 은초가 고개를 작게 저으며 대답했다.

"그것도 틀린 말은 아닌데, 중요한 건 따로 있어요."

"말해 봐요."

그가 턱을 괴고서 자상한 표정으로 은초를 쳐다보았다. 아, 위험하다. 시선에 살짝 얼굴을 붉힌 은초가 헛기침을 두어 번 하고서 설명을 시작했다.

"어쨌든 이건 당신과의 첫 여행인데, 어디로 정해야 후회가 없을지 모르겠어요."

다른 어떤 것들보다 그와 가장 가까이서 함께하는 일이었다. 평생에 남을 신혼여행이자 그와의 첫 여행이기도 했다. 그러니 제 마음대로 여행지를 정하는 것 자체가 쉽지 않았다. 남들은 무슨 신혼여행지 하나로 유난이라고 할 수도 있겠지만 적어도 은초는 그러했다.

그녀의 마음을 알겠다는 듯 수안이 예쁘게 미소 지었다. 그 역시 마찬가지였다. 은초와의 모든 처음이 특별하게 느껴졌고, 모든 순간이 아름답게 느껴졌다.

"내가 잘못 생각했네요. 그럼 우리 같이 정해요. 은초 씨 혼자 정하는 것보다 시간도 덜 들고, 만족감은 더 할 것 같은데."

다정하게 묻는 수안을 향해 은초는 만족스럽다는 듯 빠르게 끄덕여 보였다.

두 사람은 함께 컴퓨터 앞에 앉아 신혼여행지를 찾기 시작했다. 생각보다 지구는 넓었고 여행갈 곳은 많았다. 그럼에도 막상 여행지로 갈 곳을 고르려니 마땅한 장소가 잘 보이지 않았다.

검색에 매진한 지 세 시간쯤 지났을 때, 은초의 눈에 사진 한 장이 들어왔다.

"와, 여기 어때요?"

수안이 호기심 어린 표정으로 컴퓨터 화면을 들여다보았다. 예쁜 호수의 전경이 눈에 들어왔다. 호수를 알아본 수안이 반갑게 소리쳤다.

"어? 여기 슬로베니아 아니에요? 블레드 호수."

"네. 여기 너무 예쁘지 않아요?"

마치 황홀경에 빠진 듯한 은초의 목소리에 수안이 낮게 소리 죽여 웃었다.

"여기 마음에 들어요?"

"수안 씨는요?"

"은초 씨만 좋다면 나도 좋아요."

수안은 곧바로 설명을 덧붙였다. 혹 그녀가 성의 없다고 느낄 수도 있겠다는 생각이 들어서였다.

"한 번도 가 보진 못했는데 부모님이 예전에 다녀오셨었거든요. 결혼 20주년 기념해서. 괜찮았다고 하시더라고요."

은초가 잘됐다는 듯 함박웃음을 지으며 들뜬 표정으로 말했다.

"그럼 우리 여기로 해요. 참, 크로아티아가 근처에 있던데. 시간 나면 거기도 갈까요?"

"나 아직 월차 남았어요. 더 쓸까요?"

"그럼 나중에 힘들지 않겠어요?"

"괜찮아요."

사실 100% 괜찮은 건 아니었지만 상관없었다. 중요한 건 둘이서만 보내는 시간이 늘어난다는 점이었으니까. 그녀가 더 행복할 수 있다면.

"나도 은초 씨랑 시간을 많이 보낼수록 좋으니까."

"진짜요?"

은초의 미소가 짙어졌다. 그가 부드럽게 고개를 끄덕이며 추가적으로 물었다.

"또 뭐 하고 싶은 거 없어요?"

"일단은 이 정도만. 다른 건 이제부터 준비해야죠."

"그래요. 힘들까 봐 걱정이네."

수안이 다정한 눈빛을 보내며 은초의 머리를 쓰다듬어 주자 그녀가 기분 좋은 미소를 지었다.

"안 힘들어요. 좋은 일 준비하는 건데, 뭐. 수안 씨랑 같이 하는 거고."

"나랑 같이 해도 힘든 건 힘든 거니까."

"그럼 요리 좀 해 줘요."

은초가 오랜만에 애교를 부리자 수안이 그보다 더 귀여울 수는 없다는 듯 경이로운 표정을 지었다.

"배고파요?"

"조금?"

"좋아요. 오늘은 내가 실력 발휘 좀 해 보죠."

"매번 하면서."

은초가 눈살을 곱게 접으며 웃었다. 물론 요즘은 자신도 곁눈질로 배우지만 어쨌든 수안이 요리하는 횟수가 더 많긴 했으니까. 그녀가 설레는 표정으로 발까지 동동 굴렀다.

"기대할게요, 예비 신랑님."

＊　　　＊　　　＊

두 사람은 결혼 준비로 정신없이 바쁜 나날을 보냈다. 그중에서도 오늘은 다른 날보다 특별히 의미 있는 날이었는데, 식장에서 입을 드레스를 고를 차례였다.

은초는 솔지와 함께 아침 일찍 드레스 숍을 찾았다가 오후에 수안의 본가를 방문할 예정이었다. 당초 목표는 수안과 함께 드레스를 고르는 것이었지만 그가 잔업으로 토요일에도 근무하는 바람에 솔지와 함께 갈 수밖에 없었다.

차르륵.

커튼이 젖혀지는 소리와 함께 하얀 웨딩드레스를 입은 은초가 모습을 드러냈다. 흐뭇한 표정으로 지켜보던 솔지가 이내 흡족한 목소리로 말했다.

"여기 오길 잘했다, 야. 너 지금 엄청 예뻐."

은초의 휴대폰 카메라로 그녀를 열심히 찍으며 솔지가 연신 '예쁘다'라는 말을 중얼거렸다. 본디 칭찬에 인색하던 솔지가 적극적으로 반응하자 은초도 괜히 의기양양해진 기분이었다. 그녀가 슬쩍 웃으며 직원에게 물었다.

"이 드레스, 괜찮나요?"

"방금 전에 입으셨던 디자인보다 이게 더 잘나가요, 신부님. 가슴은 부각돼 보이고, 허리는 좀 더 잘록해 보일 수 있도록 만든 디자인이라 신부님들이 많이 찾으세요."

확실히 그런 것 같았다. 전면이 거울로 되어 있는 벽에 자신을 비추어 보니, 평소보다 몸매가 더 좋아 보이는 듯한 착각을 불러일으켰다. 은초는 다양한 포즈를 취해 보며 제 모습을 감상했다. 그녀를 지켜보던 솔지가 물었다.

"그게 마음에 들어?"

"어. 난 이게 좋다. 그런데 수안 씨는 어떨지 모르겠네."

"사진 보내면 되지. 무슨 걱정이야."

"그럴까? 네가 대신 보내 줘."

그녀의 지령에 따라 솔지가 사진을 첨부한 문자를 수안에게 보냈다. 기다리고 있었던 건지 곧바로 온 답장은 말로 옮기기조차 상당히 민망할 정도로 은초에 대한 칭찬 일색이었다. 솔지는 그녀에 대한 수많은 미사여구들을 단 한마디로 함축시켰다.

"그걸로 하자."

"예쁘대?"

"어. 엄청 예쁘단다. 아프로디테가 사람으로 태어난 것 같대."

말만 전하는 것인데도 오히려 제가 부끄러워진 솔지는 설레설레 고개를 저었지만 은초는 듣자마자 마냥 신나 하는 표정이었다. 뭐니 뭐니 해도 신랑에게 예쁘다는 말을 들으니 아주 좋아 죽을 것 같나 보다.

결코 밉지 않은 표정으로 은초를 바라보던 솔지도 이내 피식, 웃음을 터뜨렸다.

웨딩드레스는 속전속결로 결정되었다. 애초에 귀찮은 걸 좋아하지 않는 그녀였으므로 어찌 보면 당연한 결과였지만 숍 직원들은 상당히 놀라워했다. 자신들이 본 신부들 중에 가장 빨리 드레스를 골랐다나. 하지만 그보다 마음에 드는 것은 또 찾을 수 없을 것 같았다.

은초는 나름 만족스러운 선택이었다고 생각하며 솔지를 보내고서 수안에게 전화를 걸었다. 몇 번의 연결음 끝에 수안이 전화를 받았다.

"수안 씨, 어디에요?"

—나 지금 일 끝나고 그리고 가고 있어요.

"아, 정말요? 나 지금 다 끝나서 나와 버렸는데 어쩌죠? 옆에 있는 카페에서 기다리고 있어도 되죠?"

—당연하죠. 혹시 감기라도 걸리면 큰일이니까 얼른 따뜻한 곳으로 들어가 있어요.

아직 10월 말이었다. 추운 날씨는 아니었지만 은초는 수안의 배려가 고맙게만 느껴졌다. 수안의 말대로 은초는 얼른 카페 안으로 들어가 카라멜 마키아토 한 잔을 주문했다.

흰색 도자기 머그컵에 담긴 카라멜 마키아토가 바닥을 드러낼 때쯤 수안이 카페 안으로 들어섰다. 은초는 활짝 웃으며 자리에서 일어났다.

"생각보다 일찍 왔어요."

"열심히 밟았죠, 우리 예비 신부님 보려고."

코코아보다 달콤한 목소리로 속삭인 수안이 그녀의 손을 부드럽게 잡았다. 은초도 배스스 웃으며 그보다 손힘을 더 세게 쥐었다.

"어머님이랑 아버님께 지금 간다고 말씀드렸죠?"

"네, 오면서 통화했어요."

"잘했어요. 기다리시겠다. 얼른 가요."

은초의 재촉 아닌 재촉에 기분이 좋아진 수안이 알았다고 대답하며 그녀의 머리를 살짝 쓰다듬었다. 이제는 시도 때도 없이 머리를 만져 대는 그가 은초는 못 말린다는 듯 작게 웃었다.

"어른들 앞에서는 이러면 안 되는 거 알죠?"

"우리 부모님은 오히려 좋아하실 텐데."

"그래도 안 돼요. 내가 부끄러워."

은초가 작게 얼굴을 붉히며 흘겨보았지만 수안은 그마저도 귀엽게 느껴다는 듯 살포시 미소 지으며 못 이기는 척 고개를 끄덕였다.

아, 지금도 이렇게 귀여워서 죽겠는데 본가에 가면 어떻게 참을 수 있을지 걱정이었다.

예비 며느리가 온다는 소식에 미령은 아침부터 분주하게 움직였다. 까다롭지 않은 시어머니라는 인상을 주기 위해 화장도 최대한 연하게 하고, 점심도 손수 준비했다. 선태가 미령을 보며 조금 못마땅한 목소리로 말했다.

"여보, 너무 무리하는 거 아니에요?"

"우리 며늘아기가 온다는데, 이 정도는 해야죠."

며느리 사랑은 시아버지라던데 제집은 어째 반대였다. 나쁠 것도 없어 선태는 차라리 다행이라고 생각했다. 동시에 아침부터 너무 무리하는 것 같은 아내가 걱정되는 것도 사실이었다.

딩동.

그때 초인종이 울리자 미령이 당황한 목소리로 소리쳤다.

"어떡해! 아직 준비가 덜 끝났는데."

그렇다고 손님을 기다리게 할 수도 없는 노릇이었다. 미령은 앞치마도 벗지 못한 채 현관으로 가 문을 열었다. 그러자 옛날에 봤던 것과 전혀 달라지지 않은 모습의 은초가 시야에 들어왔다. 예비 며느리를 본 미령의 얼굴에 미소가 어렸다. 그녀와 선태가 다정한 목소리로 두 사람을 반겼다.

"어서 와요, 은초 씨."

"오느라 고생했어요."

"오랜만에 뵙습니다. 김은초라고 해요."

정중하게 인사한 은초는 미령의 손에 이끌려 집 안으로 들어왔다. 그녀는 조금 신기한 눈으로 집 이곳저곳을 둘러보았다. 꽤나 넓은 구조라 당연히 있을 거라 생각한 가사도우미는 보이질 않았다. 그럼에도 사람의 온기가 느껴지는 게 자신의 집과는 대조적인 분위기였다.

"맛있는 냄새가 나요."

"은초 양이 온다고 신경 많이 썼거든요."

잠시 후 미령이 난처한 목소리로 덧붙였다.

"그런데 어쩌지? 이렇게 일찍 올 줄은 몰랐어요. 아직 준비가 덜 끝났는데."

"제가 도와 드릴게요, 어머님."

은초가 쾌활하게 말했지만 미령은 단호하게 거절했다.

"그럴 수는 없죠. 어쨌든 오늘은 손님으로 온 건데요. 잠시만 거실에서 기다리고 있어요."

미령이 한사코 거절하자 은초는 더 이상 말이 길어지는 것도 예의가 아니라고 생각해 가만히 고개를 끄덕였다. 은초와 수안은 거실 소파에 앉아 도란도란 대화를 나누며 기다렸다.

주방으로 들어가는 아내의 뒷모습을 빤히 바라보던 선태도 금방 뒤를 따랐다.

"내가 도울 건 없어요?"

"이것만 하면 돼요. 신경 쓰지 말고 들어가 계세요."

미령이 발랄하게 웃으며 대답하니 선태도 더 이상 할 말이 없어졌다. 그가 하는 수 없이 뒤돌아 나가려는데, 무언가 깨지는 소리와 함께 미령의 비명 소리가 들렸다.

"꺄악!"

"여보!"

선태가 얼른 다시 뒤를 돌아보니 접시 하나가 산산조각 난 채 깨져 있었다. 그가 잔뜩 굳은 표정으로 아내에게 급히 소리쳤다.

"얼른 떨어져요, 얼른!"

미령이 깨진 곳에서 멀찍이 떨어지자 선태가 재빨리 고무장갑을 낀 채 잔해들을 치우기 시작했다. 괜히 혼자 다 한다고 나서서 사달이 난 것 같아 미령은 미안한 마음이 들었다.

"여보, 내가 해도 되는데……."

"위험해서 절대 안 돼요. 당신은 여기 올 생각하지 말고 거실에서 TV나 보고 있어요. 알겠죠?"

다정한 남편의 목소리에 미령이 하는 수 없이 고개를 끄덕이면서도 웃음이 나왔다. 연애 때부터 늘 제게 자상하더니, 30년이 지난 지금까지도 여전했다. 미령은 아들이 꼭 제 아버지를 닮았으면 했다.

"어머니, 무슨 일이세요?"

소리를 들은 은초와 수안도 뒤이어 주방으로 달려왔다. 은초는 고무장갑을 끼고 있는 시아버지의 모습에 다소 놀란 표정을 지었다.

"어머님, 아버님! 괜찮으세요?"

"괜찮아요. 금방 치우니까 일단 앉아요."

한참 어린 그녀에게 존칭을 쓰며 고무장갑을 낀 채 깨진 그릇 조각들을 치우는 선태의 모습은 가부장적인 집안에서 자라온 은초가 보기에는 퍽 신기한 광경이었다. 그녀는 새삼 부러움을 느끼며 식탁에 앉았다.

이윽고 상다리가 부러질 것 같은 진수성찬이 차려졌다. 수안이 죄송스러운 목소리로 미령을 걱정했다.

"어머니, 혼자 준비하시느라 힘드셨을 텐데……."

수안의 말에 더욱 놀란 은초가 당황한 목소리로 물었다.

"이걸 어머님께서 직접 다 하신 거예요?"

은초의 질문에 미령이 부끄러운 듯 살짝 얼굴을 붉히며 고개를 끄덕였다. 은초는 놀라운 표정을 감추지 못했다.

"이렇게까지 하지 않으셔도 되는데. 제가 죄송해요, 어머님."

"어머, 아니에요. 은초 양이 미안해할 게 뭐가 있어요. 그저 내가 우리 아들하고 예비 며느리를 많이 먹이고 싶어서 욕심 부린 거지. 은초 양이 미안해할 필요 하나도 없어요."

미령의 말에 은초는 가슴이 뭉클해졌다. 마음속으로 다시 한번 감사를 표하며 숟가락을 들었다. 이미 반찬을 먹은 적이 있어서 알고 있었지만 미령의 요리 솜씨는 혀를 내두를 정도로 뛰어났다.

은초가 감격한 목소리로 미령에게 물었다.

"저 나중에 어머님한테 요리 배워도 될까요?"

오히려 감동한 사람은 미령이었다. 요즘 젊은 사람들은 시어머니와 만나는 것조차 별로 좋아하지 않는다고 들었는데, 이렇게 먼저 다가와 주니 미령으로서는 환영할 일이었다. 그녀도 말간 미소를 지으며 대답했다.

"나야 언제든 환영이죠. 고마워요, 은초 양."

이후로 화기애애한 식사 시간이 지나가고, 네 사람은 과일을 먹으며 깊은 대화를 나누었다. 가볍게 신혼여행지는 어디로 결정했냐는 질문부터 자산 관리에 관한 문제까지.

그러다가 자연스럽게 은초가 하고 있는 일에 대한 이야기도 나왔다. 자신이 결혼하고 나서도 계속 일하는 것에 대해 시부모님이 부정적인 반응을 보이실까 봐 내심 걱정했지만 기우에 불과했다. 오히려 요즘 같은 시대에는 맞벌이가 필수라며 그녀를 치켜세우기까지 하는 미령에 은초는 저도 모르게 미소가 흘러나왔다.

한없이 수다를 떨다 보니 순식간에 시간이 흘렀다. 결국 두 사람은 한밤이 되어서야 서울로 돌아왔다. 샤워 후 은초의 집을 다시 찾은 수안은 제 무릎을 베개 삼아 누운 그녀를 사랑스럽게 쳐다보며 소감을 물었다.

"어땠어요, 오늘? 많이 피곤했죠. 혹시 곤란한 질문 같은 거 있었어요?"

그의 질문에 은초는 고개를 저었다. 피곤하다는 생각이 들지 않았을 정도로 그의 부모님과 보낸 시간들이 즐겁게만 느껴졌다. 적어도 시댁 살이 하느라 고달플 일은 없겠다고 생각하며 은초가 나긋한 목소리로 대답했다.

"난 두 분 다 좋으셨어요. 아마 우리나라에서 제일 좋은 시부모님들일 거야."

"그 말, 두 분이서 들으셨다면 진짜 좋아하셨네요."

수안이 나직한 목소리로 속삭이듯 말하며 그녀의 이마에 입을 맞추었다. 쪽, 짧은 키스와 함께 은초의 눈이 감겼다. 잠깐 동안 아무 행동도 하지 않은 채 눈만 감고 있던 은초가 다시 입을 열었다.

"그리고 나 소원 생겼어요."

"무슨 소원이요?"

"나도 나중에 어머님이랑 아버님처럼 나이 들고 싶어요."

적은 나이가 아니었음에도 시부모님의 관계는 돈독해 보였다. '금실이 좋다'라는 말이 절로 생각날 정도로 서로에게 다정하고 달콤했으며 또한 따뜻했다.

수안의 성격은 분명 아버지에게서 물려받았을 것이라고 단언하며 은초가 수줍게 그를 불렀다.

"수안 씨."

"왜요?"

"사랑해요."

새삼 부끄러워 은초가 쿡쿡 웃고 있는데 갑작스럽게 수안의 붉은 입술이 다가왔다. 그러자 은초도 팔을 뻗어 수안을 끌어당기며 더욱 깊게 입 맞추었다.

"하아. 내가 더 사랑해요, 은초 씨."

사탕보다도 달콤한 그의 입술을 맛보며 그녀는 속으로 생각했다. 이 남자와 함께할 앞으로가 정말로 기다려진다고.

"수안 씨, 어떻게 하죠. 나 너무 떨려요."

장롱을 활짝 열어 놓고 은초가 호들갑을 떨며 옷을 고르고 있었다. 무슨 패션쇼라도 나가는 사람처럼 비장한 표정으로 눈을 굴리고 있자 은초를 가만히 지켜보던 수안이 한마디 던졌다.

"뭘 입어도 예쁜데요."

"수안 씨 말은 믿을 수가 없어요! 뭐만 하면 다 예쁘대."

은초가 울상을 지으며 불평했다.

"처음으로 다 같이 만나 뵙는 자리잖아요. 양가 어르신들께 예쁘게 보이고 싶어요, 정말로."

오늘은 상견례가 있는 날이었다. 시부모님을 처음 뵙는 자리는 아니었지만, 나름 격식 있는 자리인 만큼 신경 써야 했다. 무난하게 정장을 선택한 수안은 일찌감치 준비를 마치고 은초의 의상 선택을 돕고 있었다.

"그냥 이 보라색 원피스 입어요. 이게 제일 예쁘네요."

"역시 이게 제일 무난하겠죠?"

수안의 말을 듣고 옷걸이에서 원피스를 꺼낸 은초가 멀뚱하니 그를 쳐다보았다. 수안이 무슨 문제라도 있냐는 듯 어깨만 으쓱이자 은초가 단호하게 명령했다.

"나가요."

고개를 끄덕이고 나가려던 수안이 다시 뒤돌아 능청스럽게 물었다.

"그냥 여기 있으면 안 돼요?"

"아, 내가 못살아."

은초가 참지 못하고 웃음을 터뜨리면서도 그를 방 밖으로 밀어냈다.

"우리 아직 부부 아니거든요."

"곧 부부 될 사인데."

수안이 서운한 어조로 말했다. 은초가 단호하게 다시 한 번 선을 그으려 입을 열자마자 말캉한 무언가가 입안으로 들어왔다. 순간 당황한 그녀가 얼음처럼 굳었지만 그도 잠시였다. 잠시 후 오히려 주도적으로 수안에게 입을 맞추기 시작했다.

"흐응, 자꾸 이런 식으로 나올 거예요?"

"너무 사랑스러워서 도무지 못 참겠는데 어떻게 해요."

은초가 장난스럽게 웃으며 수안의 허리를 꼭 감싸 안았다. 셔츠 사이로 단단한 근육들이 그대로 느껴졌다. 새삼 이런 근육들을 만질 수 있는 여자가 자신밖에 없다고 생각하자 묘한 승리감이 밀려왔다.

"하아, 우리 이러다 진짜 늦어요."

"이해해 주지 않으실까요?"

"이 남자가 정말!"

말은 그렇게 했어도 막상 은초도 이대로 그만두고 싶진 않았다. 결국 두 사람은 그로부터 한참이 지나서야 서로에게서 떨어질 수 있었다.

상견례는 생각했던 것보다 부드러운 분위기에서 진행되었다. 불안한 마음에 사전에 미리 검색해 본 후기에서는 너무 어색해서 그릇 부딪히는 소리만 가득하다던데, 원래부터 서로 안면이 있던 사이여서 그런지 분위기 자체는 화기애애했다.

"우리 애가 많이 부족합니다. 김 의원님께서 많이 좀 가르쳐 주십시오."

어쩐지 안 나온다 했다. '제 자식이 부족하니 사돈께서 잘 좀 가르쳐 주십시오'는 상견례의 정식 멘트라고 들었다. 이 진부한 대사가 적어도 제 상견례 때는 나오지 않으리라 기대했었는데, 역시 고전은 영원한가 보다. 은초가 속으로 키득거리며 웃었다.

선태의 말에 석훈이 아니라는 듯 고개를 저었다.

"제 딸아이가 더 부족하지요. 모쪼록 잘 부탁드리겠습니다, 사돈."

"이렇게 사돈 소리를 들으니 기분이 묘합니다. 우리 애가 워낙 결혼이며 연애에 관심이 없어서 팔순은 넘어야 이런 자리에 올 줄 알았는데……."

"이하 동문입니다, 사돈. 전 사주에 사위 복이 없는 줄 알았습니다."

"아버지도 참."

갑자기 민망해진 은초가 얼굴을 붉히자 선태가 호탕하게 웃었다.

"저번에 한 번 며늘아기가 찾아온 적이 있는데, 워낙 싹싹하고 착해서 김 의원님이 참 잘 키우셨다고 생각했습니다."

"과찬이십니다, 사돈. 다 안사람 공이지요."

"어유, 당신도 참. 내가 뭘 했다고."

"허허, 금실도 좋으십니다."

분위기가 꽤 무르익자 은초는 슬며시 눈을 들어 맞은편에 앉아 있는 수안을 쳐다보았다. 두 사람은 눈이 마주치자마자 누가 먼저랄 것도 없이 웃음을 터뜨리고 말았다. 그러자 석훈이 못 말린다는 듯이 말했다.

"아무리 좋을 때라지만 지나치구나."

"허허, 사돈. 그러실 게 아니라 애들은 먼저 보내고 우리끼리 한잔하시는 게 어떻겠습니까?"

"그도 좋지요."

선태의 제안에 흔쾌히 고개를 끄덕인 석훈이 은초에게 말했다.

"너희들은 이만 가 보는 게 좋겠구나."

"정말요, 아버지?"

"어차피 지금도 심심해 보이는데, 어른들끼리 할 이야기도 있으니 나가서 시간 보내는 게 낫겠지."

왠지 어린아이가 된 듯한 기분이었지만 은초는 고개를 끄덕였다. 은초가 나가자고 눈짓하자 수안이 작게 미소 지으며 어른들게 인사했다.

"그럼 저희 먼저 가 보겠습니다."

"우리 딸 너무 늦게 들여보내지 말고."

"이이도 참."

옆에 있던 주현이 주책이라며 석훈을 아프지 않게 치며 나무라자 그가 호탕하게 웃었다. 수안이 낮게 소리 내 웃으며 대답했다.

"걱정 마십시오, 장인어른. 제가 책임지고 일찍 귀가시키겠습니다."

"군기가 팍 들었어, 수안 씨. 우리 아버지 앞이라고 신경 쓴 거예요?"

밖으로 나온 은초가 웃음기 띤 목소리로 수안에게 묻자 그가 눈살을 접으며 웃었다.

"아니라고는 말 못 하겠네요. 장인어른한테는 늘 예쁘게 보이고 싶으니까."

"부모님들이 서로 어색해하지 않으셔서 다행이에요."

"맞아요. 사실은 나도 걱정했었거든요."

"그런데 나 오늘 진짜 일찍 귀가시킬 거예요?"

"음, 아침 일찍?"

"못 말려, 진짜!"

은초가 키득거리며 혼자 좋아했다. 뜻밖의 자유 시간이 생기자 그녀가 고민하며 중얼거렸다.

"우리 이제 뭐 할까요?"

"그냥 돌아다니죠, 뭐. 아이 쇼핑도 하면서."

결국 두 사람은 근처 상가에서 정처 없이 떠돌아다니는 것을 선택했다. 여유로운 시간을 보내던 중 수안의 눈에 무언가가 들어왔다.

"어? 이거."

"뭔데요?"

갑자기 쭉 뻗어진 그의 손가락에 자연히 은초도 관심을 보였다. 수안이 가리킨 것은 빔 프로젝터였다.

"아, 수안 씨 이거 사고 싶구나?"

"음."

슬쩍 은초의 눈치를 보던 수안이 조심스레 물었다.

"사도 돼요?"

"왜 나한테 물어봐요? 내가 사 줘요?"

"아뇨. 그건 아니지만……."

그가 뜸을 들이다가 솔직하게 말했다.

"여자들은 남자들이 이런 거 사면 별로 안 좋아한다고 하던데."

그가 무슨 말을 하려는 건지 알아챈 은초가 고개를 저으며 말했다.

"난 상관없어요. 어차피 수안 씨 돈이고 쓰는 건 자유인데요, 뭘. 무슨 도박에 돈 쓰는 것도 아니고. 나 이런 거 이해못 해 줄 정도로 꽉 막힌 사람처럼은 굴지 않았다고 생각했는데."

"혹시 싫어하나 해서요. 그럼 사도 되는 거죠?"

눈을 반짝이며 제 의사를 묻는 예비 남편이 미치도록 사랑스러웠다. 이런 남자한테 어떻게 안 된다고 말할 수 있겠는가. 은초는 설핏 웃으며 크게 고개를 끄덕였다.

"사요, 사요. 우리 이따가 이걸로 영화도 보면 되겠다. 몇 달 전에 나온 다큐멘터리 영화 있던데, 그거 아직 안 봤으면 같이 볼래요?"

"아, 나 그거 봤어요. 그런데 또 봐도 좋은 영화예요. 정말 명작이거든요."

눈을 빛내며 감상을 말하는 모습이 열정적이다. 은초가 바스스 웃으며 고개를 끄덕였다. 그가 이렇게까지 말한다면 정말 알찬 내용일 것이다. 수안의 안목은 정확하니까.

"팝콘도 사 갈까요? 아까 보니까 마트에서 팝콘 큰 거 싸게 파는 것 같던데."

"콜라도. 콜라도 사요."

늘 듬직한 모습만 보다가 간만에 보는 것 같은 어린아이 같은 모습에 은초가 마냥 웃었다. 수안은 아이 같은 순수한 모습도, 어른 같은 든든한 모습도 잘 어울렸다. 아니, 김수안이기 때문에 잘 어울리는 것일지도 모르겠다.

"수안 씨 사고 싶은 거 다 사요."

나긋하게 말한 은초가 슬며시 수안에게 팔짱을 꼈다. 막 노을이 지기 전이라 붉게 물든 거리는 서늘한 것 같으면서도 따스했다. 그 불분명함이 아이러니하게도 수안의 얼굴을 더욱 또렷하게 만들었다.

늘 미소를 부르는 얼굴을 보고 있자니 나직한 목소리가 입 안에서 퍼져 나왔다.

"난 다 좋으니까."

당신과 함께라면, 뭔들.

결국 마트에서 커다란 봉지 팝콘에 콜라 두 캔, 덤으로 맥주 두 캔까지 사고서야 두 사람은 집으로 돌아왔다. 은초가 집에 있는 재료로 대충 저녁을 만드는 사이, 수안은 빔 프로젝터를 설치했다.

문득 눈에 들어온 그의 뒷모습을 물끄러미 바라보던 은초는 자신과는 달리 능숙하게 기계를 다루는 수안을 보며 결혼하면 영 아닌 제 손재주로 골머리 썩힐 필요는 없겠다 싶어 웃음이 나왔다.

저녁으로 스크램블드에그와 구운 베이컨을 먹고 나자 본격적인 영화 시청 시간이 다가왔다. 몇 달 전 다큐멘터리 장르치고는 꽤나 흥행을 불러일으켰던 영화가 수안의 집, 흰색인 거실 벽면에 상영되기 시작했다.

품 안에 들린 팝콘을 하나씩 집어 먹으며 은초는 이런 식으로 영화를 보는 것도 나쁘지 않겠다고 생각했다. 나름 영화관 느낌도 들고, 가격은 훨씬 저렴했다. 물론 빔 프로젝터 가격을 상쇄하려면 꽤 많은 횟수를 더 보아야겠지만.

영화는 소박하고, 잔잔한 내용을 다루었다. 무려 16년 동안 연애를 하다 결혼에 골인한 30대 부부의 이야기였는데 지독히도 현실적이면서 이상적인 부분이 잘 어우러진 것이 감명 깊었다.

16년 동안 함께한 시간이 묻어나는 주인공들에게로 시선이 오래도록 머물렀다. 자신들은 감히 따라 할 수 없는 종류인 것 같아서 괜히 부러웠다.

영화가 중반쯤 접어들었을 때, 은초는 슬며시 시선을 돌려 수안을 쳐다보았다. 이미 한 번 본 영화였음에도 그는 자신보다 더 화면에 집중하고 있었다. 그는 커피가 아니라 영화와 관련된 일을 했어도 분명 잘 해냈을 것이다. 뭐든 한 번 하면 곧잘 적응하는 사람이었으니까.

"왜요?"

많은 사람이 모인 영화관도 아니고 제집인데도 영화 상영 중에는 마치 그것이 예의라는 듯 수안이 작은 목소리로 그녀에게 소곤소곤 물어 왔다. 마음속에서 몽글몽글한 어떤 감정이 일어나 은초는 괜스레 기분이 묘해졌다.

그녀는 말없이 그와 눈을 마주친 다음 작게 웃음 지었다. 따라 웃는 수안의 미소는 어둠 속에서도 빛이 났다.

은초는 다시 영화에 집중했다. 이제 영화는 주인공들이 싸우는 모습을 보여 주고 있었다. 은초는 새삼 수안과 싸운 적이 단 한 번도 없다는 사실을 깨달았다. 적어도 아직까지는.

엄청난 놀라움이 밀려왔다. 그동안 거쳐 간 수많은 남자 친구들과 한 번도 싸우지 않은 적이 없었다. 예전에 그녀는 연인끼리의 다툼은 전혀 이상할 게 없는 일이라고 생각했었다. 싸운다는 건 서로에 대한 애정이 아직 남아 있다는 의미이며, 애정이 없으면 감정을 흥분시킬 일도 없다고 여겼다. 상대를 위해 목소리를 높일 이유도 없었다. 싸운다는 건 그런 것이라고 생각했었다. 자신이 아닌 상대를 위해 화를 내는 것.

물론 그러한 생각은 아직도 유효하다. 하지만 지금은? 그와 단 한 번도 싸운 적 없이 지금도 그 생각은 불변할까? 이젠 전제를 바꿔야 할 때였다. 싸우지 않아도 서로를 사랑할 수 있다. 그저 사랑을 표현하는 방식이 달라졌을 뿐이다. 은초는 사랑의 형태만 바뀐 상황에서 어느 때보다도 수안에게 자신의 진심을 열렬히 표현하는 중이었다. 과거와 마찬가지로.

은초는 슬며시 미소 지으며 천천히 몸을 옆으로 기울였다. 많이 움직이지 않아도 머리는 금세 수안의 어깨 위로 닿았다. 말없이 일어난 접촉 때문인지 수안의 몸이 잠시 굳는 게 느껴졌으나 금세 이완되었다. 은초의 미소가 더욱 짙어졌다. 이 남자가 자신으로 하여금 긴장하다가도 결국에는 자신을 받아들이는 느낌이 좋았다.

여전히 수안의 어깨에 머리를 기댄 채로, 은초는 천천히 눈을 감았다. 사랑한다고 말해 주고 싶었는데, 지금 하면 얼굴이 붉게 물들어 버릴 것 같아서 영화가 끝난 다음으로 미루기로 했다.

사랑한다고.

당신을, 내가 사랑한다고.

9. 영원의 밤이 되어라

드디어 결혼식 날 아침이 밝았다. 일기 예보에서는 전날 내린 비 때문에 날씨가 흐리다고 했는데, 다행히도 하늘은 맑았다. 우여곡절을 극복하고 드디어 하나가 되는 두 사람을 축복해 주는 것처럼.

"어떡해……."

정작 신부는 울상을 짓고 있었다. 옆에서 지켜보던 솔지가 타박했다.

"이제 곧 결혼할 애가 울상 짓는 것 좀 봐라."

그녀는 오늘 신부 측 들러리로 은초와 수안의 결혼식에 참석했다. 솔지의 타박에 은초가 불안한 얼굴로 물었다.

"솔지야, 넌 불안하지 않았어? 결혼 앞두고."

"불안할 게 뭐 있어. 넌 결혼 앞두고 행복하다고 노래를 불렀잖아. 이제 와서 웬 딴소리?"

"뭔가 말로 설명할 수 있는 그런 느낌이랄까."

솔지가 무슨 귀신 씻나락 까먹는 소리냐며 은초를 쳐다보았다. 그녀가 자신을 왜 그렇게 쳐다보는지 알고 있었지만 정확히 설명하기가 어려웠다.

메리지 블루(Marriage Blue)*가 결혼 직전에 찾아온 걸까. 은초가 짧게 한숨을 쉬며 마음을 가다듬기 위해 애썼다.

그때 솔지의 높은 목소리가 들렸다.

"어머, 형부!"

"우리 은초 씨, 잘 있어요?"

평소에도 항상 멋졌던 수안이었으나 오늘만큼은 더욱 근사했다. 그를 보자 은초는 조금이나마 마음이 풀어지는 것을 느꼈다. 솔지가 눈치껏 자리를 비켜 주자 평소보다 안 좋은 은초의 표정을 눈치챘는지 수안이 걱정스럽게 물었다.

"왜 그래요. 어디가 안 좋아요?"

"그건 아닌데……."

우물쭈물하며 말을 잇지 못하자 수안이 그녀 앞에 무릎을 꿇고 차분히 달랬다.

---

*Marriage Blue:일본 소설가 유이카와 게이의 베스트셀러 소설 제목에서 유래된 단어. 결혼을 앞둔 남녀가 과거에 대한 아쉬움과 미래에 대한 불안감 등으로 느끼는 우울감을 뜻함.

"왜요. 무슨 일인데요."

"그냥 결혼을 앞두니까 좀 싱숭생숭해요. 괜히 떨리고, 무섭고."

"나 봐요."

얌전히 수안의 말에 따라 마주한 검은 눈동자를 보니 신기하게도 마음의 파동마저 가라앉는 것이 느껴졌다. 마치 최면을 거는 듯 수안이 나직한 목소리로 속삭였다.

"나 믿죠? 다 잘될 거예요."

효과가 있었던 건지 은초는 단단한 미소를 지어 보였다.

"그냥 내 변덕이겠죠?"

그사이 밖에서 수안이 나오기만을 기다리고 있던 솔지가 다급한 목소리로 안쪽을 향해 외쳤다.

"형부, 이제 나오셔야 해요!"

"이따 봐요."

수안이 작게 웃으며 속삭이자 은초는 희미하게 미소 지으며 고개를 끄덕였다. 수안이 나가자마자 신부 대기실 안으로 들어온 솔지가 물었다.

"어때, 신랑 얼굴 보니까 이제 좀 괜찮아?"

"그런 것 같아."

은초가 엷게 미소를 보이자 솔지도 내심 안심한 표정을 지었다.

"너도 준비하고 있어. 곧 도우미가 올 거야. 난 하객석에서 지켜보고 있을게."

솔지까지 나가고 나니 정말 결혼식이 코앞으로 다가온 것 같아 그녀가 긴장된 숨을 내쉬며 천천히 마음을 안정시켰다. 결정되지 않은 미래가 수반하는 필연적 두려움은 안정시키기에 퍽 간단한 것은 아니었다. 은초는 마음을 다잡았다.

솔지의 말대로 얼마 지나지 않아 도우미가 대기실 안으로 들어왔다.

"신부님, 이제 나가셔야 해요."

벅찬 표정을 드러내며 은초는 고개를 천천히 끄덕였다.

한편 수안이라고 떨리지 않는 것은 절대 아니었다. 처음이 라는 건 원래 설렘과 동시에 긴장감을 동반하기 마련이니까.

식장 바깥에서 대기하고 있던 수안은 자신을 부르는 소리 에 아무도 눈치채지 못하도록 긴장한 제 속내를 다스리며 입 장했다. 사방에서 환호성이 쏟아졌고, 이제는 신부 입장만을 남겨 둔 상황이었다.

"신부 입장!"

드디어 신부가 모습을 드러냈다. 새하얀 거품과도 같은 웨 딩드레스를 입은 은초는 한 폭의 그림처럼 아름다웠다. 수안 은 주체할 수 없는 미소를 애써 숨기기 위해 무던히 애썼다.

벅찬 수안과 달리 은초는 떨려 오는 손을 숨기기 위해 부 러 석훈의 손을 꼭 부여잡았다. 그러자 석훈이 좀처럼 듣기 어려웠던 너그러운 목소리로 딸에게 속삭였다.

"너무 걱정하지 말거라."

"……."

"잘 살 수 있을 거다."

단언과도 같은 말에 은초는 이상하게도 마음이 편해졌다. 늘 듣기 싫다고 생각한 아버지 특유의 목소리가 이 순간만큼은 든든한 버팀목이 되어 주었다. 은초가 애틋한 눈빛을 감추지 않으며 석훈에게 화답했다.

"잘 살게요, 아버지."

생애 가장 중요한 의식 중 하나를 치루는 만큼 진중한 모습을 보이기 위해 노력했지만, 끝내 한 줄기 부드러운 미소는 숨기지 못한 수안이 마침내 자신의 아름다운 신부를 맞이했다.

부드러운 눈빛으로 서로를 마주 보며 두 사람은 단상에 올라섰다. 불과 한 달 전까지만 해도 하객으로서 솔지의 결혼을 지켜봤던 걸 떠올리자 은초는 감회가 남달랐다.

"여기 서로의 손을 마주 잡은 두 남녀가 있습니다."

주례가 시작되었지만 은초는 도무지 집중할 수가 없었다. 그저 옆에서 자신과 함께 주례를 듣고 있는 수안에게로 신경이 쏠렸다. 은초만 그런 건 아니었는지 수안도 슬쩍슬쩍 그녀를 쳐다보는 것이 느껴졌다. 순간 웃음이 터져 나올 것 같아 은초는 질끈 눈을 감았다.

그사이 길고 긴 주례사가 끝에 다다랐다.

"……드디어 부부가 된 두 사람을 축하해 주시고, 이제 내빈 여러분들과 양가 부모님께 신랑, 신부가 감사의 인사를 올리겠습니다."

양가 부모님께 인사를 올리면서 은초는 하마터면 눈물을 떨굴 뻔했지만 화장이 번질 것을 걱정하며 가까스로 참아 냈다.

힐끔 수안을 쳐다보니 그 역시 감정이 복받쳐 오르는지 코끝이 빨갛게 변해 있었다. 그를 보는 은초의 입가에 잔잔한 미소가 번져 나갔다.

내빈 인사까지 마치니 마지막 단계인 신랑과 신부의 행진만 남아 있었다. 사회를 맡은 한새가 우렁찬 목소리로 식장이 떠나가도록 소리쳤다.

"신랑, 신부 행진!"

우아한 관현악이 온 식장에 울려 퍼졌다. 왠지 모르게 벅차오르는 가슴을 안고, 은초가 잘게 떨리는 손을 수안의 것과 부드럽게 맞잡았다.

수안은 지금까지 본 어떤 미소보다도 단단하고, 든든하게 웃어 주었다. 제 선택에 대한 확신을 얻은 은초가 천천히 수안과 함께 걸어 나갔다. 느리지만 발맞추어, 서로 함께.

"앞으로 잘 부탁해요, 은초 씨."

그가 속삭이는 사랑의 밀어에 그녀도 다정하게 웃으며 화답해 주었다.

"나도 잘 부탁해요."

한 걸음, 한 걸음씩 그들이 발을 내딛을 때마다 사람들의 박수 소리가 거세졌다. 두 연인은 마침내 모든 사람의 축복 속에 부부라는 이름으로 하나가 되었다.

✳   ✳   ✳

허니문의 꽃은 첫날밤이라고 해도 가히 손색이 없을 것이다. 부부가 된 연인이 앞으로 함께해 나갈 평생을 기약하며 가지는 첫 번째 밤이자 성스러운 의식이기도 했다.

엄연히 말해 두 사람의 첫 번째 밤은 이미 지나가 버렸지만 기억조차 정확하지 않아 아쉬운 마음이 컸다. 그래서인지 은초는 오늘 밤을 누구보다 간절하게 기다리고 있었다.

하지만 피로연까지 마치고 나자 누구 하나 가릴 것 없이 두 사람 모두 체력이 방전되어 버렸다. 은초는 새삼 이 세상 모든 부부들에게 경의를 표하면서 하루 종일 들러리로 일해 주었던 솔지에게 감사의 인사를 전했다.

"오늘 수고했어. 고생 많았다."

"고생은 들러리인 나보다 신부님인 네가 더 많았지, 뭘."

그녀가 당치도 않다는 듯 웃으며 은초의 어깨를 작게 두드렸다.

"이제 허니문이네, 우리 은초?"

"후우."

코앞으로 다가온 거사에 며칠 전부터 마음의 준비를 했음에도 벌써부터 가슴이 두근거렸다. 은초가 설레는 기분으로 얼굴을 두 손으로 가리며 부끄러워했다.

"나 화장실 좀 다녀올게. 우리 신랑이 나 찾으면 그렇게 좀 말해 줘."

"알았어."

발걸음을 옮겨 화장실에 들어서는 순간 스쳐 오는 불길한 예감에 은초는 제자리에 우뚝 멈춰 섰다.

잠깐만…….

"분명 확인했는데?"

혼잣말로 뇌까린 은초가 서둘러 화장실 칸막이 안으로 들어갔다. 잠시 후 그녀의 안색이 새파랗게 질렸다.

"말도 안 돼."

오늘만큼은 이러면 안 됐다. 제 계획을 방해할 만한 어떠한 여지도 남겨 두고 싶지 않았다. 일부러 결혼식 날짜도 월경 주기와 정반대되는 날로 잡았는데, ……어째서!

"안 돼!"

절대로 마주치고 싶지 않았던 현실과 맞닥뜨린 은초가 절규했다.

물론 어쩌다 가끔 이럴 때가 있긴 했지만 왜 하필이면 이런 중요한 순간에! 정말 울고 싶은 심정이었다. 아니, 돌아

버릴 것 같았다.

"하아."

화장실 앞 자판기로 터덜터덜 걸어가 생리대를 뽑으며 은초는 한숨을 쉬었다. 정말 운도 지지리도 없다는 말은 이럴 때 쓰라고 있는 것일 테다. 살면서 이렇게까지 운이 없었던 적이 손에 꼽을 정도라 타이밍 한번 참 기가 막히다고 생각할 수밖에 없었다.

결혼 전까지는 지켜 준다고, 결혼만 하면 기대하라고 한 남자였는데 실망하지는 않을지. 자신부터가 이렇게 실망스러운데, 본인은 얼마나 더 그럴까.

은초가 힘없는 걸음으로 예식장 안쪽으로 걸어갔다. 그전까지 그녀를 지배했던 설레거나 희망에 가득찬 감정이란 것들은 눈앞까지 닥쳐온 자연에 의해 무참히 꺾여 버렸다.

"은초 씨!"

누군가가 상큼한 목소리로 자신을 불렀다. 그녀에게 있어 목소리에서조차 달콤함과 다정함이 느껴지는 사람은 세상에 단 한 명밖에 없었다.

"여기 있었네요."

바로 사랑스럽고, 또 사랑스러운 남편 되시겠다. 하지만 은초가 힘없이 웃자 수안은 이상한 기색을 눈치챘는지 얼른 물어 왔다.

"왜 그래요, 무슨 일 있어요?"

무슨 일이 있을까 걱정돼 죽겠다는 목소리마저 몸서리치게 좋다. 은초는 자신이 방금 접한 비극적인 소식을 어떻게 전해야 할지 심각하게 고민하다가 결국 정면 돌파를 선택했다.

"수안 씨."

"네, 은초 씨."

"문제가 조금 생겼어요."

나긋나긋한 눈길로 자신을 쳐다보고 있는 수안에게 은초가 조심스럽게 말을 꺼냈다.

"나."

"……."

"그날……."

"네?"

영문을 몰라 고개를 갸웃거리는 수안 때문에 은초는 더 난감해 죽을 지경이었다. 그녀가 결국 짧게 한숨을 쉬고서 대뜸 소리쳤다.

"나 월경 시작했어요!"

한동안 수안의 얼굴이 어벙했다. 잠깐 사태 파악이 되지 않는 듯 멍한 얼굴로 있다가 곧 정신을 차리고서 알겠다는 표정을 지었다.

"미안해요."

은초는 풀 죽은 목소리로 말하자 수안의 얼굴이 황당함으로 물들었다.

"네? 뭐가요?"

"오늘 기대했을 텐데……."

여전히 주눅 든 표정으로 땅을 바라보고 있던 은초의 입술을 수안이 부드럽게 삼켜 왔다. 갑작스러운 키스에 은초의 눈이 동그래졌다. 저도 모르게 수안의 옷깃을 부여잡았다.

"아……."

아직 예식장 안이라 보는 사람들의 눈도 많아 그만둬야 했지만 너무 황홀했다. 몸 안의 모든 도파민이 펑 터져 버리는 느낌이 들었다.

에라, 모르겠다. 어차피 우린 오늘 결혼한 신혼인데, 뭘.

주변을 지나가는 사람들이 두 사람을 보고 슬쩍 수군거리는 게 느껴졌지만 은초는 개의치 않기로 했다. 그녀가 대담하게 수안의 목을 두 팔로 휘어 감았다. 짜릿했다.

"하아."

한참 후에 두 사람이 입술을 뗐다. 촉촉한 느낌이 싫지 않았다. 은초가 나른해진 눈으로 수안을 쳐다보았다. 늘 금욕적인 이미지였던 수안이 오늘따라 미치도록 색정적이다.

그녀는 속으로 분통을 터뜨리며 이제는 남편이 된 남자와 눈을 마주쳤다. 그가 흐트러진 은초의 머리를 정리해 주며 나직하게 중얼거렸다.

"은초 씨가 미안해할 일이 전혀 아닌데."

"……."

"왜 미안해해요. 속상하게."

"나는 그냥……."

"내가 나쁜 사람 된 것 같잖아요. 은초 씨 못 안아서 안달 난 사람처럼."

수안은 부드럽게 속삭이며 은초의 목덜미에 입을 맞추었다. 작정이라도 한 건지 오늘따라 농도가 짙다. 여전히 아쉬운 마음이 남아 은초가 못마땅한 듯 중얼거렸다.

"나도 오늘 기대했는데. 서운해요, 너무."

"괜찮아요. 그동안 몇 달을 참았는데, 일주일을 못 기다리겠어요?"

수안이 빙긋 웃으며 마지막으로 그녀의 이마 위에 살짝 키스했다. 뜻하지 않게 위로를 선물 받은 기분이었다. 이윽고 수안의 따스한 손으로부터 전해지는 온기가 온몸을 감쌌다. 은초가 살며시 미소 지었다.

"가요, 우리."

드디어 허니문, 시작이었다.

❋   ❋   ❋

결국 신혼여행은 그냥 여행이 되어 버렸다. 은초는 내내 하루 빨리 월경이 끝나기를, 일주일이 지나가기를 간절히 바랐다.

하지만 일주일이 지난 지금까지도 은초는 결혼하고 나서 첫날밤을 보내지 못하고 있었다. 이번에도 원인은 그녀에게 있었다. 신혼여행을 다녀오자마자 엄청난 일감들이 쏟아져 들어왔기 때문이다. 솔지가 나간 이후 아직 인력 충원이 되지 않아 원래보다 일이 더 늘어난 것도 있었다.

야근을 밥 먹듯 하는 은초에게 뜨거운 밤을 보낼 만한 기력이 남아 있을 리가 없었다. 아니, 솔직히 그녀는 상관없다고 생각했지만 수안이 반대했다. 그러다 몸이 상한다는 이유에서였다. 은초는 반박하고 싶었지만 그러기에는 수안의 주장이 너무나도 논리적이었다. 애초에 맞는 말만 골라서 하는 그였다.

결국 두 사람이 부부다운 밤을 보낸 건 은초의 월경이 끝나고도 한참이나 지난 후였다. 토요일이었고 은초와 수안, 둘 다 잔업이 없어 출근하지 않은 날이었다.

그동안 야근의 연속이었던 은초가 집에만 오면 자느라 바빴기에 두 사람은 결혼 후 거의 처음 맞는 것 같은 휴일다운 휴일을 어떻게 즐길지 진지하게 고민했다. 그러다가 근처 미술관에서 전시회가 열린다는 소리를 듣고 보러 가기로 결정했다.

사실 두 사람 모두 전시회를 즐기는 편은 아니었지만 영화는 볼 게 없었고 여행을 가기에는 시간도, 체력도 애매했다.

집에 틀어 박혀 있기도 참 지루할 노릇이었다.

"도시락 싸 갈까요? 아니면 그냥 외식?"

"음."

고민하는 표정을 짓던 수안이 고민의 여지가 없다는 듯 명쾌하게 말했다.

"난 우리 부인이 만들어 준 도시락 먹고 싶은데."

물론 약간의 애교는 덤이다. 은초가 못 견디겠다는 눈길로 남편을 쳐다보며 입가에 숨길 수 없는 미소를 지었다.

아, 뭘 먹기에 이렇게 미치도록 사랑스러운 건지. 분명 삼시 세끼 나랑 똑같이 먹는데 당신만 이렇게 매력 넘쳐도 되는 거야?

"그럼 내가 오랜만에 실력 발휘 좀 할까요?"

"기대할게요. 아, 그런데 장 본 지가 오래돼서 냉장고에 뭐가 남아 있는지 모르겠네."

수안이 걱정스러운 얼굴로 냉장고 앞까지 걸어갔다. 냉장고 문을 열자 꽤 나쁘지 않은 종류의 부식들이 모습을 드러냈다.

"아주 형편없는 건 아닌데 충분하진 않아요. 장 보러 갈까요?"

"일단 남은 재료로 도시락을 싸고, 이따가 전시회 다녀오는 길에 마트 들러서 장 보면 되겠다. 그렇죠?"

"그렇게 해요."

정하고 나니 남은 건 행동으로 옮기는 일뿐이었다. 화장실에서 깨끗이 손을 씻은 은초가 하얀색 리넨 앞치마를 두른 다음 부엌에 섰다. 재료가 나쁘지 않아 도시락 메뉴는 김밥과 유부 초밥, 샐러드로 결정되었다. 그사이 수안은 집을 청소하기 시작했다. 완벽한 분업에 은초는 기분이 좋아졌다. 이상적인 결혼 생활에 마치 꿈을 꾸는 듯했다.

샐러드에 들어갈 방울토마토를 썰면서도 자꾸만 시선이 아래가 아닌 정면을 향했다. 이러면 안 되는데, 하면서도 결국 두 눈이 좇는 건 도마 위에 썰린 방울토마토가 아닌 남편이 되어 버렸다.

"으!"

결국 사달이 났다. 은초가 손가락 끝에 방울토마토처럼 새빨갛게 맺힌 핏방울을 보고 몸서리를 쳤다. 아픔을 제대로 느낄 새도 없이 수안이 비명 소리를 듣고 달려왔다. 작동시키던 진공청소기는 바닥에 던져진 채 저 혼자서만 위잉거렸다.

"은초 씨, 왜 그래요?"

아픈 티를 내기도 멋쩍어 은초는 어색하게 웃으며 최대한 아무렇지 않은 척 말했다.

"별거 아니에요. 살짝 베였어요."

"피 나잖아요."

수안이 서둘러 다가와 그녀의 손가락을 낚아챈 뒤 자세히 들여다보았다. 누가 보면 현미경으로 보고 있는 줄 알겠다고 생각될 만큼 자세한 관찰에 은초는 더 멋쩍어졌다. 슬며시 손을 빼려 했지만 제 손목을 쥐고 있는 수안의 손아귀에서 벗어나기란 그리 호락호락한 일이 아니었다.

"잘못하면 파상풍에 걸릴지도 모르겠어요. 얼른 소독하고, 밴드 붙여요."

그가 얼른 은초를 싱크대 앞으로 데려갔다. 손가락이 금세 차갑게 쏟아지는 물줄기에 닿았다. 상처 틈새로 물이 닿자 얕은 신음이 비집고 튀어나왔다.

"많이 아파요?"

걱정할 때조차도 잘생긴 얼굴은 덤이다. 은초가 저도 모르게 마른침을 삼켰다. 평소에도 잘생겼지만 오늘따라 더했다. 애꿎은 심장만 탓하며 은초는 고개를 저었다.

자신을 거실로 데려가 능숙하게 상처를 치료하는 수안을 보며 은초는 그가 못 하는 건 과연 무엇이 있을지 새삼 궁금해졌다.

"다 됐다. 이제 조심해요. 알았죠? 그런데 뭘 하느라 요리하면서 정신이 팔렸던 거예요?"

걱정과 못마땅함이 동시에 섞인 목소리에 은초는 나른하게 웃으며 대답했다.

"대답 들으면 좋아할지 모르겠네요."

"뭔데요?"

"수안 씨 보느라 요리에 집중을 못 했네요. 미안해요."

왠지 제 상처임에도 사과해야 할 것만 같은 느낌이 들었다. 결혼했으니 이제 본인 몸이라고 함부로 해서도 안 될 터였다.

"그건……."

수안의 얼굴이 새빨개졌다. 은초는 평소에 애교가 넘쳐 나는 타입이 아니었다. 아니, 애당초 두 사람 모두 애교와는 그리 가까운 사이가 아니었다. 그렇기에 가끔 생각지도 못한 공격이 그의 심장에 얼마나 해로울지, 신경을 마비시키는 데 얼마나 탁월할지 전혀 생각하지 않는 게 분명했다.

수안이 붉어진 얼굴로 잠깐 동안 아무 말도 하지 못하다가 입술을 뗐다.

"그, 그래도 그러면 안 돼요. 요리할 때는 집중해야죠. 위험하잖아요."

"수안 씨가 너무 잘생겨서 눈을 도무지 뗄 수가 없었어요."

변명하듯 뇌까린 말에 수안의 심장이 두근거렸다. 그가 짧게 한숨을 쉬더니 갑자기 은초에게 제 몸을 밀어붙이며 입술을 맞대었다. 뜻밖의 접촉에 은초는 깜짝 놀랐다. 연애하는 것도 아니고 결혼한 사이인데 왜 이렇게 키스 하나에도 설레는지. 의아해하던 은초는 이내 이유를 깨달았다.

아, 우리 아직 두 번째 밤을 보내지 못했지. 세상에나.

머릿속이 어지러운 와중에도 신혼부부답게 두 사람의 키스는 꽤나 진득하게 이어졌다. 수안은 소파에 기대어 있던 은초의 몸이 점차 기울어질 정도로 그녀를 몰아붙였다.

더 이상 버틸 수 없을 것 같아 입술을 억지로 떼어 낸 은초가 다시 주방으로 들어가려 하자 수안이 재빨리 그녀의 행동을 제지했다. 그가 엄한 얼굴로 은초에게 일러두었다.

"요리는 내가 할 거예요. 다친 손으로 어딜 출입하려고."

"그럼 난 청소해요?"

"아니, 쉬어요. 야근하느라 힘들었잖아요."

은초는 입술만 오물거리다가 결국 한 단어도 만들지 못한 채 입을 닫아 버렸다. 아무것도 하지 않은 채 수안에게 모든 것을 맡기고 싶진 않아서 마른 빨래를 정리했다. 그러자 수안이 못마땅하다는 듯 입술을 비죽였다. 흔치 않은 표정이었다.

"말 참 안 들어, 우리 은초 씨."

"혼자 다 맡겨 두기엔 내가 미안해요. 수안 씨도 힘들고."

"하아, 대신 쉬엄쉬엄하는 거예요?"

"알았어요."

끝끝내 다짐을 받아 놓고 나서야 수안은 만족한 듯했다. 한동안 두 사람은 말없이 집안일에만 집중했다. 물론 와중에도 가끔 흘긋흘긋 서로의 얼굴을 바라보는 걸 잊지 않았다.

특히나 수안은 요리할 때 집중해야 한다며 자신이 했던 당부도 잊어버리고 계속 은초를 흘끔거리다가 다칠뻔 했다는 후문이다.

❊ ❊ ❊

우여곡절 끝에 완성된 도시락을 들고 전시회 관람을 마친 은초와 수안의 마지막 외출 코스는 장보기였다. 집 근처 마트는 주말을 맞아 장을 보러 나온 사람들로 인산인해를 이루고 있었다.

부부의 쇼핑 목록은 그리 특별하지 않았다. 목록에 적혀 있는 것들을 전부 카트 안에 담은 은초는 또 살 게 없는지 주변을 둘러보았다.

"삼겹살 시식해 보고 가세요."

아주머니 한 분이 크게 외치는 소리가 들렸다. 은초는 저도 모르게 목소리에 이끌려 삼겹살 코너를 바라보았다. 그때 그 아주머니였다. 자신과 지금은 남편이 된 수안을 신혼부부로 착각했던.

아주머니의 말씀이 선구안(選球眼)이 되어 버린 셈이었다.

"어머, 그때 그 아가씨네?"

기억력이 좋은 아주머니였다. 오가는 손님이 분명 적지 않았을 텐데 용케 은초를 알아보았다. 은초가 머쓱한 듯 웃으며 대답했다.

"네. 잘 지내셨어요?"

"나야 잘 지내고 말고 할 게 뭐가 있어. 그나저나……."

흘긋 너머에 있는 수안을 본 아주머니의 입가에 잔잔한 미소가 번졌다.

"내 말이 진짜가 됐나 보네?"

"아, 네. 그렇게 됐어요."

"신혼이야?"

"이번 달에 결혼했어요."

수줍게 얼굴을 붉히며 말하자 되돌아오는 건 요란한 반응이다. 아주머니는 마치 제 딸을 시집보내기라도 한 것처럼 기뻐하는 모습을 보였다.

"어머, 어머. 이젠 정말로 새댁이네. 남편하고 장 보러 온 거야?"

"네."

은초는 슬쩍 아주머니 앞에서 지글지글 익어 가고 있는 삼겹살을 쳐다보았다. 아주머니는 삼겹살을 향한 은초의 타오르는 시선을 놓치지 않고 물었다.

"좀 줄까?"

"한 근만 주시겠어요?"

얼굴을 붉히며 검지 한 개를 들어 올린 은초에 아주머니가 호탕하게 웃으며 말했다.

"어휴, 줘야지. 주고 말고. 내가 듬뿍 얹어서 줄게."

"감사합니다."

남편에게도 잘 부리지 않는 애교를 부리며 은초가 웃었다.
그때 저쪽에서 공구를 고르고 있던 수안이 다가왔다.

"은초 씨, 다 샀어요?"

"아, 왔어요?"

"아유, 새신랑 눈에서 꿀 떨어지네. 여전히 달달하고만."

놀리는 듯한 아주머니의 말에도 수안은 당당하게 응수했
다.

"그만큼 제가 이 사람을 엄청 사랑하거든요."

"어유, 새댁은 참 좋겠어. 이렇게 표현해 주는 사람이 흔
치 않은데, 복 받았네."

"복은 제가 더 받았죠. 이런 여자 만나기 쉽지 않거든요."

세상 다정한 눈으로 쳐다보는 수안에 은초의 얼굴이 사과
처럼 새빨개졌다.

이런 애정 표현은 집에서 단둘이 있을 때 해도 되는데.

은초가 살며시 아주머니의 눈치를 보며 어색하게 웃었다.
젊은것들이 괜히 주접을 떤다고 욕하시지나 않을지 걱정이
다. 물론 아주머니의 표정으로 봤을 때 그런 걱정은 쓸모없
는 것이었지만.

은초는 잘 살라는 덕담을 가득 들은 다음에야 마트를 빠져
나왔다. 주차장으로 걸어가며 봉투를 열어 보는 은초의 목소
리가 높았다.

"와, 아주머니가 두 근 같은 한 근을 주셨어요."

"은초 씨가 너무 예뻐서 그런 거 아닐까요?"

"으, 오늘따라 왜 이렇게 예고 없이 훅 들어와요?"

은초가 당황하며 다시 얼굴을 붉혔다. 늘 달콤한 말로 저를 무장 해제시키는 수안이지만 이상하게 오늘따라 정도가 심하다. 물론 그게 싫다는 말은 결코 아니었다.

"우리 은초 씨가 예고 없이 너무 예뻐서?"

"아, 얼른 집에나 가요."

수안이 한마디를 더 얹을수록 은초의 얼굴도 붉어져 갔다. 좋은 것과 별개로 부끄러운 건 어쩔 수 없었다. 면역이 되려면 한참은 걸릴 것 같았다.

집에 돌아온 두 사람은 본격적으로 저녁 준비를 시작했다. 채소를 씻는 것은 은초가, 고기를 굽는 것은 수안이 맡았다.

두 시간에 걸쳐 삼겹살 한 근을 남김없이 해치운 두 사람은 사이좋게 설거지까지 모두 마친 뒤, 마트에서 사 온 와인 한 병을 개봉했다.

결혼하고 거의 처음 맛보는 것 같은 여유에 은초가 절로 웃음을 흘렸다. 검붉은 포도주가 투명한 잔 안으로 우아하게 빨려 들어갔다. 두 사람이 나직한 목소리로 건배했다.

"건배."

"은초 씨를 위해서 건배."

건배사마저 로맨틱한 수안에 은초가 설핏 웃으며 와인 잔을 입가로 가져갔다. 차가운 포도주가 달콤하기 이를 데 없어 연거푸 목 안으로 넘어갔다.

"이런 여유를 너무 오랜만에 즐기는 것 같아요."

"그동안 고생했어요. 당분간 야근은 안 하죠?"

"흐응, 아직 몰라요."

그녀가 투정하듯 고개를 저었다. 늘 그렇지만 인생은 뜻대로 흘러가는 법이 없다. 회사 일은 더더군다나 그렇다.

"아, 몰라요. 내일 일은 내일 생각하는 걸로."

천진하게 웃어 보인 은초가 빈 와인 잔을 채우기 위해 병을 들어 올렸다. 병이 지나치게 가벼웠다. 흔들어 보니 찰랑이는 소리가 거의 들리지 않았다.

다른 마실거리를 찾기 위해 일어선 은초가 기어이 살짝 휘청거렸다. 벌써 취한 건 아닐 텐데, 어지러웠다.

수안이 얼른 은초를 잡아 주었다.

"조심해요."

깊은 동굴 속으로 들어온 듯 온몸 구석구석을 장악하는 목소리를 듣자마자 은초의 입가에 매혹적인 웃음이 번졌다.

"우리 남편 목소리 너무 좋아."

내뱉는 목소리가 다소 잠겨 있었다.

"설레게."

수안의 목울대가 움찔거렸다. 미치겠네.

"은초 씨."

"응?"

"그거 알아요?"

"뭘……."

은초의 다음 말은 이어지지 못했다. 맞닿은 입술에서는 포도 맛이 났다. 마냥 달콤한 맛이 아니라 말로는 설명할 수 없는 오묘한 포도 맛이.

이건 오로지 나만이 맛볼 수 있겠지.

묘한 성취감에 수안이 낮게 웃었다.

"우리 지금까지 결혼하고 나서 부부 관계, 가진 적 없었잖아요."

"아."

가장 중요한 사실을 잊고 있었다. 그러고 보니 결혼한 직후에는 월경이 시작돼서, 신혼여행에서 돌아오고 나서는 연이은 야근 때문에. 참 일이 꼬여도 이렇게 꼬이다니.

묘하게 비틀린 미소를 짓던 은초가 그의 목덜미에 대고 낮게 속삭였다.

"오늘은."

"……."

"월경도 안 하고, 야근도 없고."

"……."

"시간은 남네?"

어느새 차가웠던 입안이 다시 따뜻해졌다. 아니, 정신없어졌다는 말이 더 적합하려나. 수안의 움직임을 따라 침실로 조급한 뒷걸음질을 치며 은초는 생각했다. 오늘 밤은 참 아름답게 길겠다고.

지금 이 밤, 앞으로도 영원의 밤이 되기를.

에필로그

    대부분의 사람들은 결혼하여 한 가정에 귀속이 되면 이전의 생활을 유지하는 것이 쉽지 않다고 말한다.

    조금 더 구체적으로 말하자면 솔로였을 때처럼 생활하는 것이 어렵다는 이야기다. 친구들과 함께 술을 마시며 밤새도록 놀 수도 없고, 여행을 가는 것도 말처럼 쉽지만은 않다. 그럼에도 나를 걱정하는 사람이 집에서 기다리고 있다는 사실은 언제 생각해도 좋은 것이었기 때문에 싫지 않았다.

    어쨌든 결혼 후에는 예전처럼 친정 부모님과 시간을 보내는 것도 쉽지 않다. 은초는 자신이 미혼일 적 부모님과 꽤 오랜 시간을 연락하지 않고 지내다가 결혼할 때쯤이 되어서야 화해했다. 때문에 결혼 후 부모님을 만나 뵐 시간이 없는 것에 대해 늘 아쉬워했었다. 다행히 수안이 먼저 나서서 배려해 준 덕에 요즘은 쉬는 날이면 대부분의 시간을 부모님과 보내고 있었다. 아직까지 조금 어색한 아버지보다는 엄마와 함께하는 시간이 많았다.

그날도 은초는 주현과 함께 쇼핑을 마치고 카페에 들렀다. 늘 마시던 대로 주현은 카푸치노였지만 은초는 에스프레소를 주문했다. 은초가 평소 입에도 잘 대지 않던 종류를 주문하자 주현은 의아해했다.

"웬 에스프레소? 너 그거 별로 안 좋아하잖아."

"요즘 이상하게 잠이 많이 오더라고요. 오늘도 그래서 좀 세게 마시려고."

"그래? 요즘 무리를 많이 했나 보다. 회사 일이 많니?"

걱정스러운 주현의 물음에 은초가 얼른 웃으며 고개를 저었다. 일이 많은 건 사실이었지만 굳이 엄마한테 티 내고 싶지 않았다. 언제나 자신이 잘 지낸다고 알고 있기를 바랐다. 이상한 심리일지도 모르겠지만 걱정 끼치고 싶지 않았다.

지이잉.

진동벨이 울리자마자 은초가 자리에서 벌떡 일어났다. 예전에 있었던 일 때문에 은초는 트레이를 들고 이동할 때면 특히나 발쪽에 신경을 기울였다. 무사히 자리까지 돌아오는 것에 성공한 은초가 설핏 미소 지으며 카푸치노를 내밀었다.

"자, 우리 홍 여사님, 카푸치노 대령입니다."

"아이고, 고마워라. 우리 딸이 벌써 다 커서 엄마 커피도 사 주고, 여한이 없다."

"엄마도 참. 내 나이가 곧 서른이야. 결혼까지 했는데 무슨."

은초가 피식 웃은 다음 진한 에스프레소 한 모금을 마셨다. 따뜻한 김이 코끝까지 차오르는 감각을 느끼자마자 주현의 질문이 쏟아졌다.

"결혼 생활은 어떠니?"

"뭘 어때요. 똑같지, 뭐."

아직 두 사람이 이웃사촌 사이였다는 사실을 모르고 있는 주현이었다. 그녀가 고개를 갸웃거리며 물었다.

"똑같다고? 연애 때랑?"

"응. 똑같은 것 같아요. 적어도 나는 그래."

"좋은 거니? 엄만 통 모르겠다."

"글쎄."

은초로서는 그냥 옆집 살던 남편이 제집으로 들어온 것과 똑같은 느낌이었다. 오히려 집안일은 원래 하던 것보다 반절이나 줄어들어 더 편했다.

멋쩍게 웃은 은초가 에스프레소 다시 한 모금 마셨다. 역시나 썼다.

"아버지는 잘 지내세요?"

은초가 은근한 걱정을 비추자 주현이 설핏 미소 지었다.

하여튼 아닌 척하면서 은근히 신경 쓰는 건 제 아버지랑 똑같다니까.

"이번에 3선 성공하셨잖아. 너무 바빠지신 것 같아서 걱정이다."

"TV 봤어요. 축하드린다고 전해 주세요."

"네가 직접 전하지 않고, 왜?"

"아직은 어색해. 엄마도 알잖아요."

"부끄럼 타긴. 하여튼 아빠나 딸이나 똑같아."

"알아요."

아버지도 자신과 똑같은 마음일까. 은초가 슬쩍 물었다.

"아버지가 뭐 전하라는 말 없었어요?"

"똑같지, 뭘. 잘 지내고 있느냐는 안부가 다야."

"아버지답다."

그녀가 키득대며 컵 안에 남아 있던 에스프레소를 전부 비웠다. 쓴 기운이 목구멍을 타고 올라왔지만 벌써부터 카페인 기가 도는지 몽롱했던 정신이 살아나는 느낌이 나쁘지 않았다. 냅킨으로 입가를 닦은 은초가 한결 기분이 좋아진 듯 다소 들뜬 목소리를 내뱉었다.

"우리 시부모님 엄청 좋아요, 엄마. 다른 건 몰라도 시월드 걱정은 안 해도 될 것 같아."

"참 덕이 많으신 분들이지. 그건 엄마도 걱정 안 해. 특히 안사돈이 참 좋은 분이야."

"그분들도 엄마도 다들 자식이 하나밖에 없잖아. 우리가 잘해야지."

"우린 걱정 마라. 엄만 네 아버지랑 둘이 지내기에도 충분히 바쁘고 행복해."

"아, 그이가 다음 주에 엄마 뵈러 가도 되는지 물어보라고 하더라고."

"언제든 환영이지."

나이답지 않은 순수한 미소를 지어 보이며 주현이 어느새 다 비운 커피 잔을 매만졌다. 하나뿐인 딸이라 어지간히 신경 쓰였었는데 말하는 걸로 봐서는 제 걱정이 기우인 듯했다. 참 잘된 일이었다.

"김 서방 뭐 좋아하니?"

"그 사람은 정말 입이 길어요. 내가 뭘 만들어 줘도 참 잘 먹어."

"사람이 못 먹는 음식 만들어 놓고 김 서방한테 먹으라고 하는 건 아니지?"

주현의 놀림에 은초의 얼굴이 붉으락푸르락해졌다.

"아니거든. 나도 같이 먹는데 무슨 소리예요. 내가 언제 우리 엄마 요리 한번 해 드려야겠네."

"제발 좀 그래라. 어떻게 된 게 딸내미가 요리해 준 적이 한 번도 없네."

"그럴 시간이 없었잖아요. 기회도 없었고."

내뱉고 나니 왠지 모르게 머쓱했다. 갑자기 묘해진 분위기에 은초는 헛기침만 해 댔다.

"크흠, 이제 그만 일어날까요?"

이제는 꽤 능숙한 드라이버가 된 은초가 주현을 집으로 데려다주기 위해 차를 몰았다. 신호에 걸려 주현과 이야기를 나누며 기다리고 있는데 갑자기 뒤에서 어마어마한 충격이 그들을 강타했다.

"윽!"

몸이 강한 힘에 의해 앞으로 쏠렸다. 한동안 멍하니 앞만 응시하고 있던 은초는 얼른 정신을 차리고 주현부터 챙겼다.

"엄마, 괜찮아요?"

"난 괜찮아."

주현이 인상을 찌푸리며 흐트러진 매무새를 다듬었다. 다행히 두 사람 다 크게 다친 곳은 없었다.

"넌 괜찮니?"

"네."

그사이 뒤쪽에서 은초의 차를 박은 운전자가 다가와 창문을 두드렸다. 은초가 차창을 내리자 잔뜩 당황한 표정의 젊은 여자가 얼른 사과부터 건넸다.

"죄, 죄송합니다. 다치신 곳은 없으세요?"

"당장 크게 다친 곳은 없네요."

저릿한 왼쪽 어깨를 문지르며 은초가 살짝 인상을 찌푸렸다. 그러자 운전자가 미안하다는 얼굴로 말했다.

"다행히 차가 많이 긁히진 않았어요. 보험 처리해서 변상해 드리겠습니다. 그리고 몸은 병원에 가 보셔야 할 것 같은데……."

운전자의 말에 은초가 슬쩍 몸을 돌려 주현을 쳐다보았다. 외견상으로는 큰 문제가 없어 보였지만 또 모를 일이었다. 은초는 속으로 한숨을 쉬며 여자가 파들파들 떨리는 손으로 내미는 명함을 받아 들었다.

"일단 병원부터 가 보고 다시 연락드릴게요."

"네. 정말 죄송합니다."

울상을 짓는 운전자를 뒤로하고 은초가 다시 차창을 닫았다.

"정말 병원 갈 거니? 엄만 괜찮아."

"괜찮은지, 안 괜찮은지는 아무도 몰라요. 안 가서 손해는 봐도, 가서 손해 볼 건 없으니까 일단 검사받으러 가요. 근처에 대학 병원 있지 않아요?"

"여기서 조금만 더 가면."

결국 두 사람은 대학 병원에 도착했다. 경미한 교통사고가 났다고 말하자 간호사는 능숙하게 검사 일정을 잡아 주었다. 얼마나 많은 사람들이 같은 이유로 병원에 왔으면 익숙한가 싶어 씁쓸해졌다.

두 시간에 걸쳐 검사를 받고 난 뒤 결과를 기다리는 동안

은초는 자판기에서 음료수 캔 두 개를 뽑아 하나를 주현에게 가져다주었다.

딸이 건넨 음료수를 받아 두어 모금을 마신 주현이 조심스럽게 말을 꺼냈다.

"내가 보기엔 아무 이상도 없을 것 같은데. 우리 괜히 시간 낭비한 것 같아."

"엄마는 검진을 무슨 병이 있어서 하나. 없어도 확인하려고 하는 거지. 이왕 이렇게 된 거 편하게 검사 결과나 기다려봐요."

시간이 좀 지체될 것 같아 주현이 화장실에 간 사이 간호사가 그들을 부르는 소리가 들렸다. 그녀가 다 마신 음료수 캔을 손에 쥔 채 벌떡 일어나 걸음을 옮겼다.

검진 결과를 듣기 위해 주현을 뒤로하고 먼저 들어간 방에서 은초는 꽤나 충격적인 소식을 접하고 말았다.

"김은초 씨, 본인 맞으시죠?"

"네. 그런데요?"

"지금 본인과 모친 모두 몸에 특별한 이상은 없습니다. 다만 김은초 씨만 추가적으로 검사를 좀 받아야 할 것 같아요. 산부인과로 한 번 가 보시겠어요?"

"산부인과요?"

얼떨떨한 표정으로 갸웃거리자 의사가 고개를 끄덕였다.

"왜, 왜요?"

설마 자궁 쪽에 문제라도 생긴 것일까? 은초의 심장이 덜컹 내려앉았다.

"정확히는 알 수 없지만 임신 가능성이 있어서요. 일단 얼른 산부인과로 가서 자세한 검사를 받아 보시는 게 좋을 것 같습니다."

"네?"

은초는 당황한 표정으로 두 눈을 껌뻑거리다가 멍한 상태로 진료실을 빠져나왔다. 의자에 앉아 기다리던 주현이 놀라 다그치듯 물었다.

"안색이 왜 그래! 몸에 문제가 있다고 하니?"

"엄마……."

은초가 입을 채 다물지 못한 채 말끝을 흐렸다. 지켜보는 주현으로서는 걱정돼 답답해 미칠 지경이었다. 결국 인내심의 한계를 느낀 그녀가 은초를 채근했다.

"무슨 일인데? 안 좋은 일이야? 어디 크게 다쳤대?"

"아니, 아니. 그건 아니에요. 우리 둘 다 정상이래요. 다친 곳도 없고."

"그럼? 다른 문제가 더 있는 거야?"

은초는 심호흡을 한 다음 꿀꺽 마른침을 삼켰다.

"산부인과에 가 보라네요."

"산부인과?"

영문을 모르겠다는 표정이던 주현이 곧 작은 비명을 내질렀다.

"세상에, 그럼 너 설마⋯⋯."

"아직 확실한 건 아니래요. 일단 다녀올게요. 여기 계실 거예요? 아니면⋯⋯."

"기다리고 있을게. 난 걱정하지 말고 다녀오렴."

언뜻 듣기에는 침착했으나 주현의 목소리는 분명 떨리고 있었다. 그녀 역시도 혹시 모를 좋은 소식에 긴장했던 탓이다. 은초는 복잡한 표정으로 천천히 발을 움직였다.

"축하합니다. 임신이에요."

산부인과 의사의 목소리에 은초는 저도 모르게 헛웃음을 터뜨렸다. 임신 소식을 교통사고 직후 검사에서 알다니, 저도 참 둔하다 싶었다. 그녀가 저도 모르게 아랫배를 쓰다듬으며 물었다.

"몇 주나 되었나요, 선생님?"

"10주 정도요. 아이 성별은 5주 정도 더 기다리셔야 알 수 있어요. 월경 안 하셨을 텐데, 모르셨어요?"

"저는 그냥 스트레스 때문에 안 한 줄 알았어요."

스트레스가 심하면 가끔 한두 달 정도 건너뛰곤 했기에 이 번에도 그런 줄로만 알고 있었다. 의사가 차분한 목소리로 은초에게 말했다.

"다행히 태아에게는 문제가 없어요, 산모님. 아주 건강하니 걱정 마세요."

아이가 무사하다는 말에 은초는 그제야 안심했다. 가슴을 쓸어내리던 그녀는 순간 떠오르는 기억에 흠칫 놀라 입을 열었다.

"선생님, 저 아까 커피 마셨는데⋯⋯."

그것도 엄청 진한 에스프레소. 말을 마친 은초의 표정이 잔뜩 굳어졌다.

지금이라도 위세척을 해야 할까? 그럼 조금이라도 영향이 덜 가려나?

육아와 임신에 대해서라면 문외한인 은초였어도 카페인이 태아에게 좋지 않다는 것은 상식으로 알고 있었다. 겁에 질려 덜덜 떠는 은초를 안쓰럽게 바라보던 의사가 얼른 말했다.

"너무 걱정하지 않으셔도 돼요. 한 잔 정도는 태아에게 심각하게 영향을 미치는 게 아니랍니다. 하지만 아직 임신 초기니까 당분간은 드시면 안 돼요. 아셨죠?"

"정말 괜찮은 거예요?"

잔뜩 걱정한 얼굴로 재차 묻자 여의사가 편안한 미소를 지어 보였다. 그녀에게 저 같은 산모들이 한둘이겠는가. 임신을 모르고 커피는 물론, 술을 마시는 사람들도 있을 테니. 그녀가 푸근한 목소리로 은초를 안심시켰다.

"걱정 마세요. 괜찮습니다."

"다행이다."

세상 다행이라는 얼굴로 은초가 가슴을 다시 한번 쓸어내렸다. 혹시라도 저의 무지 때문에 아이에게 악영향이 간다면 그것처럼 가슴 아픈 일이 또 어디 있을까.

"제가 따로 조심해야 할 건 없나요?"

"아직 초기이기 때문에 움직임에 각별히 조심하셔야 해요. 좋은 것만 드시고요. 일하신다면 야근도 가급적 안 하시는 게 좋습니다. 산모의 피로도가 증가하면 아이에게도 좋지 않거든요. 그렇다고 너무 앉아 계시지는 말고, 조금이라도 운동을 하는 게 좋아요."

"네, 선생님. 감사합니다."

진지한 얼굴로 은초가 고개를 끄덕였다. 오늘부터는 무조건 조심, 또 조심히 행동해야겠다. 아랫배를 쓰다듬는 은초의 눈빛이 비장했다.

―어머! 웬일이니, 웬일이니. 정말 임신이야?

은초의 임신 소식을 들은 솔지는 제 일처럼 기뻐했다. 은초보다 먼저 결혼했음에도 아직 소식이 없던 솔지로서는 참으로 부러울 따름이었다.

―피임 안 했어? 아이는 천천히 가지고 싶다고 했던 것 같은데.

"했지. 그런데 피임도 100%가 아니라잖아. 어쩌겠어. 받아

들여야지."

—하여튼 부럽다, 얘. 어째 우리는 노력을 하는데도 안 생겨.

솔지의 서운한 목소리에 은초가 설핏 웃으며 위로했다.

"아직 젊은데 무슨 걱정이야. 조금만 더 기다려 봐. 아직 결혼한 지 1년도 채 안 됐잖아."

—그건 그래. 참! 그래서 여자애래, 남자애래?

"아직 몰라. 5주는 더 기다려야 하나 봐."

—넌 어땠으면 좋겠는데?

"난 상관없어. 딸이면 딸대로 예쁘고, 아들이면 아들대로 예쁘지."

은초가 저도 모르게 배시시 웃어 버렸다. 생각해 본 적은 없었지만, 막상 임신을 하고 나니 태어날 아이에 대해 생각만 해도 벌써 가슴이 벅차올랐다. 그녀가 나긋한 목소리로 통화를 마무리했다.

"나 이제 운전해야 해. 나중에 또 통화하자."

—그래, 알았어. 운전 조심하고.

"응. 끊을게."

통화를 마치자마자 매점에 들렀던 주현이 생수 한 병을 든 채 차 문을 열고 조수석에 앉았다. 아까와는 확연히 달라진 표정이 왠지 모르게 낯설다. 은초가 웃음기 섞인 목소리로 주현에게 물었다.

"얼굴이 싱글벙글하네."

"너 같으면 안 그러겠니? 내 자식이 아이를 가졌다는데."

그녀가 황홀하다는 듯한 눈빛으로 딸을 쳐다보았다. 아장아장 걷던 모습이 아직 눈에 선한데 벌써 엄마가 된다니. 주현은 감격한 목소리로 은초에게 말했다.

"다들 좋아할 거야. 네 아버지도, 김 서방도, 사돈댁도."

"그러시겠지? 사실 너무 갑작스러워서 좀 실감이 안 나."

얼떨떨하기만 한 은초에 주현이 무슨 소리냐는 듯 아프지 않게 어깨를 툭 쳤다.

"어머, 애도 참. 결혼하고 나면 언제든 가질 수 있는 게 아이인데, 갑작스러울 것도 없다. 그나저나 너 운전해도 되는 거야?"

"엄마도 참. 만삭 임산부들도 다 차 끌고 다녀. 이 정도는 괜찮지."

"힘들면 언제든 말해. 엄마도 운전할 줄 아니까."

"알았어요."

은초의 차는 한참을 달려 친정집에 도착했다. 차에서 내리려던 주현이 잠깐 머뭇거리다 은초에게 물었다.

"아버지 뵙고 갈래?"

은초는 머뭇거리다가 결국 고개를 끄덕였다. 집까지 와서 안 뵙고 가는 것도 우스운 일이었으니까. 무엇보다 직접 전하고 싶은 소식도 있었다.

은초는 조심스럽게 안전벨트를 풀고 차에서 내렸다. 마당 안으로 들어서니 익숙한 풀들과 나무, 꽃들로 둘러싸인 고즈넉한 정원이 보였다. 푸근한 느낌에 저도 모르게 미소가 흘렀다.

"나 왔어요, 여보."

"왔어?"

외출할 계획이 없었는지 김 의원은 편안한 차림이었다. 집 안에 들어서자마자 보이는 아버지의 모습에 은초가 잠깐 멈칫했지만, 이내 먼저 다가가 인사했다.

"저 왔어요, 아버지."

"그래. 왔냐."

몇 개월 만에 보는 아버지였음에도 이상하게 어색하다는 느낌은 들지 않았다. 하긴 결혼하기 전까지는 5년 동안이나 못 보고 지냈다. 은초가 머쓱하게 웃으며 종종걸음으로 걸어가 소파에 앉았다.

도우미 아주머니가 세 사람이 앉은 테이블 위에 과일이 담긴 접시를 내려놓았다. 주현은 석훈이 포크로 사과 한 조각을 집자마자 기다렸다는 듯 폭탄을 날렸다.

"여보."

"응?"

"당신 곧 할아버지 된대요."

툭.

사과를 품은 포크는 중력을 이겨 내지 못하고 바닥으로 주저앉았다. 볼품없이 나동글며 떨어지는 사과에 일절 관심도 주지 않은 채 석훈이 물었다.

"그게 정말이야?"

"……네."

기분이 묘해진 은초가 얼굴을 붉혔다. 부모님 앞에서 아이를 가졌다고 말하는 건 생각했던 것보다 더 오묘한 감정을 동반했다.

"10주 정도 됐대요. 이건 초음파 사진."

은초에게서 검은 바탕의 초음파 사진을 받아 든 석훈의 눈이 묘하게 떨리고 있었다. 그걸 눈치챈 주현은 그저 살며시 미소를 보였다. 아닌 척해도 늘 딸을 생각하는 남편이었다. 그녀가 기쁜 표정으로 계속해서 남편의 반응을 이끌어 냈다.

"잘됐죠, 정말?"

"그래. 정말 기쁜 일이네. 김 서방도 아나?"

"운 좋은 줄 알아요, 여보. 우리가 처음 이 사실을 아는 거예요. 아직 김 서방도 몰라요."

"그래. 얼른 말해 줘라. 좋아하겠다."

"아버지도 기쁘세요?"

"그걸 말이라고."

그가 목멘 목소리로 힘겹게 말을 이어 나갔다.

"딸자식이 아이를 가졌다는데 기쁘지 않을 아비는 없을

거다."

"……감사해요."

새삼스럽게 밀려오는 감동에 그녀가 콧물을 삼켰다. 주책 없게 눈물이나 보이기 전에 얼른 감정을 추슬렀다.

"다음 주에 그이랑 집에서 식사하고 싶은데, 아버지는 시간 괜찮으세요?"

"시간 내야지. 사위가 온다는데."

"그러실 줄 알았어요."

은초가 설핏 웃으며 대답했다. 곧바로 석훈의 재촉이 이어 졌다.

"이제 가 봐라. 네 신랑에게도 소식을 전해야지. 홀몸도 아닌데 이렇게 돌아다니면 안 좋다."

"아직은 괜찮은데."

"괜찮긴. 초기 때는 무조건 안정해야 한다, 너?"

이어진 주현의 핀잔에 은초는 하는 수 없이 집을 나섰다. 이번에는 석훈도 주현과 함께 문 앞까지 그녀를 배웅해 주었다. 무조건 조심히 가라는 말을 조금 과장해 백 번은 더 들은 은초가 차 안에 올랐다.

운전대를 잡기 전, 은초는 복잡한 심정으로 그녀가 20여 년 동안 살았던 집을 올려다보았다. 이제는 친정이라는, 아직은 어색하게 느껴지는 이름을 가지게 된 본가는 몇 년 전 처음 뛰쳐나왔을 때보다 작아 보였다. 그리고 아버지도.

은초는 임신 소식을 접하자 아버지가 보였던 모습을 떠올리며 미소 지었다. 어쩌면 아버지는 처음부터 지금까지 단한 번도 달라진 적 없었던 것일지도 모르겠다. 어쩌면 아버지는 그대로인데, 그녀가 더 자란 것일지도.

어느 쪽이든 은초는 지금의 관계가 내심 만족스러웠다. 아직도 아버지를 완전히 이해하기는 어려웠지만, 만약 부모가된다면 그때는 조금 더 이해할 수 있을까.

아직은 바람일 뿐인 바람을 속으로 가만히 품으며 은초가미소 띤 얼굴로 차의 시동을 걸었다.

✣   ✣   ✣

저녁 6시 즈음이면 수안이 도착할 것이다. 은초는 저녁이준비된 식탁 앞에 가만히 앉아 아직 오지 않은 남편을 기다렸다. 지방 출장으로 며칠 그를 보지 못해 일분일초가 피 말리는 과정 같았다.

정확히 휴대폰의 시계가 6시 39분을 가리켰을 때, 집 안에도어록 소리가 울려 퍼졌다. 삐비빅, 소리가 오늘따라 더욱경쾌하게 들렸다.

기다리다 지쳐 안방 침대에 누워 있던 은초는 습관적으로벌떡 일어나려다가 배 속에 생명이 자리 잡고 있음을 깨닫고서 최대한 조심스럽게 움직였다. 덕분에 평소보다 마중이 지체되었다.

"은초 씨, 나 왔어요."

늘 다정한 그의 목소리가 새삼 달콤하게 들렸다. 임신 소식을 알게 된 이후 지구상의 모든 일들이 다 핑크빛처럼 보였던 은초는 기쁨 가득한 표정으로 방문을 열었다. 곧바로 보이는 수안의 얼굴에 그녀는 얼른 품 안에 안겨 들었다.

"수안 씨!"

"아이쿠, 조심해요."

수안이 아이처럼 제게 안기는 은초를 부드럽게 감싸 안았다. 그녀가 평소보다 약간 흥분되어 있는 모습을 보아하니 무슨 좋은 일이라도 있는 게 틀림없었다. 수안이 웃음기 띤 목소리로 물었다.

"좋은 일이라도 있어요? 오늘따라 기분이 좋아 보이네."

"있고 말고요, 좋은 일."

"진짜로?"

반은 떠본 것이었는데 예상외의 대답이 나와 수안은 살짝 놀란 표정을 지었다.

"뭔데요? 혹시 승진한 거예요?"

"아니. 그런 것보다 더 기분 좋은 일이에요."

수안의 얼굴이 더욱 더 기대감으로 물들었다.

"장모님이 좋은 거라도 사 주셨나?"

"그것보다 더 좋은 일."

배시시 웃으며 고개를 젓는 아내가 사랑스러웠지만 수안이 궁금하다는 표정으로 채근했다.

"그럼 뭔데요? 나 엄청 궁금하다."

"일단 밥부터 먹고. 가볍게 말할 이야기는 아니거든요."

"나 엄청 궁금한데."

호기심을 이기지 못한 수안이 애원하기에 이르렀지만 그녀는 단호하게 거절했다.

"안 돼요. 국 식어요."

귀여운 투정에 수안이 알았다는 듯 고개를 끄덕였다. 결국 그가 다시 궁금증을 토로한 건 저녁을 다 먹고 목욕까지 난 후였다.

"나 아까 밥 먹기 전부터 엄청 기대했어요, 은초 씨. 도대체 뭔데 이렇게 사람을 애태우는 거예요?"

"그럴 만한 가치가 충분히 있는 일이랍니다, 남편님. 눈 감고 손 내밀어 보세요."

다른 사람이었다면 '가지가지 하네'라며 불평할 수도 있었지만 수안은 아이처럼 천진난만한 은초가 귀여워 충실히 아내의 말에 따랐다. 은초는 수안의 커다란 양손 위로 사진 한 장을 살포시 올려놓았다.

"자, 이제 눈 떠도 돼요."

수안은 제 손 위의 검은 사진 한 장에 한동안 말을 잇지 못했다. 한참 동안 사진만 뚫어져라 쳐다보고 있던 그가 한참 후에야 입을 열었다.

"이게……."

"놀랐어요? 초음파 사진."

은초가 들뜬 목소리로 수안에게 고백했다.

"수안 씨 곧 아빠 돼요. 우리 아이가 벌써 10주나 됐대요."

"……세상에."

한참 후에야 수안은 짧은 탄식만 내뱉었다. 한숨과도 같은 탄식에 은초는 혹시라도 임신 소식이 달갑지 않은 건지 덜컥 겁이 났지만 곧이어 수안이 보인 반응에 걱정을 고이 접어 날려 보냈다.

"수안 씨, 울어요?"

닭똥 같은 눈물만 뚝뚝 흘리던 수안은 어느 순간부터 흐느끼기 시작하더니 오열하기에 이르렀다. 처음에 감격에 겨워 우는 줄 알았건만, 무슨 안 좋은 일을 당한 사람처럼 굴자 당황한 건 은초였다.

수안은 얼굴에 잔뜩 묻은 눈물을 닦을 생각도 하지 못한 채 붉게 충혈된 눈으로 은초를 쳐다보았다. 걱정으로 가득한 얼굴을 마주하자 그가 대뜸 사과부터 했다.

"아, 미안해요. 임산부 놀라게 하면 안 된다고 했는데."

눈물을 그치고서야 수안이 더듬거리며 말했다.

"나 지금 너무 감격해서 눈물밖에 안 나와요, 은초 씨."

"수안 씨……."

그제야 수안의 진심을 헤아린 은초가 찡한 표정으로 그를 쳐다보았다. 수안은 여전히 울먹이고 있었다.

"어떻게 안 기쁠 수 있겠어요. 아이가 생긴 건데요."

수안이 감정을 주체하지 못해 은초를 와락 끌어안았다.

"정말로 고마워요, 은초 씨. 내가 정말 잘할게요."

"수안 씨."

"나 아빠 만들어 줘서, 그 사람이 은초 씨라서 정말 너무 기뻐요."

"그렇게 말해 줘서 고마워요."

은초는 왠지 모르게 한쪽 가슴이 뻐근해지는 느낌이 들었다. 새삼 자신이 수안에게 얼마나 사랑받고 있는지 느껴졌다. 스스로 생각해도 정말 행운아였다.

"나 지금 되게 복 받았다고 느꼈는데."

"그럼 내가 더 복 받은 건데. 나야말로 은초 씨 같은 아내를 만났잖아요."

하여튼 끝까지 다정해.

결국 은초도 북받쳐 오르는 감정을 참지 못하고 슬쩍 눈물을 흘렸다. 기뻐서 눈물을 흘리는 건 처음이라고 불러도 어색하지 않을 정도로 정말 오랜만이다. 그녀가 나직한 목소리로 수안의 귓가에 대고 속삭였다.

"사랑해요."

하룻밤의 인연이 모여 영원의 밤이 되었고, 다시는 볼 일

없을 거라 여겼던 마음이 모여 굳건한 사랑의 확신이 되었다.

앞으로의 이야기가 어떻게 흘러갈지 그도, 그녀도 알지 못했다. 그럼에도 두 사람은 무섭지도, 두렵지도 않았다.

언제 어느 곳을 가든 함께일 것이므로. 험난한 가시덤불이 기다리고 있더라도 맞잡은 손을 절대 놓지 않을 것이므로.

그들은 기도했다. 부디 우리의 잡은 손이 끊어지지 않기를. 우리의 사랑이 어떠한 고난을 만나도 흔들리지 말기를.

그리하여 그들의 이야기는, 지금부터 시작이었다.

외전
첫 번째 이야기

"아, 힘들어 죽겠네."

수안이 끙끙거리며 은초를 자신의 침대 위에 털썩 내려놓았다. 이마에서는 구슬땀이 흘러내리고 있었다. 그가 소매로 땀을 닦은 다음 길게 한숨을 내뱉었다. 일단 씻는 게 급선무였다.

욕실로 들어가 샤워를 마치고 다시 나왔을 때도 은초는 여전히 잠든 채였다. 수안이 다시 한번 한숨을 쉬었다.

내가 소파에서 자는 게 낫겠지. 괜히 오해를 살 수도 있으니까.

수안은 머리를 말리고 옷을 갈아입은 다음 이불을 가지고 거실로 나왔다. 머리가 아직 덜 말랐기에 바로 눕고 싶지는 않았다.

그는 이불을 옆에 둔 뒤 소파에 머리만 기댔다.

"아."

그 순간 눈에 실밥이 뜯어진 채 구멍 난 잠옷이 눈에 들어왔다.

그가 잠옷 자락을 위로 잡아 올리며 중얼거렸다.

"뜯어졌네."

이런 건 제때 수선을 해 놓는 게 좋았다. 그렇지 않으면 잊어 먹기 일쑤였다. 수안이 반짇고리가 어디에 있는지를 생각하다가 침실에 두었다는 사실을 기억해 내고서 침실로 발걸음을 옮겼다.

상의를 벗은 그는 장롱에서 반짇고리를 꺼낸 다음 하얀색 실과 바늘 하나를 손에 쥐었다. 행여나 은초가 깰까 봐 침대 옆 테이블에 있던 작은 조명 하나에 의지해 바느질을 시작했다.

침대 끄트머리에 앉은 데다가 술에 취해 조금 비틀거리긴 했지만 나쁘지 않은 솜씨였다.

거기까지는 아무런 문제가 없었다.

"으음."

은초가 잠꼬대를 하며 수안의 허리를 뒤에서 잡기까지는. 여자와의 스킨십이 지나치게 오랜만이었던 수안은 깜짝 놀라는 바람에 바늘로 손가락을 찌르고 말았다.

"앗!"

손가락에 피가 고이기 시작하더니 이내 후드득 떨어지기 시작했다. 수안이 당황한 표정을 지으며 장롱 안에서 구급상자를 꺼냈다.

그때, 다시 뒤쪽에서 은초가 수안을 끌어 당겼다. 덕분에 수안은 구급상자에서 반창고를 꺼내기도 전에 뒤로 넘어갔다.

"으아!"

수안의 당황한 음성이 방 안 가득 퍼졌지만 은초는 아랑곳하지 않고 수안을 인형처럼 껴안았다. 수안이 어눌한 목소리로 은초를 불렀다.

"은초 씨."

"……."

"놔주세요."

"……."

"김은초 씨?"

애당초 술 취한 사람에게 말이 통할 리 없었다. 수안은 그녀가 준 힘이 풀릴 때까지 그냥 제자리에 가만히 있는 게 낫겠다고 판단해 잠시 기다렸다가 일어나기로 했다.

하지만 술과 피로에 지친 사람이 한 번 누운 침대에서 다시 일어나기란 쉬운 일이 아니었다.

결국 수안은 얼마 지나지 않아 깊은 잠에 빠져들었다. 때문에 그로부터 한 시간 후 취기에 열이 오른 은초가 자신이 입고 있던 옷을 전부 벗어 버렸다는 사실도 알지 못했다. 그 건 수안도 마찬가지였다.

"김은초!"

중년 여성이 아이를 애타게 불렀다. 은초의 엄마, 주현이었다. 주현이 사방을 두리번거리며 은초를 찾았지만 어디로 갔는지 도통 보이지가 않았다. 그녀가 난감한 표정으로 중얼거렸다.

"다른 분들께도 인사시켜 드려야 하는데, 얘가 도대체 어디로 갔담?"

주현은 다른 곳을 찾아보기 위해 발걸음을 돌렸다. 잠시후, 원래 주현이 있던 곳의 뒤쪽에서 누군가가 슬그머니 모습을 드러냈다.

"휴우."

주현이 그토록 찾던 딸, 은초였다. 분홍색 드레스를 입고 머리카락을 깔끔하게 묶어 위로 올린 그녀는 상당히 앳된 얼굴이었다. 방금 전까지 달렸는지 벌게진 볼이 붉게 빛났다.

"난 이런 자리 별로 안 좋아한다고 그렇게 말했는데, 엄마는!"

이왕 엄마를 따돌린 거, 파티가 끝날 때까지 구석에나 숨어 있어야겠다.

어린 은초는 투덜대며 숨을 만한 다른 곳을 찾기 위해 걸음을 옮겼다.

"앗!"

뒤쪽에서 사람이 나올까 봐 두리번거리며 걷던 은초는 몸에 강한 충격을 받고 바닥에 나동그라졌다. 앞을 못 보고 있다가 누군가와 부딪힌 듯했다.

은초가 얼굴을 찡그린 채 아픔이 가득한 얼굴로 엉덩이를 문질렀다.

"아야야, 아파 죽겠네."

"으아. 죄, 죄송합니다."

앳된 소년의 목소리가 들렸다. 은초가 찡그렸던 얼굴을 슬며시 펴며 상대의 얼굴을 확인했다. 자신과 비슷한 나이로 보이는 소년이었는데, 상당히 준수한 외모를 가지고 있었다. 붉었던 볼이 식은 지 얼마 지나지 않아 은초의 얼굴이 다시 발그레해졌다.

"괜찮아요?"

"아, 네."

은초가 저도 모르게 존댓말로 대답했다가 자리에서 일어나 옷을 툭툭 털며 물었다.

"몇 살이에요?"

"아, 전 열다섯 살이요."

"어? 난 열 셋인데! 나보다 오빠네요."

은초가 불쑥 손을 내밀었다. 어리둥절해 있는 소년에게 그녀가 답답하다는 듯 소리쳤다.

"악수, 악수!"

"아."

그제야 소년이 머쓱한 표정으로 은초가 내민 손을 붙잡았다. 맞잡은 손을 위아래로 두어 번 정도 흔든 은초가 밝은 목소리로 말했다.

"이것도 인연이다. 이름이 뭐예요?"

"김수안. 그리고 말 놔도 돼. 고작 두 살인데, 뭐."

소년은 낯선 이에게 이름을 가르쳐 준다는 부담감도 없이 곧바로 대답했다. 이름을 들은 은초가 씩 웃었다.

"그럴까? 그런데 되게 예쁜 이름이네."

"너는 이름이 뭔데?"

"김은초. 예쁘지?"

"응. 예쁘네."

수안도 씩 웃었다. 싱그러운 미소에 은초는 헤벌쭉해졌다.

"그런데 여기서 뭐 해?"

은초가 지겹다는 듯한 표정으로 답했다.

"파티를 싫어해서 도망 나왔어. 오빠는?"

"나도."

"우리 비슷하다."

"수안아, 김수안!"

그때 어디선가 수안을 찾는 목소리가 들렸다. 그가 이만 가 봐야겠다는 듯 아쉽다는 표정을 지었다. 은초도 서운한 마음이 들었는지 그를 얼른 붙잡았다.

"가야 해?"

"그래야 할 것 같아. 만나서 반가웠어."

"응, 나도."

제게 다시 인사하며 손을 흔드는 은초의 표정이 무척이나 아쉬워 보였다.

"잘 가, 오빠."

발걸음을 옮기면서도 연신 뒤돌아 그녀를 바라보던 수안이 몇 걸음 못 가고 이내 은초에게로 되돌아왔다. 은초가 왜 다시 왔느냐고 묻기도 전에 그가 못 박는 듯한 어조로 말했다.

"내 이름, 김수안이야."

"알고 있어."

"절대 잊어버리지 마. 알았지?"

수안의 얼굴이 너무나도 단호해서 은초는 저도 모르게 고개를 끄덕였다. 안심한 듯 웃은 수안이 다시 뒤돌아 빠르게 사라졌다. 혼자 남겨진 은초는 멍한 표정으로 그가 떠난 빈자리만 응시했다.

인연이 시작된 밤이었다.

외전
세 번째 이야기

숨바꼭질의 규칙은 단순했다. 아빠가 하나부터 서른까지 세면 숨는 방식이었다. 사실 숨바꼭질이란 건 웬만큼 집이 크지 않으면 거의 불가능했지만 외할머니랑 외할아버지 댁은 무지하게 커서 숨바꼭질도 집 안에서 충분히 할 수 있었다.

"하나, 둘, 셋……."

아빠가 숫자를 세기 시작했다. 잡히지 않으려면 최대한 구석진 곳에 숨어야 했다. 만약 엄마가 술래였다면 좀 곤란했을지도 모른다. 엄마가 살았던 곳이라 구석구석 알고 있어서 금세 들키기 일쑤였으니까.

듣기론 엄마가 여기서 나고 자랐다고 했다. 무려 성인이 될 때까지! 그러니 엄마도 어렸을 땐 나처럼 이곳에서 외할 아버지나 외할머니와 숨바꼭질을 했을 지도 모른다.

어쨌든 아빠가 술래니까 아직은 조금의 가능성이 있다.

"……서른! 찾는다!"

아빠의 우렁찬 목소리가 멀리서 들렸다. 어느 정도 거리가 있다. 여기서 조금만 숨죽이고 있으면 아빠가 못 버티고 금 방 '못 찾겠다, 꾀꼬리!'를 외칠 것이다. 만약 이번에도 아빠 가 항복 선언을 하면 새로 나온 레고 세트를 사 달라고 조를 생각이다.

한 3분 정도 지났나? 멀리서 드문드문 아빠의 목소리가 들 려왔다. 대부분 '우리 아가 어디 있니?'와 같은 내용이었다. 아빠도 참! 내 나이가 몇인데 아직도 우리 아가람? 친구들이 들으면 분명 비웃을 게 뻔하다. 하지만 그만큼 아빠가 날 사 랑한다는 증거니까!

"여기서 뭐해요, 은수 아빠?"

앗, 엄마 목소리다. 큰일 났다. 아빠가 엄마랑 팀을 먹고 날 찾으면 어떡하지?

"여보."

엄마를 부르는 아빠의 목소리는 날 부를 때랑은 비교도 안 되게 달콤하다. 그래도 가끔은 정말 적응하기 힘들 때가 많 다.

엄마랑 같이 있을 때의 아빠는 솔직히 말해 버터처럼 느끼하다. 엄마 말로는 아빠 목소리처럼 좋은 게 없단다. 거짓말 같진 않았다. 엄마는 아빠 목소리만 들으면 행복한 미소를 지으신다.

솔직히 말해 좀 부럽다. 난 아직 여자 친구도 없는데.

"은수랑 숨바꼭질하고 있었어요."

"숨바꼭질? 여기 올 때마다 하네요."

"집이 넓으니까요."

부모님의 대화가 길어지는 만큼 내 가슴은 초조해진다. 엄마라면 분명 날 찾아낼 거다. 엄마는 내가 가끔 숨겨 놓은 물건도 용케 찾아내신다. 가끔 엄마가 내 머릿속을 엿보고 있는 것 같다. 그게 아니면 그렇게 잘 알 수 있을 리가 없으니까.

그때 대화가 끊겼다. 나는 무슨 일인지 궁금해져서 웅크렸던 몸을 슬쩍 돌려 부모님을 쳐다보았다. 엄마랑 아빠가 뽀뽀를 하고 있었다. 또 시작이군, 하고 속으로 작게 중얼거렸다.

우리 부모님은 시도 때도 없이 뽀뽀한다. 내가 있을 때는 볼에만 뽀뽀하고, 내가 없을 때면 저렇게 입술에도 뽀뽀한다.

보통 저런 건 신혼 때나 한다던데, 우리 엄마랑 아빠는 금실? 하여튼 그런 게 좋은가 보다.

싸우는 일도 거의 없다. 대부분 엄마가 화내고, 아빠는 정말 가뭄에 콩 나듯 화를 내신다. 만약 엄마가 화를 내면 아빠는 무조건 잘못했다고 한다. 사실 그것도 길게 가는 경우는 거의 없다.

엄마랑 아빠는 싸우고 나면 무조건 안아 주고 뽀뽀도 해 준다. 난 친구랑 싸우면 안아 주긴 하는데 뽀뽀는 별로 하고 싶지 않다.

그런데 어른들의 뽀뽀는 원래 저렇게 고개를 요리조리 움직이기도 하는 건가? 아빠가 엄마한테 하는 건 내가 엄마한테 하는 거랑은 많이 달랐다.

아빠는 도무지 '못 찾겠다, 꾀꼬리'를 할 기미를 보이지 않았다. 슬슬 다리가 저려 오는 걸 느꼈다. 더 이상은 참지 못할 것 같아서 벌떡 자리에서 일어서서 소리쳤다.

"엄마! 아빠!"

내 목소리에 엄마랑 아빠가 후다닥 서로에게서 떨어졌다. 그러고선 엄마는 큼큼 헛기침을 했고, 그건 아빠도 마찬가지였다.

내가 불만스런 목소리로 아빠에게 따졌다.

"왜 못찾겠다, 꾀꼬리 안 해!"

"아이구. 미안해, 은수야. 아빠가 은수를 좀 더 찾아보려고 했지."

"흥!"

"은수 삐졌어?"

아빠가 조심스럽게 물었다. 나는 사실 삐진 건 아니었지만 그런 척했다.

"응."

"어떻게 하면 풀릴까, 우리 은수?"

"레고 사 줘!"

"그럴⋯⋯."

"안 돼!"

들려오는 건 아빠가 아니라 엄마의 목소리다.

"저번에 산 것도 몇 번 가지고 놀다가 내팽개쳤잖아. 이번 엔 안 돼. 그리고 레고는 너무 비싸."

"이번엔 잘 가지고 놀게. 응? 엄마."

"안 돼. 마지막으로 사 준 지 아직 한 달도 안 됐잖아. 어 떻게 벌써 사 줘."

히잉, 아빠하고만 있을 때 사 달라고 해야 하는 건데 엄청 난 실수를 해 버렸다.

"웬 소란이냐?"

그때 할아버지의 목소리가 들렸다. 나는 얼른 할아버지에 게로 달려가 안겼다.

"할아버지!"

"어이쿠! 그래, 우리 은수. 무슨 일 있었니?"

"엄마가 레고 안 사 줘요!"

그러면서 나는 슬쩍 엄마에게 메롱을 날렸다. 아뿔싸, 엄마의 표정이 굳어졌다. 이렇게까지 할 생각은 없었는데…….

살짝 풀이 죽은 나는 할아버지에게 귓속말로 소곤거렸다. 이러면 엄마도 모르겠지?

"할아버지가 사 주면 안 돼요?"

그러자 할아버지가 똑같이 내 귀에다 대고 소곤소곤 귓속말을 했다.

"그건 곤란하단다, 아가. 사실 나도 네 엄마가 무섭긴 마찬가지거든."

잘 이해가 되지 않았다. 엄마보다 할아버지가 나이가 더 많은걸? 나이 많은 사람이 대장 아닌가?

"그치만 할아버지가 더 나이가 많잖아요."

"그래도 할아버지는 무서워서 안 되겠다. 엄마 말 잘 들으면 분명 사 주실 게야, 그렇지?"

"히잉."

할아버지까지 이러시면 진짜 안 된다는 거다. 정말 사고 싶은데…….

"사돈어른, 여기 계셨어요? 어머, 너희들도 여기 있었구나."

익숙한 목소리가 또 들렸다. 외할머니다. 다시 다다다 달려가 안겼다.

"외할머니!"

"아이쿠, 우리 은수도 여기 있었네?"

"외할머니도 엄마가 무서워요?"

"응?"

외할머니가 이해가 안 간다는 듯 할아버지를 쳐다보자 할아버지는 그저 허허 웃으며 고개를 절레절레 저었다. 거기에 무슨 신호가 담겨 있기라도 한 건지 외할머니는 뭔가 알아챈 듯한 표정을 짓고선 내게 말했다.

"그럼 외할머니도 엄마가 무섭지."

"왜요? 외할머니는 엄마의 엄마잖아요."

"그래도 가끔 무서울 때가 있단다."

할아버지도 외할머니도 알쏭달쏭한 말만 했다. 결론은 두 분 모두 우리 엄마를 무서워한다는 거다. 나이 많은 분들도 무서워하는 걸 보면 엄마는 무적인 게 틀림없다. 결국 나는 꼬리를 내리고 엄마와 협상을 했다.

"대신 이번 달 방 청소 잘하면 레고 사 주기, 응?"

"좋아. 대신 잘해야 해. 알았지? 약속!"

"약속!"

나는 얼른 엄마의 새끼손가락에 내 걸 걸었다. 엄마 손가락은 참 희고 가늘었다. 나도 커서 엄마처럼 예쁜 손을 가지고 싶다.

"식사 준비 다 됐어. 다들 내려가자."

아싸! 드디어 밥을 먹는 시간이다. 외할머니랑 할머니의 요리 솜씨는 기가 막히다.

주방으로 가자 내가 좋아하는 음식들이 가득 있었다. 잡채도 있고, 갈비도 있고, 찜닭도 있었다. 아, 내가 가장 좋아하는 치킨 너겟도 빠뜨릴 수 없지. 역시 우리 할머니들이 최고다!

치킨 너겟은 엄마가 집에서는 잘 해 주지 않아서 할머니들께서 해 줄 때만 맘껏 먹을 수 있다. 사실 그마저도 마음껏 먹을 수 있는 건 아니지만.

"잘 먹겠습니다!"

우렁차게 소리치고 열심히 밥을 먹는데, 앞쪽에 앉은 엄마랑 아빠가 눈에 들어왔다. 아빠는 뭐가 그렇게 좋은지 꿀이라도 떨어질 것 같은 얼굴로 엄마의 밥그릇에 생선 살을 놓아주었다.

어쩜 아빠는 언제나 엄마가 나보다 1순위다. 아마 내가 커서도 마찬가지겠지. 치사하고 더러워서 얼른 결혼해야지, 원! 서러워서 못 살겠다.

"나도 생선 발라 줘."

"은수는 엄마가 발라 줄게."

"나도 아빠가 발라 주면 안 돼?"

"아빠도 드셔야지."

"아니야, 은수야. 아빠가 해 줄게."

티격태격하고 나면 결국 엄마랑 아빠, 둘 다 생선을 발라준다.

생선은 엄마가 발라 주는 게 더 맛있다. 아빠가 주는 건 가시가 좀 있다. 그래도 아빠를 생각해 그냥 꼭꼭 씹어 먹었다.

밥을 다 먹고 후식까지 다 먹으면 이제 낮잠 시간이다. 이 집에 오면 나는 엄마가 원래 쓰던 방에서 아빠랑 엄마랑 함께 잔다. 엄마는 내 오른쪽에서 자고, 아빠는 왼쪽에 눕는다. 엄마는 자장가를 불러 주고, 아빠는 머리를 쓰다듬어 준다.

슬슬 잠이 오기 시작할 때, 아빠를 불렀다.

"아빠."

"응?"

"나 동생 가지고 싶어."

그러자 아빠의 얼굴이 빨개진다. 동생을 갖고 싶다는데 왜 얼굴이 빨개지는지 모르겠다.

"엄마랑 손잡는 게 부끄러워서 그래?"

"어?"

"아기는 엄마랑 아빠랑 손잡고 자면 생기잖아. 맞지?"

친구들이 말하는 이야기를 들었다. 엄마랑 아빠가 손을 잡고 자면 아기가 생긴다고 했다. 그러니까 오늘 엄마랑 아빠랑 손을 잡고 자면 분명 동생이 생길 것이다. 나는 기대 어린 표정으로 아빠에게 말했다.

"아빠! 오늘 밤에 엄마랑 손잡고 자야 해, 알았지?"

"어? 어."

"그럼 나 동생 생기는 거야? 야호!"

"은수야, 사실 동생은 손잡고 자야 생기는 게 아니라 네가 밤에 일찍 자야……"

궁금한 표정으로 아빠의 입에서 나올 다음 말을 기다리고 있는데, 뒤이어 엄마의 난처한 목소리가 들려왔다.

"은수 아빠, 애한테 지금 무슨 소리를 하는 거예요!"

"아니, 그게……"

"은수야, 이제 자자. 걱정하지 마. 엄마가 아빠 손 꼭 잡고 잘게."

"그럼 동생 생기는 거야?"

내 질문에 엄마가 함박웃음을 지으며 대답해 주었다.

"그럼. 걱정하지 마. 엄마가 예쁘고 튼튼한 동생 낳아 줄게."

"야호!"

드디어 내게도 동생이 생긴다! 그럼 동생하고 같이 유치원도 갈 수 있고, 동화책도 읽을 수 있다. 동생이 남자면 같이 축구도 할 수 있고, 여자면 인형 놀이도 해 줄 수 있다. 내 동생은 여자일까, 남자일까?

엄마에게 물어보고 싶었지만 눈꺼풀이 감겨 오기 시작했다.

"사랑해, 은수 아빠."

"내가 더 사랑해, 은수 엄마."

마지막에 엄마랑 아빠가 뭐라고 한 것 같은데 졸려서 잘 못 들었다. 이따가 일어나서 꼭 물어봐야겠다.

엄마, 아빠. 안녕히 주무세요!

—fin

작가 후기

안녕하세요. 〈영원의 밤이 되어라〉를 쓴 리시입니다.

작가 후기는 쓸 때마다 어려운 것 같아요. 일단 정석적으로 이 이야기가 어떻게 탄생했는지부터 써 보려고 합니다.

아시는 분은 아시겠지만 〈영원의 밤이 되어라〉는 제 전작인 〈결혼계약〉의 연작입니다. 은초와 수안이 〈결혼계약〉에서는 조연이었는데, 이 두 인물들을 그냥 버리기가 너무 아쉬웠어요. 성격상 두 사람이 잘 어울릴 것 같다는 생각은 〈결혼계약〉 때부터 했었고요. 그래서 이 두 사람을 주인공으로 이야기를 써 보고 싶었는데, 이렇게 출판까지 하게 되어 너무 영광입니다.

〈영원의 밤이 되어라〉를 쓰면서 가장 목표로 두었던 점은 '우리 주변에서 흔히 볼 수 있는 소소하지만 아름다운 로맨스를 쓰자'였습니다. 내 주변 사람들이 겪어 봤을 법한, 일상적이고 잔잔한 사랑 이야기를 그려 나가고 싶었어요. 저는 나름 충족시켰다고 생각하는데 독자분들은 어떻게 생각하실지 모르겠네요.

〈영원의 밤이 되어라〉는 초고를 걸신들린 듯 썼던 작품입니다. 기억상으로는 1년 전쯤이었던 것 같아요. 무슨 계기가 있는 것도 아니고 그냥 갑자기 쓰고 싶어서 썼던 것 같습니다. 다행히 1년 전은 지금보다는 상황이 여유로워서 마음 편하게 쓸 수 있었어요. 그런데 왜 이렇게 출간이 늦어졌는지 물으신다면…… 그냥 어쩌다 보니 그렇게 되었습니다. 실은 저도 잘 모르겠어요……. 그래도 너무 늦지 않게 책이 나와 다행입니다.

이 책을 내기까지 감사한 사람들이 참 많습니다. 일단 이 이야기가 세상에 나올 수 있도록 힘써 주신 봄 미디어 편집자분들께 감사드립니다. 사랑하는 가족들, 소울 메이트인 DK와 AR 양, 그밖에도 제가 글을 쓸 수 있게 도움을 주신 모든 분들께 감사드립니다.

저는 조만간 또 다른 이야기로 여러분을 찾아뵐 수 있도록 하겠습니다. 따뜻한 봄에 따뜻한 사랑 이야기를 낼 수 있어서 정말 기뻐요. 모쪼록 다시 찾아뵐 때까지 건강하고 행복한 시간 보내시길 바랍니다.

감사합니다.

—2018년 4월,

리시 드림.